普通高等教育"十二五"规划教材　计算机系列
中国科学院教材建设委员会"十二五"规划教材

微机原理与接口技术

侯彦利　主　编

郭　威　刘　通
　　　　　　　副主编
马爱民　赵永华

科学出版社

北　京

内 容 简 介

本书是为高等院校非计算机专业编写的技术基础课教材。作者根据微型计算机技术发展以及多年教学过程中的体会,考虑到非计算机专业学生的数字技术基础薄弱,同时结合工科院校学生对计算机应用的偏好,以8086/8088CPU 系统为背景,介绍了微型计算机的基本知识、CPU 基本结构和工作原理、存储器系统设计基础、接口技术基础及应用。本书从细微处入手,详细介绍 8086CPU 指令系统中的基本指令,详细说明指令的执行过程、使用方法、注意事项。在汇编语言程序设计中考虑到与高级语言(如C 语言)的衔接,使用高级语言的经典例程进行汇编语言程序设计举例。本书注重基础,力求理论与实践相结合,以学以致用为原则。

本书可作为普通高等院校本科生"微机原理与接口技术"课程的教材,也可作为成人高等教育的培训教材及广大科技工作者的自学参考书。

图书在版编目(CIP)数据

微机原理与接口技术 / 侯彦利主编. —北京:科学出版社,2011
(普通高等教育"十二五"规划教材)
ISBN 978-7-03-031776-6

Ⅰ.①微… Ⅱ.①侯… Ⅲ.①微型计算机-理论-高等学校-教材
②微型计算机-接口-高等学校-教材 Ⅳ.①TP36

中国版本图书馆 CIP 数据核字(2011)第 125192 号

策划编辑:戴 薇
责任编辑:隽青龙 / 责任校对:马英菊
责任印制:吕春珉 / 封面设计:东方人华平面设计部

科 学 出 版 社 出版
北京东黄城根北街 16 号
邮政编码:100717
http://www.sciencep.com

源海印刷有限责任公司 印刷
科学出版社发行 各地新华书店经销

*

2011 年 9 月第 一 版   开本:787×1092 1/16
2011 年 9 月第一次印刷   印张:16
印数:1—3 000   字数:368 000

定价:32.00 元
(如有印装质量问题,我社负责调换〈骏杰〉)

销售部电话 010-62142126 编辑部电话 010-62135517-2037

前　言

　　本书是高等院校非计算机专业学生学习"微型计算机原理与接口技术"课程的通用教材，主要以 8088/8086CPU 系统为背景，介绍微型计算机的基本知识，详细分析了 CPU 基本结构和工作原理、8088/8086 指令系统、存储系统、输入输出接口技术、中断技术，对经典的微机接口芯片的功能、结构、编程方法进行理论剖析和实验应用。本书从最基本的概念入手，引导读者逐步掌握微型机从硬件组成到软件编程的基本知识，为读者掌握和应用其他复杂的高档微处理器或单片机打下基础。主要有以下特点：

　　（1）注重基础，内容精练。

　　（2）力求理论与实践相结合，以学以致用为原则。

　　（3）例题丰富，融入了作者多年教学与工程实践的经验与体会。书中有大量的例题与练习题，能帮助读者巩固和应用所学到的知识。

　　全书共分为 9 章。包括微型计算机基础知识、8088/8086 微处理器、8088/8086 的指令系统、汇编语言及其程序设计、存储器、输入/输出接口与中断技术、可编程接口芯片、数/模转换及模/数转换技术、总线技术。考虑到学生学习计算机知识的连续性，第 1 章简要讲述计算机的工作原理。第 4 章介绍汇编语言程序设计时精选了 C 语言中的经典范例，使学生在学习本门课程时能将前期所学的知识融会贯通。第 5 章详细介绍存储器芯片的应用，即使没有任何数字电路知识的读者，学完这一章之后也能设计出基本的存储系统。第 6 章和第 7 章讲解输入输出接口和中断基本知识，为工科三、四年级的学生实习实践打好基础。

　　本书第 1、2 章由郭威编写，第 3、4、7 章由侯彦利编写，第 5 章由赵永华编写，第 6 章由刘通编写，第 8、9 章由马爱民编写，全书由侯彦利统稿。计算机教学与研究中心秦贵和教授和张欣主任对本书的出版给予了热情的关怀和支持，吉林大学计算机学院赵宏伟教授对本书内容提出了很多宝贵的意见，在此，作者谨向他们表示诚挚的感谢。

　　本书在编写过程中参考了有关作者的书籍，在此谨表谢意。

　　限于编者的水平有限，加上时间仓促，疏漏与不当之处在所难免，敬请读者批评指正。

目　录

第 1 章　微型计算机基础知识

教学目的

- 了解微型计算机的工作原理
- 了解微型计算机的系统构成
- 掌握计算机的数制及编码

1.1　计算机的发展历程

　　计算机技术源于 20 世纪 40 年代。世界上第一台具有真正意义的计算机 ENIAC（Electronic Numerical Integrator And Computer）诞生于 1946 年，当时是由美国军方为研制新式武器与宾夕法尼亚大学合作研究开发的。此后 60 多年间，计算机技术得到了突飞猛进的发展，它已经渗透到国民经济和社会生活的诸多领域，极大地改变着人们的工作方式和生活方式，并成为推动社会进步的有力工具。

　　根据组成计算机基本电路的元器件的发展，计算机的发展过程大致分成四个阶段。

　　第一代：电子管计算机

　　从 1946 年第一台计算机研制成功到 50 年代末期。这一时期计算机所使用的元件是电子管，体积庞大并且耗电量大，电路结构十分复杂，而输入输出设备很有限。主存容量只有几百至几千个字；数据主要是定点表示；软件使用机器语言。

　　第二代：晶体管计算机

　　从 1958 年起至 1964 年止。1947 年 Bell 实验室成功地用半导体硅作基片，制成第一个晶体管，与真空管相比，它体积小、耗电低并且运行速度快。晶体管代替电子管之后，计算机的性能有了很大的提高。

　　第三代：集成电路计算机

　　从 1964 年起至 70 年代中期。1958 年，美国物理学家基尔·凯勃（Jack St. Clair Kilby）发明集成电路。微电子学开始出现，晶体管之间不再用导线进行连接，而是用半导体材料进行连接。随着集成电路工艺技术的发展，一块芯片可以实现多个逻辑功能。这一时期计算机的典型代表为 IBM 的 System/360 和 DEC 的 PDP-8。

　　第四代：大规模集成电路计算机

　　从 20 世纪 70 年代开始，随着微电子技术的迅速发展，集成电路的集成度越来越高，开始出现大规模及超大规模集成电路。组成计算机的主要电路可由几片超大规模集成电路（VLSI）实现，这就为缩小计算机的体积和重量提供了保障。微型计算机的出现使计算机进入革命性的时代，从 1971 年第一块微处理器问世以来，微机技术获的了惊人的发展，关于其发展速度，从英特尔（Intel）创始人之一戈登·摩尔（Gordon Moore）所提出的摩尔定律可见一斑，其内容主要为：集成电路上可容纳的晶体管数目，约每隔 18 个月便会增加一倍，性能也将提升一倍。虽然摩尔定律不可能在未来永远适用，但从其问世 40 多年来看，足以显示出计算机发展速度之快。

表 1-1 列出了 Intel 公司各时代 CPU 的发展情况。

表 1-1　Intel 主要 CPU 芯片一览

CPU 的发展时代	发表年份	字长/bit	型号	线宽/μm	晶体管数/万个	时钟频率/MHz	速度/MIPS
一	1971	4	4004	10	0.2	<1	0.06
一	1972	8	8008	10	0.3	<1	0.06
二	1974	8	8080	6	0.6	2	0.64
三	1978	16	8086	3	2.9	5	0.33
三	1982	16	80286	1.5	13.4	6	0.9
四	1985	32	80386	1.5	27.5	16	5
四	1989	32	80486	0.8～1	120	25～50	20～50
五	1993	32	Pentium	0.35～0.8	310～330	60～133	60～133
六	1995	32	Pentium Pro	0.35	550	200	200
六	1997	32	Pentium Ⅱ	0.25～0.35	750	300～330	300～330
六	1999	32	Pentium Ⅲ	0.18～0.25	950～2810	500～1000	500～1000
六	2000	32	Pentium 4	0.18	4200	1500	1500

1.2　微型计算机系统

1.2.1　微型计算机的工作原理

电子计算机虽然历经了四代变革，但基本思想一直沿用冯·诺依曼（Von Neumann）所提出的体系结构。1945 年，冯·诺依曼等人在研制 EDVAC（Electronic Discrete Variable Computer）计算机时提出了"存储程序"的设计方案。首次确定了组成计算机的五大部件：运算器、控制器、存储器、输入设备、输出设备。所谓"存储程序"是指程序和数据采用二进制存放在存储器中，计算机工作时只要给出程序中第一条指令的地址，控制器就可依据存储程序中的指令依次取出指令、分析指令、执行指令，直到执行完全部指令为止。以此概念为基础的各类计算机，统称为冯·诺依曼计算机。

典型的冯·诺依曼计算机以运算器为中心，如图 1-1 所示。图中各部件的功能是：

- 输入设备用来将计算机外部各种信息输入转换为计算机所能识别的二进制信息。
- 存储器用来存放指令和数据。

- 运算器用来完成算术运算和逻辑运算。
- 控制器用来控制指令和数据的输入、运行以及处理运算结果。
- 输出设备负责将计算机处理结果转换输出为外部的各种信息形式。

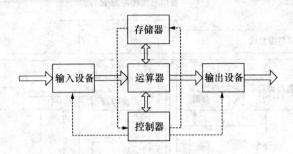

图 1-1　冯·诺依曼计算机结构框图

计算机的这五大部件在控制器的统一控制指挥下，实现有条不紊的自动工作。

1.2.2　微型计算机的系统构成

计算机按其性能、体积和价格等的不同，可分为巨型机、大型机、中型机、小型机、微型机和单片机六大类。

本书的主要介绍对象是微型机。一个微机系统一般由硬件系统和软件系统构成。其中的硬件由微处理器、存储器及输入输出接口等几个部分组成。图 1-2 给出了具有这种结构特点的微型计算机典型硬件组成框图。

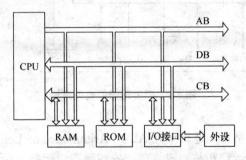

图 1-2　微型计算机结构框图

图中采用总线结构来实现各部件相互之间的信息传送，即各部件通过系统三总线（地址总线，数据总线，控制总线）联系在一起。RAM 和 ROM 构成存储器；而输入设备、输出设备等外部设备通过 I/O 接口和系统总线相连。

1. 微处理器（或中央处理器，CPU）

CPU（Central Processing Unit）是微机系统的核心部件，尽管不同型号的 CPU 的性能有所不同，但是它们共同的特点是均提供运算和控制功能。CPU 的典型结构图如图 1-3 所示。它具体包括：

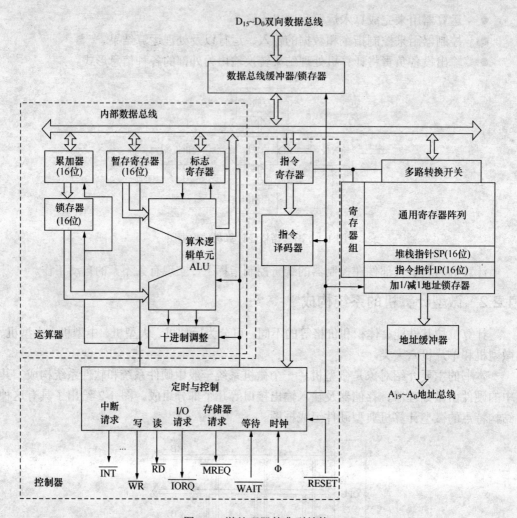

图1-3　微处理器的典型结构

（1）运算器

运算器的核心部件是算术逻辑单元 ALU（Arithmetic and Logic Unit），用来对数据进行加、减、乘、除算术运算和与、或、非、异或等逻辑运算，运算结果的一些特征保存在状态标志寄存器中。

（2）控制器

控制器一般由指令寄存器、指令译码器和定时与控制电路组成。它从存储器中依次取出程序的各条指令，经指令译码器译码后，产生相应的控制信号送到时序和控制逻辑电路，组合成外部电路所需要的时序和控制信号。这些信号送到微型计算机的相应部件，控制各部件协调工作，从而实现对整个微机系统的操作控制。

（3）寄存器组

寄存器组包括一组通用寄存器和专用寄存器。通用寄存器组用于临时存放参与运算的数据，专用寄存器通常有指令指针寄存器 IP（Instruction Pointer）和堆栈指针 SP（Stack Pointer）等。

指令指针寄存器又称程序计数器 PC（Program Counter），程序计数器存放 CPU 下一条即将执行指令在内存中的地址，所以，CPU 通过程序计数器总能取回即将执行的指令。顺序执行程序时，每取一条指令，程序计数器便自动加这条指定所包含的字节数。这样，只要给出程序的第一条指令的地址，CPU 便能通过程序计数器顺序的取得所有指令，从而完成自动执行给定的程序。

2. 存储器

主机系统中的存储器又叫内存或主存，是微型计算机的存储和记忆部件，用以存放数据（包括原始数据、中间结果和最终结果）和当前执行的程序。微机的内存普遍采用半导体材料制成，故也称半导体存储器。

（1）内存单元的地址和内容

内存由许多连续的内存单元构成，每个内存单元存储 8 位二进制即一个字节的信息。一台微机中内存单元的总数称为该微机的内存容量，所以内存容量是内存所能存放的字节数。为了便于 CPU 寻址某个内存单元，需要给每个内存单元统一编排一个地址，具体来说就是从第一个内存单元开始，顺序地按地址增 1 给每个内存单元分配一个地址。第一个内存单元的地址为 0。

内存单元的地址形式为二进制数，而内存单元中存放的内容也是二进制信息，但二者本质上是两个完全不同的概念。图 1-4 给出了这两个概念的示意图。图中地址为 00002H 的内存单元中存放的内容为 10100110B（B 表示二进制）即 A6H（H 表示十六进制），记为（00002H）=A6H。

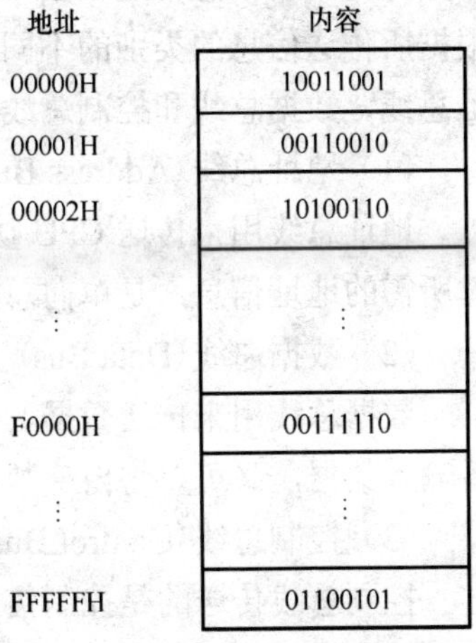

地址	内容
00000H	10011001
00001H	00110010
00002H	10100110
⋮	⋮
F0000H	00111110
FFFFFH	01100101

图 1-4　内存单元的地址和内容

（2）内存操作

CPU 对内存的操作有读、写两种。读操作只是拷贝存储单元的内容到 CPU 内部，这种操作是非破坏性的；而写操作是破坏性的，CPU 写入内存单元新的内容覆盖了原有的内容。除此之外，两种操作在具体实现过程上大致相同，区别只是数据传送的方向不同。以读操作为例，其实现过程为 CPU 首先通过其自身的地址管脚把所要访问内存单元的地址传送到系统地址总线上，之后经过译码电路的译码选中所要访问的存储单元，存储单元的内容被拷贝到系统数据总线后传回到 CPU 内部的寄存器中，至此，读操作结束。

（3）内存分类

按工作方式不同，内存可分为两大类：随机存储器 RAM（Random Access Memory）和只读存储器 ROM（Read Only Memory）。

RAM 可以被 CPU 随机地读和写，所谓随机读写是指信息被读取或写入所需的时间与信息所在的位置无关。这种存储器用于存放用户装入的程序、数据及部分系统信息。当机器断电后，所存信息消失。

ROM 中的信息只能被 CPU 随机读取，而不能由 CPU 写入。机器断电后，信息并不丢失。所以这种存储器主要用来存放各种系统程序，如汇编程序、各种高级语言的解释或编译程序、监控程序、基本 I/O 程序等标准子程序以及各种常用数据和表格等。ROM 中的内容是由生产厂家或用户使用专用设备写入并固化的。

3. 输入输出设备和输入输出接口

输入输出设备（I/O 设备，也称外部设备）和输入输出接口是输入输出系统的硬件，其功能是为微型计算机提高输入/输出手段。

I/O 设备按其传输方向分为输入设备和输出设备。常用的输入设备有键盘、鼠标、扫描仪等；常用的输出设备有显示器、打印机、绘图仪等。作为外部存储器驱动装置的磁盘驱动器，既可看作是一个输入设备，又可看作是一个输出设备。

由于 I/O 设备的工作速度、所用信号类型格式等与主机不同，I/O 设备一般不能直接和主机进行连接，通常需要在主机与 I/O 设备之间设置 I/O 接口作为两者之间进行通信的桥梁。I/O 接口提供信号的格式转换、时序匹配、数据缓冲等功能。

4. 总线

总线由一组导线和相关控制电路组成，是各种公共信号线的集合，用作微机系统各大部件之间的信息传送。在 CPU、存储器、I/O 接口之间传送信息的总线称为系统总线。根据所传送信息的类别的不同，总线又分为三种类型（俗称系统三总线）。它们分别是地址总线、数据总线和控制总线。

（1）地址总线（Address Bus）

地址总线用来传送 CPU 访问存储器（RAM 或 ROM）或输入输出接口（I/O 接口）时所需的地址信息，是单向总线。

（2）数据总线（Data Bus）

数据总线用来传送数据，是双向总线，通过数据总线，CPU 既可以从内存或输入设备输入数据，又可以将内部数据传送至内存或输出设备。

（3）控制总线（Control Bus）

控制总线传送的是控制信号、时序信号和状态信息等。其中有的是 CPU 向内存或 I/O 接口发出的信息，有的则是内存或 I/O 接口向 CPU 发出的信息。控制总线的每一根线是单向的，但从整体来看，数据总线是双向的。

微机系统采用总线结构的主要优点是组装灵活和扩展方便。

1.2.3 微型计算机的主要性能指标

1. 字长

字长是指计算机所能允许参与运算的数的位数，它由 CPU 内部的加法器、寄存器、数据总线的宽度决定。字长越长，计算机的处理能力就越强，运算精度越高。所以字长是评价计算机性能的一个非常重要的指标。

　　微机的字长，一般为字节（Byte，即 8 位二进制）的整数倍。目前微型计算机从 8 位、16 位、32 位到 64 位各档次都有。

2. 运算速度

　　运算速度是指计算机进行数值计算或信息处理的快慢程度。微型计算机的速度指标可用主频及执行指令的速度来评价。

　　主频也称时钟频率，以 MHz 或 GHz 为单位。主频越高，表明运算速度越快。目前微机的主频已达到 4GHz 以上。

　　运算速度单位为 MIPS（每秒百万条指令），这个指标更能直观地反映微型计算机的速度。

3. 主存容量

　　主存储器所能存储信息的最大容量称为主存容量。微型计算机的处理能力不仅与字长和运算速度有关，在很大程度上还取决于主存的容量。主存容量一般以"存储单元个数×存储字长"来表示，其中存储单元个数所用单位如下：

$$1K=2^{10}=1024$$
$$1M=2^{20}=1024K$$
$$1G=2^{30}=1024M$$

　　例如某微机配置主存容量为 1GB，则表示主存有 1G 个存储单元，每个存储单元存放 8 位二进制信息。

1.3　计算机中的数制与编码

　　计算机是由逻辑线路组成的，电子电路通常只有高电平与低电平两个稳定状态。如果用高电平表示"1"，低电平表示"0"，则计算机的每一位（逻辑实现单元）只能表示 0 或 1。意即计算机内部采用的是二进制。而计算机处理的信息包含文本、字符、图形、图像、音频、视频等，这些都须以二进制的形式来表示。

1.3.1　数制

1. 十进制数

十进制数有两个主要特点：
- 有十个不同的数码：0，1，2，…，9。
- 遵循"逢十进一"原则。

一般地，一个十进制数 N 可以表示为

$$N = K_{n-1} \times 10^{n-1} + K_{n-2} \times 10^{n-2} + \cdots + K_1 \times 10^1 + K_0 \times 10^0$$

$$+ K_{-1} \times 10^{-1} + K_{-2} \times 10^{-2} + \cdots + K_{-m} \times 10^{-m} = \sum_{i=-m}^{n-1} K_i \times 10^i \qquad (1\text{-}1)$$

式中，K_i 是 N 的第 i 位的数码，可以是 $0 \sim 9$ 中的任何一个，n 和 m 为正整数，n 表示小数点左边的位数，m 表示小数点右边的位数，10 为基数，10^i 称为十进制数的权。式（1-1）称为十进制数的权表达式。

【例 1-1】 将十进制数 8347.25 用其权表达式表示。

解： 十进制数 8347.25 可表示为

$$(8347.25)_{10} = 8 \times 10^3 + 3 \times 10^2 + 4 \times 10^1 + 7 \times 10^0 + 2 \times 10^{-1} + 5 \times 10^{-2}$$

上例中的十进制数可用下标 10 表示，也可用后缀 D（Decimal）表示或者不加任何字符。

2. 二进制数

二进制数有两个主要特点：
- 有 2 个不同的数码：0，1。
- 遵循"逢二进一"原则。

一个二进制数可用其权表达式表示为

$$N = K_{n-1} \times 2^{n-1} + K_{n-2} \times 2^{n-2} + \cdots + K_1 \times 2^1 + K_0 \times 2^0$$

$$+ K_{-1} \times 2^{-1} + K_{-2} \times 2^{-2} + \cdots + K_{-m} \times 2^{-m} = \sum_{i=-m}^{n-1} K_i \times 2^i \qquad (1\text{-}2)$$

式中，K_i 是 N 的第 i 位的数码，只能是 0 或 1，n 和 m 为正整数，n 表示小数点左边的位数，m 表示小数点右边的位数，2 为基数，2^i 称为二进制数的权。

【例 1-2】 将二进制数 1010.01 用其权表达式表示。

解： 二进制数 1010.01 可表示为

$$(1010.01)_2 = 1 \times 2^3 + 0 \times 2^2 + 1 \times 2^1 + 0 \times 2^0 + 0 \times 2^{-1} + 1 \times 2^{-2}$$

一个二进制数可用下标 2 表示，也可用后缀 B（Binary）表示。

3. 十六进制数

十六进制数有两个主要特点：
- 有 16 个不同的数码：$0 \sim 9$ 及 $A \sim F$。
- 遵循"逢十六进一"原则。

一个十六进制数可用其权表达式表示为

$$N = K_{n-1} \times 16^{n-1} + K_{n-2} \times 16^{n-2} + \cdots + K_1 \times 16^1 + K_0 \times 16^0$$

$$+ K_{-1} \times 16^{-1} + K_{-2} \times 16^{-2} + \cdots + K_{-m} \times 16^{-m} = \sum_{i=-m}^{n-1} K_i \times 16^i \qquad (1\text{-}3)$$

式中，K_i 是 N 的第 i 位的数码，取值在 0～F 的范围内，n 和 m 为正整数，n 表示小数点左边的位数，m 表示小数点右边的位数，16 为基数，16^i 称为十六进制数的权。

【例 1-3】 将十六进制数 3FC.6H 用其权表达式表示。

解：十六进制数 3FC.6H 可表示为

$$(3FC.6)_{16} = 3 \times 16^2 + 15 \times 16^1 + 12 \times 16^0 + 6 \times 16^{-1}$$

一个十六进制数可用下标 16 表示，也可用后缀 H（Hexadecimal）表示。

4. 其他进制数

从以上介绍可见，各种进制数具有以下共同特点：

● 每种进制数都有一个确定的基数 R，每一位的系数 K 有 R 种可能的取值。

● 遵循"逢 R 进一"原则。

一个 R 进制数可用其权表达式表示为

$$N = K_{n-1} \times R^{n-1} + K_{n-2} \times R^{n-2} + \cdots + K_1 \times R^1 + K_0 \times R^0$$

$$+ K_{-1} \times R^{-1} + K_{-2} \times R^{-2} + \cdots + K_{-m} \times R^{-m} = \sum_{i=-m}^{n-1} K_i \times R^i \tag{1-4}$$

式中，K_i 是 R 进制数 N 的第 i 位的数码，取值在 0～$R-1$ 的范围内，n 和 m 为正整数，n 表示小数点左边的位数，m 表示小数点右边的位数，R 为基数，R^i 称为 R 进制数的权。

1.3.2　各种数制之间的转换

1. 非十进制数到十进制数的转换

任何一个非十进制数，按其权表达式展开后计算所得结果即为十进制数。

【例 1-4】 将二进制数 1010.01 转换为十进制数。

解：根据二进制数的权表达式，有

$$(1010.01)_2 = 1 \times 2^3 + 0 \times 2^2 + 1 \times 2^1 + 0 \times 2^0 + 0 \times 2^{-1} + 1 \times 2^{-2}$$
$$= 10.25$$

【例 1-5】 将十六进制数 3FC.6H 转换为十进制数。

解：根据十六进制数的权表达式，有

$$(3FC.6)_{16} = 3 \times 16^2 + 15 \times 16^1 + 12 \times 16^0 + 6 \times 16^{-1}$$
$$= 1020.375$$

2. 十进制数到非十进制数的转换

（1）十进制数转换为二进制数

十进制数转换为二进制数时，需要把整数部分和小数部分分别进行转换，之后拼接起来。

整数部分的转换方法是"除 2 取余"，即把整数部分连续除以 2 同时记录余数，直至商为 0，所得余数从低位到高位依次排列即得到转换后二进制数的整数部分。对小数部

分，采用"乘 2 取整"的方法，即对小数部分连续乘以 2，同时记录所得乘积的整数部分，直至达到所要求的精度为止，最先得到的整数部分作为转换结果的高位。

【例 1-6】 将十进制数 115.75 转换为二进制数。

解：

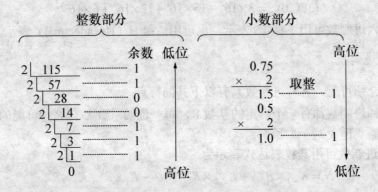

从而得到转换结果 $(115.75)_{10} = (1110011.11)_2$

（2）十进制数转换为十六进制数

十进制数转换为十六进制数也可以采用类似的方法，整数部分用"除 16 取余"，小数部分则"乘 16 取整"。在下面的介绍中，将会看到另一种更简便的方法。

3. 二进制数与十六进制数之间的转换

分析各种进制数的权表达式可知，十进制数、二进制数和十六进制数之间存在一定的关系，如表 1-2 所示。

表 1-2　数制对照

十进制数	二进制数	十六进制数	十进制数	二进制数	十六进制数
0	0000	0	8	1000	8
1	0001	1	9	1001	9
2	0010	2	10	1010	A
3	0011	3	11	1011	B
4	0100	4	12	1100	C
5	0101	5	13	1101	D
6	0110	6	14	1110	E
7	0111	7	15	1111	F

从表中可以看到，四位二进制可以表示一位十六进制数，将二进制数转换为十六进

制数的方法是：从小数点开始别向左和向右把整数部分和小数部分每四位分成一组。若整数部分的最高的一组不够四位，则在其左边补零来构成四位；同样若小数部分最后一组不够四位，则在其右补零来构成四位。之后将每组二进制数用相应的十六进制数替换，则得到转换结果。

【例 1-7】　将二进制数 10110110.10100101 转换为十六进制数。

解：

二进制数	1011	0110.	1010	0101
	↓	↓	↓	↓
十六进制数	B	6.	A	5

即

$$(10110110.10100101)_2 = B6.A5H$$

十六进制数转换为二进制数的方法与上述过程相反，即用四位二进制代码取代对应的一位十六进制数。

【例 1-8】　将十六进制数 3BE7.5CH 转换为二进制数。

解：

十六进制数	3	B	E	7.	5	C
	↓	↓	↓	↓	↓	↓
二进制数	0011	1011	1110	0111.	0101	1100

即

$$3BE7.5CH = (0011101111100111.01011100)_2$$

十进制数转换为十六进制数可以先把十进制数转换为二进制数，之后再把二进制数转换为十六进制数。

1.3.3　编码

1. 二进制编码的十进制数

计算机内部用二进制，而人们日常生活中习惯用十进制。为了方便二者之间的转换，引入了 BCD（Binary Coded Decimal）码。即用二进制来为十进制数编码。它的特点是用 4 位二进制来表示 1 位十进制数，下面我们只介绍最常用的一种 BCD 码，即 8421 码。

（1）8421 码

从前面的介绍我们知道，4 位二进制从左向右各位的权值依次为：$2^3 = 8$，$2^2 = 4$，$2^1 = 2$，$2^0 = 1$，共有 16 种组合。选用前 10 种组合来表示 1 位十进制数的 10 个数码，此种编码方式即为 8421 码。表 1-3 给出了 BCD 码与十进制数的对应关系。

BCD 码在书写上，每 4 位写在一起，以表示 1 位十进制数，为醒目起见，相邻 4 位之间可加一个空格。BCD 码结尾处加标记符 BCD。如 $(0011\ 1000)_{BCD}$，表示十进制数 38。

（2）BCD 码与十进制数、二进制数的转换

BCD 码与十进制数之间的转换很简单，只需根据表 1-3 中的对应关系把 4 位 BCD 码与 1 位十进制数相互转换即可。

表 1-3   BCD 码与十进制数的对应关系

十进制数	8421 码	十进制数	8421 码	十进制数	8421 码
0	0000	4	0100	8	1000
1	0001	5	0101	9	1001
2	0010	6	0110		
3	0011	7	0111		

【例 1-9】   将 $(1001\ 0111\ 1000)_{BCD}$ 转换为对应的十进制数。

解：

$$(1001\ 0111\ 1000)_{BCD}=(978)_{10}$$

【例 1-10】   将 875 转换为对应的 BCD 码。

解：

$$(875)_{10}=(1000\ 0111\ 0101)_{BCD}$$

BCD 码与二进制数之间的转换一般需要把十进制数作为中间桥梁来进行转换。

【例 1-11】   将二进制数 00110101 转换为对应的 BCD 码。

解：

$$(00110101)_2=(53)_{10}=(0101\ 0011)_{BCD}$$

【例 1-12】   将 BCD 码 $(0001\ 0110.0010\ 0101)_{BCD}$ 转换为二进制数。

解：

$$(0001\ 0110.0010\ 0101)_{BCD}=(16.25)_{10}=(10000.01)_2$$

（3）BCD 码在计算机中的存储方式

计算机存储 BCD 码有两种方式，一种称为非压缩的 BCD 码，即在一个字节中存放一个 4 位的 BCD 码，字节的高 4 位置 0。另一种称为压缩的 BCD 码，即在一个字节中存放两个 4 位的 BCD 码。例如十进制数 84，用非压缩 BCD 码表示为 00001000 00000100B。而用压缩 BCD 码则表示为 10000100B。

2. 字符编码

字符包括字母、数码、运算符号、标点符号等。计算机存储字符也需要采用二进制进行编码。目前普遍采用的字符编码系统是 ASCII 码（American Standard Code for Information Interchange，美国国家标准信息交换码），ASCII 码采用 7 位二进制编码来表示字符，7 位二进制数共有 $2^7=128$ 种不同组合，每一种组合可表示一个字符，所以 ASCII 码可以表示 128 个字符。表 1-4 表示了各种组合所编码的字符。

ASCII 码表中的数字及字母都是按顺序编码的。数字 0～9 的 ASCII 码为 30H～39H，26 个英文大写字母 A～Z 的 ASCII 码为 41H～5AH，而 26 个英文小写字母 a～z 的 ASCII 码为 61H～7AH。

表 1-4　ASCII 码

行 \ 列	低位 \ 高位	0 000	1 001	2 010	3 011	4 100	5 101	6 110	7 111
0	0000	NUL	DLE	SP	0	@	P	`	p
1	0001	SOH	DC1	!	1	A	Q	a	q
2	0010	STX	DC2	"	2	B	R	b	r
3	0011	ETX	DC3	#	3	C	S	c	s
4	0100	EOT	DC4	$	4	D	T	d	t
5	0101	ENQ	NAK	%	5	E	U	e	u
6	0110	ACK	SYN	&	6	F	V	f	v
7	0111	BEL	ETB	'	7	G	W	g	w
8	1000	BS	CAN	(	8	H	X	h	x
9	1001	HT	EM	)	9	I	Y	i	y
A	1010	LF	SUB	*	:	J	Z	j	z
B	1011	VT	ESC	+	;	K	[	k	{
C	1100	FF	FS	,	<	L	\	l	|
D	1101	CR	GS	—	=	M	]	m	}
E	1110	SO	RS	.	>	N	Ω	n	~
F	1111	SI	US	/	?	O	-	o	DEL

注：表中的 00H～1FH 以及 7FH 为控制符，不可显示；其余的为可显示字符。

1.3.4　数值型数据在计算机中的表示方法

数值型数据可分为无符号数和带符号数。无符号数就是没有符号的数，数中的每一位 0 或 1 都是有意义的数据。

1. 无符号数的算术运算

同十进制数一样，无符号二进制数也存在加、减、乘、除四则算术运算。

（1）加法运算

无符号数的加法运算遵循以下法则：

$$0+0=0 \qquad 0+1=1 \qquad 1+0=1 \qquad 1+1=0（有进位）$$

【例 1-13】　计算 01101010B+10110101B =（　　　）B。

解：

```
进位           111000000
被加数          01101010
加数      +)    10110101
              100011111
```

即

01101010B+10110101B=100011111B

（2）减法运算

无符号数的减法运算遵循以下法则：

$$0-0=0 \qquad 1-0=1 \qquad 1-1=0 \qquad 0-1=1（有借位）$$

【例 1-14】 计算 10010101B−01101010B＝（ ）B。

解：

借位	11010100
被减数	10010101
减数 −)	01101010
	00101011

即

$$10010101B-01101010B=00101011B$$

（3）乘法运算

无符号数的乘法运算遵循以下法则：

$$0×0=0 \qquad 1×0=0 \qquad 0×1=0 \qquad 1×1=1$$

微机中乘法运算是一种很重要的运算，有的机器由硬件乘法器完成乘法运算，有的机器内没有乘法器，但可以按乘法运算的方法，借助软件编程实现。

● 分析笔算乘法。

笔算乘法其过程可如下例所示：

【例 1-15】 计算 1010B×1001B＝（ ）B。

1010	被乘数
× 1001	乘 数
1010	部分积
0000	
0000	
1010	
1011010	乘 积

即

$$1010B×1001B=1011010B$$

● 笔算乘法的改进。

由于笔算乘法存在将四个位移积一次相加，计算机完全模仿笔算乘法步骤将很难实现，为此，需对笔算乘法做些改进，可采用移位加的方法来求解例 1-15：

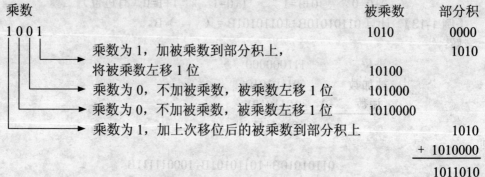

即

$$1010B \times 1001B = 1011010B$$

可以看出计算结果与改进前的笔算乘法相同。由此可见，无符号数的乘法运算可以转换为加法和移位的运算。一个二进制数，每左移一位，相当于乘以 2，左移 n 位就相当于乘以 2^n。计算机的中央处理单元只需设置一个加法器就可以实现乘法运算，这样做在很大程度上节省了部件。

（4）除法运算

除法运算是乘法运算的逆运算，无符号数的除法运算可以转换为减法和右移运算。算法的具体实现过程比较复杂，此处不做介绍，可参阅其他书籍。

2. 无符号数的表示范围及运算溢出判断

一个 n 位无符号二进制数 X，其表示数的范围为

$$0 \leqslant X \leqslant 2^n - 1$$

例如一个 8 位的无符号二进制数，即 $n=8$，其表示范围为 $0 \sim 2^8 - 1$，即 00H～FFH（0～255）。可见如果无符号数的运算结果超出数的可表示范围，则会产生溢出，得到不正确的结果。

【例 1-16】 计算 10101011B+11010010B=（　　　）B。

解：

$$
\begin{array}{r}
10101011 \\
+\ 11010010 \\
\hline
101111101
\end{array}
$$

运算结果 101111101B 是 9 位，超出了 8 位二进制数，所以结果产生溢出。

从上例可见，无符号数加减运算的溢出判断的准则是如果运算结果的最高位向更高位产生进位（加法）或借位（减法），则运算结果产生溢出。

无符号二进制数的乘法运算一般不会产生溢出，因为两个 8 位数相乘，乘积不会超出 16 位二进制数；两个 16 位数相乘，乘积不会超出 32 位。

无符号二进制数的除法运算有可能产生溢出，当除数较小时，运算结果可以超出数的可表示范围，此时系统会产生一次溢出中断（有关中断的内容将在第 6 章介绍）。

3. 带符号数的表示方法

（1）机器数与真值

机器数是一个数在计算机中的表示形式，一个机器数所表示的数值称为真值。带符号数在计算机中的存储需解决符号的表示问题，带符号数的习惯表示方法是在数值前用"+"号表示正数，"-"号表示负数。计算机只能识别 0 和 1，对于带符号数，在计算机中，通常将一个数的最高位作为符号位，最高位为 0，表示符号位为正；最高位为 1，表示符号位为负。

【例 1-17】   真值   机器数

+79   =   0 1001111

-79   =   1 1001111

式中等号左边的+79 和-79 分别是等号右边的机器数所代表的实际数，即真值。

（2）带符号数的表示方法

符号数在计算机中有三种表示方法，即原码、反码和补码。它们均把最高位作为符号位，其他位存放数值。

1）原码。真值 X 的原码记为 $[X]_{原}$。原码表示中的数值位与真值相同。

【例 1-18】   已知真值 $X=+33$，$Y=-33$，求 $[X]_{原}$ 和 $[Y]_{原}$。

解：

因为 $(+33)_{10}=+0100001B$，$(-33)_{10}=-0100001B$，根据原码表示法，有

$[X]_{原}=\underline{0}\quad\underline{0100001}$ $[Y]_{原}=\underline{1}\quad\underline{0100001}$

符号位 数值部分   符号位 数值部分

原码的几个特点：

● 数值部分即为该带符号数的二进制值。

● "0" 有+0 和-0 之分，若字长为 8 位，

故 $[+0]_{原}=0\,0000000$，$[-0]_{原}=1\,0000000$

● 8 位二进制原码表示数据的范围为

11111111～01111111，即-127～+127。

● 原码简单，与真值转换方便，但运算时避免不了减法，为了把减法运算统一转换为加法运算，即用一个加法器来实现加减运算，便引入了反码和补码。

一个 n 位二进制数 X，其原码表示的严格定义为

$$[X]_{原}=\begin{cases}X & 2^{n-1}>X\geq 0\\2^{n-1}-X=2^{n-1}+|X| & 0\geq X>-2^{n-1}\end{cases}$$

2）反码。对于正数，其反码形式与原码相同，最高位（符号位）为 0 表示正数，其余位为数值位。

【例 1-19】   已知真值 $X=+0$，$Y=+43$ 求 $[X]_{反}$ 和 $[Y]_{反}$。

解：

因为 $(+0)_{10}=+0000000B$，$(+43)_{10}=+0101011B$ 根据反码表示法，有

$$[X]_{反}=00000000，[Y]_{反}=00101011$$

对于负数，将其原码除符号位之外的其余各位按位取反，既可得到其反码表示形式。

【例 1-20】 已知真值 $X = -0$，$Y = -43$ 求 $[X]_反$ 和 $[Y]_反$。

解：

因为 $(-0)_{10} = -0000000B$，$(-43)_{10} = -0101011B$，根据反码表示法，有

$$[X]_反 = 11111111B, \quad [Y]_反 = 11010100B$$

反码的几个特点：

- "0" 有 +0 和 -0 之分，即数值 0 的表示不唯一。
- 8 位二进制反码所能表示的数值范围为 -127～+127。
- 在反码表示法中，最高位是符号位，0 表示正号；1 表示负号。

一个 n 位二进制数 X，其反码表示的严格定义为

$$[X]_反 = \begin{cases} X & 2^{n-1} > X \geqslant 0 \\ (2^{n-1}-1)+X & 0 \geqslant X > -2^{n-1} \end{cases}$$

3）补码。正数的补码与其原码相同，最高位为符号位，其他各位为数值位。

【例 1-21】 已知真值 $X = +0$，$Y = 43$，求 $[X]_补$ 和 $[Y]_补$。

解： 因为 X 和 Y 都是正数，所以有

$$[X]_补 = [X]_原 = 00000000B, \quad [Y]_补 = [Y]_原 = 00101011B$$

负数的补码即为它的反码在最低位加上 1。

【例 1-22】 已知真值 $X = -0$，$Y = -43$，求 $[X]_补$ 和 $[Y]_补$。

解： 因为 X 和 Y 都是负数，所以有

$$[X]_补 = [X]_反 + 1 = 11111111 + 1 = 00000000B$$

$$[Y]_补 = [Y]_反 + 1 = 11010100 + 1 = 11010101B$$

从以上例子可以归纳出补码的几个特点：

- 在补码表示法中，最高位是符号位，0 表示正号；1 表示负号。
- 0 的补码表示是唯一的。
- 正因为补码中没有 +0 和 -0 之分，所以 8 位二进制补码所能表示的数值范围为 -128～+127。

一个 n 位二进制数 X，其补码表示的严格定义为

$$[X]_补 = \begin{cases} X & 2^{n-1} > X \geqslant 0 \\ 2^n + X = 2^n - |X| & 0 > X \geqslant -2^{n-1} \end{cases}$$

4. 补码的运算

十进制数到补码的转换，可以先把其转换为二进制数，接着再用上面介绍的求补码的方法求得其补码。

要把一个补码转换为对应的十进制数，应先求出其对应的二进制值，之后再进行二－十转换即可。

● 正数补码转换为十进制数。

由于正数的补码即是它的原码，所以把数值部分转换为十进制数即可。

【例1-23】 已知$[X]_{补}=01101010$，求X的真值。

解：因为补码01101010的符号位为0，是一个正数，它的数值部分即为真值，即：

$$X=+1101010=(+106)_{10}$$

● 负数补码转换为十进制数。

负数补码转换为十进制数的方法是将该负数补码再求一次补，即把其数值部分按位取反再加1，所得结果即为它的真值。

【例1-24】 已知$[X]_{补}=11101010$，求X的真值。

解：

$$X=\left[[X]_{补}\right]_{补}=[11101010]_{补}=-0010110=(-22)_{10}$$

补码运算有如下规则：

● 补码的加法规则：$[X+Y]_{补}=[X]_{补}+[Y]_{补}$。

● 补码的减法规则：$[X-Y]_{补}=[X]_{补}-[Y]_{补}=[X]_{补}+[-Y]_{补}$。

【例1-25】 设$X=+73$，$Y=-54$，求$[X+Y]_{补}$。

解：由补码运算规则可知：$[X+Y]_{补}=[X]_{补}+[Y]_{补}$。

先分别求出X和Y的补码

$$X=(+73)_{10}=(+1001001)_2，\quad [X]_{补}=01001001$$
$$Y=(-54)_{10}=(-0110110)_2，\quad [Y]_{补}=11001010$$

再求$[X]_{补}+[Y]_{补}$

```
      01001001
 +  11001010
 ————————————
 1  00010011
       ↑
    自然丢失
```

所以

$$[X+Y]_{补}=00010011=(+19)_{10}$$

【例1-26】 设$X=+23$，$Y=+54$，求$[X-Y]_{补}$。

解：由补码运算规则可知：$[X-Y]_{补}=[X]_{补}+[-Y]_{补}$

$$X=(+23)_{10}=(+0010111)_2,\quad [X]_{\text{补}}=00010111$$

$$-Y=(-54)_{10}=(-0110110)_2,\quad [-Y]_{\text{补}}=11001010$$

则 $[X]_{\text{补}}+[-Y]_{\text{补}}$ 为

$$\begin{array}{r}00010111\\+\ \ 11001010\\\hline 11100001\end{array}$$

所以

$$[X-Y]_{\text{补}}=11100001=(-31)_{10}$$

从以上例子可以看出，运用补码的运算规则可以把减法运算转换为加法运算，这正是引入补码的原因。在微机中，带符号数一般都是用补码表示的。

5. 带符号数的溢出判断

从补码的介绍可知，8 位二进制补码所能表示的数值范围为-128～+127。当运算结果超出这个表达范围时，便产生溢出。显然，只有在同符号数相加或者异符号数相减的情况下，才有可能产生溢出。那么有没有一个统一的方法来判断是否产生溢出呢？

先看几个例子。

【例 1-27】　带符号数的溢出判断一。

```
                    ┌─────── C_{n-1}
                    │ ┌───── C_{n-2}
                    ↓ ↓
                   00
        00011001  ──── +25
     +  01100010  ──── +98
        01111011  ──── +123
```

令 C_{n-2} 为 n 位带符号二进制数的数值部分向符号位的进位，C_{n-1} 为符号位向更高位的进位，此例中，$C_{n-1}=C_{n-2}=0$，结果在 8 位二进制补码表示范围内，没有溢出。

【例 1-28】　带符号数的溢出判断二。

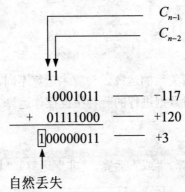

```
                    ┌─────── C_{n-1}
                    │ ┌───── C_{n-2}
                    ↓ ↓
                   11
        10001011  ──── -117
     +  01111000  ──── +120
      [1]00000011 ──── +3
```

自然丢失

此例中，$C_{n-1} = C_{n-2} = 1$，结果正确，没有溢出。

【例1-29】 带符号数的溢出判断三。

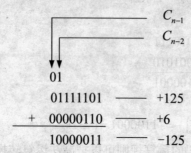

$$
\begin{array}{r}
C_{n-1} \\
C_{n-2} \\
01 \\
01111101 \quad\text{——}\quad +125 \\
+\quad 00000110 \quad\text{——}\quad +6 \\
\hline
10000011 \quad\text{——}\quad -125
\end{array}
$$

此例中，$C_{n-1} = 0$，$C_{n-2} = 1$，$C_{n-1} \neq C_{n-2}$，结果不正确，产生溢出。

【例1-30】 带符号数的溢出判断四。

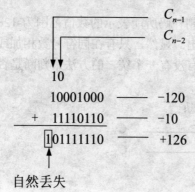

$$
\begin{array}{r}
C_{n-1} \\
C_{n-2} \\
10 \\
10001000 \quad\text{——}\quad -120 \\
+\quad 11110110 \quad\text{——}\quad -10 \\
\hline
101111110 \quad\text{——}\quad +126
\end{array}
$$

自然丢失

此例中，$C_{n-1} = 1$，$C_{n-2} = 0$，$C_{n-1} \neq C_{n-2}$，结果不正确，产生溢出。

从以上几个例子可以看出，在例1-27和例1-28中，$C_{n-1} = C_{n-2}$，运算结果在8位二进制数的范围内，结果正确，没有产生溢出；在例1-29和例1-30中，$C_{n-1} \neq C_{n-2}$，运算结果都超出8位二进制数表示的范围，结果错误，产生了溢出。

综合以上四个例子的情况，可用 $C_{n-1} \oplus C_{n-2}$ 的值来判断运算过程是否产生溢出，即对于一个 n 位的带符号二进制数，如果运算过程中 $C_{n-1} \oplus C_{n-2} = 1$，则运算结果产生溢出；如果 $C_{n-1} \oplus C_{n-2} = 0$，则运算结果没有产生溢出。其中，$\oplus$ 表示异或运算，可用异或电路实现。

1.4 逻辑运算及常用逻辑部件

数据的逻辑运算是指数据的逻辑关系的运算。与算术运算不同，逻辑数据的取值只有0和1两个值，所以逻辑运算是对数据进行的一种按位操作运算。

1.4.1 基本逻辑运算

基本逻辑运算有四种："与"运算、"或"运算、"非"运算、"异或"运算。

1. "与"运算

"与"运算实现两个逻辑量按位相"与"，用符号"∧"表示。其运算规则为

$$0 \wedge 0 = 0 \qquad 0 \wedge 1 = 0 \qquad 1 \wedge 0 = 0 \qquad 1 \wedge 1 = 1$$

即只有参与"与"运算的两位都是 1 时，"与"的结果为 1，否则为 0。

【例 1-31】 计算 10010101B∧01100110B=（　　）B。

解：

$$
\begin{array}{r}
10010101 \\
\wedge\ 01100110 \\
\hline
00000100
\end{array}
$$

即

$$10010101B \wedge 01100110B = 00000100B$$

2. "或"运算

"或"运算实现两个逻辑量按位相"或"，用符号"∨"表示。其运算规则为

$$0 \vee 0 = 0 \qquad 0 \vee 1 = 1 \qquad 1 \vee 0 = 1 \qquad 1 \vee 1 = 1$$

即只有参与"或"运算的两位都是 0 时，"或"的结果为 0，否则为 1。

【例 1-32】 计算 10110110B∧01010100B=（　　）B。

解：

$$
\begin{array}{r}
10110110 \\
\vee\ 01010100 \\
\hline
11110110
\end{array}
$$

即

$$10110110B \wedge 01010100B = 11110110B$$

3. "非"运算

"非"运算实现一个逻辑量按位取反，用符号"‾"表示。其运算规则为

$$\bar{0} = 1 \qquad \bar{1} = 0$$

【例 1-33】 计算 10110110B 的非。

解：

$$\overline{10110110}B = 01001001B$$

4. "异或"运算

"异或"运算实现两个逻辑量按位相"异或"，用符号"⊕"表示。其运算规则为

$$0 \oplus 0 = 0 \qquad 0 \oplus 1 = 1 \qquad 1 \oplus 0 = 1 \qquad 1 \oplus 1 = 0$$

即只有参与"异或"运算的两位的逻辑值不同时，"异或"的结果为 1，否则为 0。

【例 1-34】 计算 10110110B⊕01010100B=（　　）B。

解:

$$\begin{array}{r} 10110110 \\ \oplus\ 01010100 \\ \hline 11100010 \end{array}$$

即

$$10110110B \oplus 01010100B = 11100010B$$

1.4.2　基本逻辑门及常用逻辑部件

计算机通过逻辑部件实现逻辑运算。这里介绍几种在后面章节中将要用到的最常用的计算机基本逻辑部件。对这些逻辑部件，仅从应用的角度来介绍，即只关心其所实现的逻辑功能和外部引脚，而不关心其内部的数字逻辑设计。

1. 与门

与门是实现"与"运算的电路。若输入的逻辑变量为 A 和 B，则通过与门输出的结果 F 可表示为

$$F = A \wedge B$$

其真值表如表 1-5 所示。表中采用的是正逻辑，即 1 表示高电平，0 表示低电平。从表中可以看到，与门的功能特点是受低电平控制，只要将任一输入端接低电平时，该与门就被封锁，输出低电平。与门的逻辑符号如图 1-5 所示，A、B 为输入端，F 为输出端。

表 1-5　与门真值

A	B	F
0	0	0
0	1	0
1	0	0
1	1	1

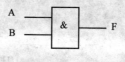

图 1-5　与门的逻辑符号

2. 或门

或门是实现"或"运算的电路。若输入的逻辑变量为 A 和 B，则通过或门输出的结果 F 可表示为

$$F = A \vee B$$

其真值表如表 1-6 所示。从表中可以看到，或门的功能特点是受高电平控制，只要将任一输入端接高电平时，该或门就被封锁，输出高电平。或门的逻辑符号如图 1-6 所示。

表 1-6　或门真值

A	B	F
0	0	0
0	1	1
1	0	1
1	1	1

图 1-6　或门的逻辑符号

3. 非门

非门是实现"非"运算的电路，又称反相器。它只有一个输入端和一个输出端。若输入的逻辑变量为 A，则通过非门输出的结果 F 可表示为

$$F=\overline{A}$$

其真值表如表 1-7 所示。非门的逻辑符号如图 1-7 所示。

表 1-7　非门真值

A	F
0	1
1	0

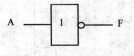

图 1-7　非门的逻辑符号

4. 与非门

与非门是实现先"与"运算再"非"运算的电路。若输入的逻辑变量为 A 和 B，则通过与非门输出的结果 F 可表示为

$$F=\overline{A\wedge B}$$

其真值表如表 1-8 所示。从表中可以看到，与非门的功能特点是只有输入端都接高电平时，输出低电平，否则输出高电平。与非门的逻辑符号如图 1-8 所示。

表 1-8　与非门真值

A	B	F
0	0	1
0	1	1
1	0	1
1	1	0

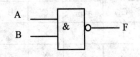

图 1-8　与非门的逻辑符号

5. 或非门

或非门是实现先"或"运算再"非"运算的电路。若输入的逻辑变量为 A 和 B，则通过或非门输出的结果 F 可表示为

$$F=\overline{A\vee B}$$

其真值表如表 1-9 所示。从表中可以看到，或非门的功能特点是只有输入端都接低电平时，输出高电平，否则输出低电平。或非门的逻辑符号如图 1-9 所示。

表 1-9　或非门真值

A	B	F
0	0	1
0	1	0
1	0	0
1	1	0

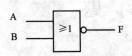

图 1-9　或非门的逻辑符号

6. 译码器

译码是编码的逆过程。它是对输入的不同信号给出具体的逻辑关系定义从而转换成为一个特定的输出信号。实现这种功能的电路，称为译码器。译码器通常是由前面介绍的基本门电路所构成的组合逻辑电路。

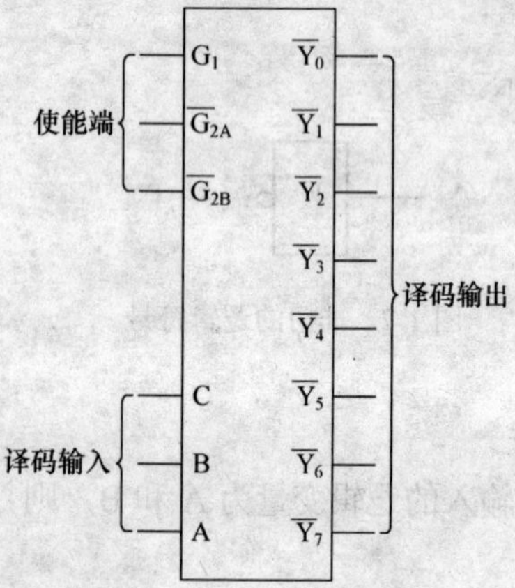

译码器的种类很多，这里介绍一种常用的 3∶8 译码器 74LS138。74LS138 译码器的引脚图如图 1-10 所示，图中 G_1，$\overline{G_{2A}}$，$\overline{G_{2B}}$ 为使能管脚，即当 $\overline{G_1}$ =1 并且 $\overline{G_{2A}}$ = $\overline{G_{2B}}$ =0 时，使译码器工作，否则译码器被禁止。C，B，A 是译码器的 3 个输入端，负责输入三位二进制信息。$\overline{Y_0}$ ~ $\overline{Y_7}$ 为 138 译码器的 8 个输出端。C，B，A 这 3 个输入端的不同状态组合决定了 $\overline{Y_0}$ ~ $\overline{Y_7}$ 中的某一个输出端输出有效的低电平。74LS138 译码器的真值表如表 1-10 所示。表中采用正逻辑，即逻辑"1"表示高电平，逻辑"0"表示低电平。"×"表示任意，"#"表示低电平有效。

图 1-10　74LS138 的引脚图

表 1-10　74LS138 真值

使能端			输入端			输出端							
G_1	$\#G_{2A}$	$\#G_{2B}$	C	B	A	$\#Y_0$	$\#Y_1$	$\#Y_2$	$\#Y_3$	$\#Y_4$	$\#Y_5$	$\#Y_6$	$\#Y_7$
×	1	1	×	×	×	1	1	1	1	1	1	1	1
0	×	×	×	×	×	1	1	1	1	1	1	1	1
1	0	0	0	0	0	0	1	1	1	1	1	1	1
1	0	0	0	0	1	1	0	1	1	1	1	1	1
1	0	0	0	1	0	1	1	0	1	1	1	1	1
1	0	0	0	1	1	1	1	1	0	1	1	1	1
1	0	0	1	0	0	1	1	1	1	0	1	1	1
1	0	0	1	0	1	1	1	1	1	1	0	1	1
1	0	0	1	1	0	1	1	1	1	1	1	0	1
1	0	0	1	1	1	1	1	1	1	1	1	1	0

练 习 题

1. 微处理器内部包含哪三大部分？

2. 完成下列数制的转换：

　　① 10101101B=（　　　　）D=（　　　　）H

② 0.11B=（　　　　　）D

③ 211.25=（　　　　　）B =（　　　　　）H

④ 10111.0101B=（　　　　　）H=（　　　　　）BCD

2. 已知 X=+1011010B，Y=-0011011B，设机器数为 8 位，分别写出 X、Y 的原码、反码和补码。

3. 已知 X 的真值为 32，Y 的真值为-19，求 $[X+Y]_补$。

4. 已知 X=51，Y=-86，用补码完成下列运算，并判断是否产生溢出（设字长为 8 位）。

① $X+Y$　　　　　　　　　② $X-Y$

③ $-X+Y$　　　　　　　　④ $-X-Y$

5. 若使与门的输出端输出高电平，那么各输入端的状态是什么？

6. 若使与非门的输出端输出低电平，那么各输入端的状态是什么？

7. 如果 74LS138 译码器的 $\overline{Y_4}$ 端输出低电平，那么 C、B、A 三个输入端的状态分别是什么？

第 2 章　8088/8086 微处理器

教学目的
- 熟悉 8088/8086 微处理器的结构及其外部引脚和功能
- 掌握 8088/8086 微机存储器的组织
- 了解 8088/8086 微处理器的两种工作模式
- 了解 8088/8086 微处理器的工作时序

2.1　8088/8086 微处理器的内部结构

8088 与 8086 同属于第三代 CPU，它们支持完全相同的指令系统。这两款 CPU 的主要区别是在硬件结构上，8086 的外部数据总线宽度为 16 位，而 8088 的外部数据总线宽度为 8 位；另外 8086 的指令预取队列长度为 6 字节，而 8088 的指令预取队列长度为 4 字节。除此之外，二者几乎没有什么差别，本章将以 8088 为主来介绍。

2.1.1　8088 CPU 的功能结构

8088 CPU 的功能结构示意图如图 2-1 所示。从功能上讲，8088 包含两大功能部件，即执行单元（EU，Execution Unit）和总线接口单元（BIU，Bus Interface Unit）。

1. 执行单元（EU）

执行单元主要完成指令的译码和执行。它包括算术逻辑运算单元 ALU、通用寄存器组、专用寄存器、状态标志寄存器等，这些部件的宽度都是 16 位。执行单元通过 EU 控制电路从 BIU 中取出指令，经过指令译码形成各种定时控制信号，向 EU 内各功能部件发出相应的控制命令，以完成指令所规定的操作。

2. 总线接口单元（BIU）

总线接口单元是 8088 同外部联系的接口。它负责所有涉及外部总线的操作，包括取指令、读操作数、写操作数、地址转换和总线控制等。

BIU 内部设置一个 4 字节（8086 为 6 字节）长的指令预取队列。每当指令队列有两个或两个以上的字节空间，且执行单元未向 BIU 申请读/写存储器操作数时，BIU 顺序地预取后续指令的代码，并填入指令队列中。

当 EU 执行的是转移指令时，则 BIU 清除当前的指令预取队列的内容，从新的地址取回指令，并立即送到 EU 去执行，然后，从后续的指令序列中取回指令填满队列。

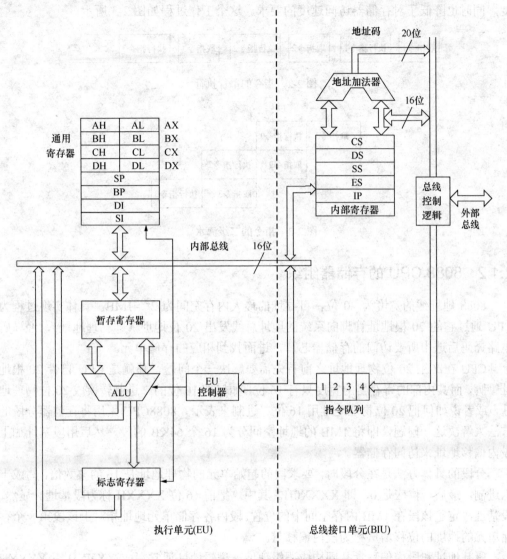

图 2-1　8088 的功能结构示意图

3. 指令流水线

8088CPU 的指令流水线操作方式在微处理器的发展史上具有重要意义。通过采用指令流水线技术，执行单元和总线接口单元通过指令预取队列协同工作，可以实现指令的并行执行，从而在很大程度上提高了 CPU 执行指令的效率。

在 8088/8086 未出现以前，程序的执行是由取指和执行指令交替进行的，取指期间，CPU 必须等待。如图 2-2 所示，指令的提取和执行是串行进行的。

在 8088CPU 中，EU 和 BIU 两部分是按流水线方式并行工作的，在 EU 执行指令期间，BIU 可以取回指令放在指令预取队列中。EU 从 BIU 的指令预取队列中不断地取指令并执行指令，因而在很大程度上节省了访问内存取指令的时间，加快了程序的运行速度，同时也降低了对存储器访问速度的要求。这个工作过程如图 2-3 所示。

图 2-2　指令的串行执行

图 2-3　指令的二级流水

2.1.2　8088 CPU 的存储器组织

8088 地址线的宽度为 20 位，可寻址的最大内存空间为 $2^{20}=1MB$。具体实现过程为 CPU 通过它的 20 根地址管脚向系统的地址总线发出 20 位地址（即物理地址），经译码电路译码后选中所要访问的存储器芯片，进而找到相应的存储单元。

CPU 在产生 20 位物理地址之前首先需要解决一个问题，那就是 CPU 自带 20 根地址管脚，而其内部的寄存器的宽度只有 16 位，如何把 16 位的二进制转换成 20 位物理地址，或者说如何把 20 位物理地址用 16 位二进制来表示？8088CPU 采用将存储器分段的方法来解决这一问题，即将 1MB 的地址空间分为 16 个 64KB 的段，然后用段基址加上段内偏移地址来访问存储器。

分段的具体方法是在分段时，要求段的起始单元的物理地址是 16 的整数倍，写成十六进制，最后一位应是 0，即 XXXX0H。其中，把前 16 位 XXXXH 称为段基址。显然，段基址决定了该段在 1MB 内存空间中的位置。段内各存储单元地址相对于该段第一个存储单元的地址的位移增量称为段内偏移量。

段基地址和段内偏移量共同构成逻辑地址，逻辑地址通常写成 XXXXH：YYYYH 的形式，其中 XXXXH 为段基址；YYYYH 为段内偏移地址。物理地址与逻辑地址的关系如下：

$$物理地址=段基址×16+段内偏移$$

段基址乘以 16 相当于把段基址左移 4 位二进制（左移一位相当于乘以 2），即段基址后面加上一个 16 进制的 0，然后再与段内偏移地址相加即可得到对应的物理地址。例如，逻辑地址 A562H：9236H 对应的物理地址是 AE856H。

物理地址是机器硬件操作时所使用的地址；逻辑地址是应用人员在编程时所使用的地址。由逻辑地址形成物理地址是由总线接口部件中的电路实现的，如图 2-4 所示。

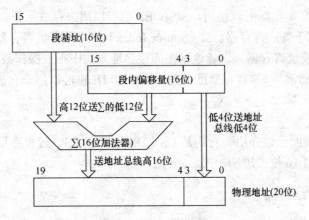

图 2-4　物理地址的形成

从图中可以看出，段基址的 16 位二进制与段内偏移量的高 12 位相加形成 20 位物理地址的高 16 位，而段内偏移量的低 4 位直接送地址总线的低 4 位成为 20 位物理地址的低 4 位。

8088 程序可以同时使用 4 种类型的段：代码段、数据段、堆栈段和附加段。代码段用来存放程序代码；数据段用来存放程序中用到的数据及运算结果；堆栈段一般存放程序中需要暂时保存的数据及状态信息，附加段用来存放数据。存放这些段的段基址的寄存器分别是：

代码段寄存器：CS（Code Segment）；

数据段寄存器：DS（Data Segment）；

堆栈段寄存器：SS（Stack Segment）；

附加段寄存器：ES（Extra Segment）；

这 4 个段寄存器都是 16 位的。各段按前面所述的分段原则进行分段，段和段之间允许部分甚至全部重叠。

2.1.3　8088 CPU 的寄存器结构

从图 2-1 中可以看到，8088 内含 14 个 16 位寄存器。下面分五个类别介绍。

1. 通用寄存器

AX、BX、CX 和 DX 是 4 个 16 位的通用寄存器。这 4 个寄存器都可以分别看成由 2 个 8 位寄存器组成，它们可以单独使用从而处理字节数据。例如，可以把 AX 看成由高 8 位寄存器 AH 和低 8 位寄存器 AL 组成。通用寄存器一般用于存放参与运算的数据或运算的结果。

2. 地址指针和变址寄存器

SP 和 BP 同属地址指针寄存器。SP（Stack Pointer）里通常存放的是堆栈栈顶的段内偏移量，即 SP 指向堆栈的栈顶。BP（Base Pointer）用来存放访问内存时的偏移地址，此时 BP 默认与 SS 寄存器配对使用。SP 和 BP 也可以用来存放数据。

SI 和 DI 同属于变址寄存器。SI（Source Index）称为源变址寄存器。DI（Destination Index）称为目的变址寄存器。二者通常在间接寻址方式中存放操作数的偏移地址。在串操作指令中，DI 通常与 ES 寄存器配对使用。SI 和 DI 也可以用来存放数据。

3．段寄存器

段寄存器在前面已做介绍，它们是 CS、DS、SS 和 ES。段寄存器用来存放段基址，即段起始地址的高 16 位二进制。

4．指令指针寄存器

位于 BIU 部分的 IP（Instruction Pointer）称为指令指针寄存器，它又称程序计数器（PC，Program Counter）。IP 寄存器存放 CPU 即将执行的下一条指令在代码段中的段内偏移地址。BIU 根据 CS：IP 所指示的逻辑地址形成物理地址后去代码段中取回下一条指令。当 CPU 取回指令代码的一个字节后，IP 自动加 1，指向指令代码的下一个字节。用户程序不能直接访问 IP。

5．标志寄存器

FLAGS 称为标志寄存器或程序状态字（PSW，Program Status Word）。用来存放指令执行结果的特征。状态标志寄存器是一个 16 位的寄存器，位于 EU 单元中，实际只使用了 9 位，如图 2-5 所示。

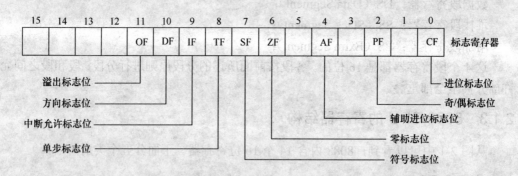

图 2-5 8088/8086 的标志寄存器

这 9 个标志位可分为两类：一类反映指令执行的重要特征，为状态标志位，共有 6 个；另一类用于控制微处理器的操作，为控制标志位，共有 3 个。

（1）状态标志位

- CF（Carry Flag）：进位标志。当算术运算结果使最高位产生进位或借位时，则 CF=1；否则 CF=0。
- PF（Parity Flag）：奇偶标志。若运算结果中的低 8 位含有偶数个 1，则 PF=1；否则 PF=0。

- AF（Auxiliary carry Flag）：辅助进位标志。运算过程中若 D_3 位向 D_4 有进位或借位时，AF=1；否则 AF=0。
- ZF（Zero Flag）：零标志。若运算结果为 0，则 ZF=1；否则 ZF=0。
- SF（Sign Flag）：符号标志。若运算结果为负，则 SF=1；否则 SF=0。
- OF（Overflow Flag）：溢出标志。当带符号数的补码运算结果超出机器所能表达的范围时，就会产生溢出，这时 OF=1；否则 OF=0。

（2）控制标志位

- DF（Direction Flag）：方向标志。控制串操作指令的地址变化的方向。当 DF=0 时，串操作指令的地址指针按增量变化；当 DF=1 时，串操作指令的地址指针按减量变化。
- IF（Interrupt Flag）：中断允许标志。控制微处理器是否允许响应可屏蔽中断请求。若 IF=1，则允许响应；否则禁止响应。
- TF（Trap Flag）：单步标志。TF=1 时，CPU 为单步方式，即每执行完一条指令就自动产生一个内部中断，此时用户可查看有关寄存器的内容、存储单元的内容以及标志寄存器的内容等。单步执行是调试程序的有效方法。

2.2　8088 CPU 的引脚及其功能

8088 CPU 是 Intel 系列的准 16 位微处理器，它采用双列直插式封装，有 40 个引脚。图 2-6 是 8088 CPU 的引脚图。8088 有两种工作模式：最小模式和最大模式。当 MN/$\overline{\text{MX}}$ 连到+5.0V 上时，CPU 工作在最小模式，此时 8088 本身产生系统所需的全部控制信号，在构成微机系统时只支持单处理器系统。当 MN/$\overline{\text{MX}}$ 引脚接地时，CPU 工作在最大模式，此时部分控制信号必须由外部产生。这就需要增加一个外部总线控制器—8288 总线控制器，在构成微机系统时可支持多处理器系统（包含诸如 8087 算术协处理器之类的外部协处理器）。图 2-6 中括号内的引脚信号用于最大模式。

1. 两种模式功用相同的引脚

- AD7～AD0：8088 地址/数据总线（address/data bus），双向，三态。构成了 8088 的地址/数据多路复用总线。当 ALE 有效（高电平）时，作为存储器的低 8 位地址或 I/O 端口地址；当 ALE 无效（低电平）时，作为数据总线。
- A15～A8：8 位地址信号，输出，三态。8088 地址总线在整个总线周期内提供存储器高 8 位地址。
- A19/S6～A16/S3：多路复用地址/状态总线（address/status bus），输出，三态。提供地址信号 A19～A16 及状态位 S6～S3。状态位 S6 一直保持逻辑 0，S5 表示中断允许标志位（IF）的状态，S4 和 S3 指示当前总线周期内被访问的段。表 2-1 为 S4 和 S3 的真值表。

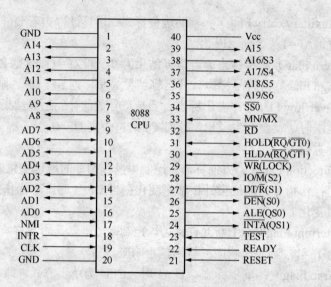

图 2-6 8088 微处理器芯片引脚图

表 2-1 状态位 S4 和 S3 的功能

S4	S3	功能
0	0	附加段
0	1	堆栈段
1	0	代码段或不用
1	1	数据段

- $\overline{RD}$：读信号（read signal），输出，三态。当它为低电平时，数据总线接收来自存储器或与系统相连的 I/O 设备的数据。

- READY：就绪输入信号，输入，用于在微处理器时序中插入等待状态。若该引脚被置为低电平，则微处理器进入等待状态并保持空闲；若该引脚被置为高电平，则它对微处理的操作不产生影响。

- $\overline{INTR}$：中断请求（interrupt request）信号，输入，用来申请一个硬件中断。当 IF=1 时，若 INTR 保持高电平，则 8086/8088 在当前指令执行完毕后就进入中断响应周期（INTA 变为有效）。

- $\overline{TEST}$： 这是一个测试输入信号，由 WAIT 指令来测试。若 $\overline{TEST}$ 为低电平，则 WAIT 指令的功能相当于 NOP 空操作指令；若 $\overline{TEST}$ 为高电平，则 WAIT 指令重复测试 $\overline{TEST}$ 引脚，直到它变为低电平。该引脚大多与 8087 算术协处理器相连。

- NMI：非屏蔽中断（non-maskable interrupt）输入信号。与 INTR 信号类似，但 NMI 中断不必检查 IF 标志位是否为 1。若 NMI 被激活，则该中断输入使用中断向量 2。

- **RESET**：复位输入信号。若该引脚保持 4 个时钟周期以上的高电平，则导致微处理器复位。一旦 8086 或 8088 复位，其内部寄存器除 CS 置全 1 外，其他寄存器全部清零。所以 CPU 从存储单元 FFFF0H 开始执行指令，并使 IF 标志位清零，禁止中断。
- **CLK**：时钟（clock）引脚，为微处理器提供基本的定时信号。
- **Vcc**：电源输入，为微处理器提供+5.0V。
- **GND**：接地（ground）引脚。注意,8086/8088 微处理器有两个引脚均标为 GND，为保持正常工作，二者必须都接地。
- **$\overline{\text{MN}}$/MX**：最小/最大（minimum/maximum）模式引脚，输入，为微处理器选择最小模式或最大模式工作方式。若选择最小模式，则该引脚必须直接接+5.0V。

2. 最小模式引脚

当 MN/$\overline{\text{MX}}$ 引脚直接连至+5.0V 时，8088/8086 工作于最小模式。

- **IO/$\overline{\text{M}}$**：输出，三态。该引脚选择存储器或 I/O 端口，即微处理器地址总线是存储器地址还是 I/O 端口地址。
- **$\overline{\text{WR}}$**：写（write）选通信号，输出，三态。指示 8088/8086 正在输出数据给存储器或 I/O 设备。在 $\overline{\text{WR}}$ 为低电平期间，数据总线包含给存储器或 I/O 设备的有效数据。
- **$\overline{\text{INTA}}$**：中断响应（interrupt acknowledge）信号，输出。响应 INTR 输入。该引脚常用来选通中断向量码以响应中断请求。
- **ALE**：地址锁存允许（address latch enable），输出，三态。表明 8088/8086 的地址/数据总线包含地址信息。该地址可以是存储器地址或 I/O 端口地址。
- **DT/$\overline{\text{R}}$**：数据传送/接收（data transmit/receive）信号，输出，三态。表明微处理器数据总线正在传送（DT/$\overline{\text{R}}$=1）或接收（DT/$\overline{\text{R}}$=0）数据。该信号用来允许外部数据总线缓冲器。
- **$\overline{\text{DEN}}$**：数据总线允许（data bus enable），输出，三态。用来激活外部数据总线缓冲器。
- **HOLD**：保持输入信号，用来请求直接存储器存取（DMA）。若 HOLD 信号为高电平，微处理器停止执行软件，并将其地址、数据、控制总线置成高阻抗状态。若 HOLD 信号为低电平，微处理器正常执行软件。
- **HLDA**：保持响应（hold acknowledge）信号，输出。指示 8088/8086 已进入保持状态。
- **$\overline{\text{SS0}}$**：SS0 状态线相当于微处理器最大模式下的 S0 引脚。该信号与 IO/$\overline{\text{M}}$ 及 DT/$\overline{\text{R}}$ 组合在一起，译码当前总线周期的不同功能（见表 2-2）。

表 2-2　8088 使用 SS0 的总线周期状态

IO/$\overline{\text{M}}$	DT/$\overline{\text{R}}$	$\overline{\text{SS0}}$	功　能
0	0	0	中断响应

续表

IO/$\overline{\text{M}}$	DT/$\overline{\text{R}}$	$\overline{\text{SS0}}$	功能
0	0	1	读存储器
0	1	0	写存储器
0	1	1	暂停
1	0	0	取操作码
1	0	1	读 I/O
1	1	0	写 I/O
1	1	1	无效状态

3. 最大模式引脚

为使微处理器工作于最大模式，从而与外部协处理器一起工作，应将 MN/$\overline{\text{MX}}$ 引脚接地。

- $\overline{\text{S2}}$，$\overline{\text{S1}}$ 和 $\overline{\text{S0}}$：这些状态位显示当前总线周期的功能。它们通常由 8288 总线控制器译码，后者将在本章后面部分介绍。表 2-3 给出了这三个状态位在最大模式下的功能。

表 2-3　总线控制器（8288）使用 $\overline{\text{S2}}$，$\overline{\text{S1}}$ 和 $\overline{\text{S0}}$ 产生的总线控制功能

$\overline{\text{S2}}$	$\overline{\text{S1}}$	$\overline{\text{S0}}$	功　能
0	0	0	中断响应
0	0	1	读 I/O
0	1	0	写 I/O
0	1	1	暂停
1	0	0	取操作码
1	0	1	读存储器
1	1	0	写存储器
1	1	1	无效状态

- $\overline{\text{RQ}}$/$\overline{\text{GT1}}$ 和 $\overline{\text{RQ}}$/$\overline{\text{GT0}}$：请求/同意（request/grant）引脚，在最大模式下请求直接存储器存取（DMA）。这两个引脚都是双向的，既可用于请求 DMA 操作，又可用于同意 DMA 操作。

- $\overline{\text{LOCK}}$：锁定输出（lock output）信号，用来锁定外围设备对系统总线的控制权。
  该引脚通过在指令前加前缀 LOCK 激活。
- QS1 和 QS0：队列状态（queue status）位，表明内部指令队列的状态。这些引脚被算术协处理器（8087）访问，以监视微处理器内部指令队列的状态。参看表 2-4 队列状态位的操作。

表 2-4　队列状态位

QS1	QS0	功　　能
0	0	队列空闲
0	1	操作码的第一个字节
1	0	队列空
1	1	操作码的后续字节

2.3　8088 CPU 的工作时序及总线形成

2.3.1　8088 CPU 的工作时序

工作时序反映微处理器各引脚在时间上工作的先后次序关系。时序有两种不同的度量方法：时钟周期和总线周期。微处理器在运行过程中是按照其基准时钟一步步地执行每一个操作的，每个时钟脉冲的持续时间称为一个时钟周期；CPU 通过总线进行一次读（或写）所需时间称为一个总线周期。

一般地，一条指令的执行需要若干个总线周期。而一个总线周期又由若干个时钟周期构成。

以下简要介绍一下 8088CPU 在最小模式下的时序。最大模式下的时序除有些控制信号是由 8288 总线控制器产生的以外，其基本时序关系与最小模式大致相同。

图 2-7 和图 2-8 分别表示了 8088 读时序和写时序。

从图中可以看出，在总线周期的第一个时钟周期（即 T_1）内，存储器或 I/O 端口的地址通过地址总线（存储器地址使用 $A_{19}/S_6 \sim A_{16}/S_3$ 及 $A_{15} \sim A_8$；I/O 端口地址使用 $A_{15} \sim A_8$）和地址/数据总线被送出（$AD_7 \sim AD_0$ 是多路复用的，有时是存储器地址信息，有时是数据）。在 T_1 期间，还输出控制信号 ALE、DT/$\overline{R}$ 和 IO/$\overline{M}$。IO/$\overline{M}$ 信号指示地址总线包含的是存储器地址，还是 I/O 设备（端口）号。

在 T_2 期间，8088 微处理器发出 $\overline{RD}$ 或 $\overline{WR}$ 信号及 DEN 信号，在写操作的情况下，要写入的数据出现在数据总线上。这些事件使得存储器或 I/O 设备开始执行一个写操作。若系统中存在数据总线缓冲器（如 8286），则 $\overline{DEN}$ 信号选通数据总线缓冲器，这样存储器或 I/O 就可以接收要写入的数据，或是微处理器可以在读操作时接收从存储器或 I/O 读入的数据。若正好是一个写总线周期，则数据通过数据总线被发送到存储器或 I/O。

在 T_2 结束即 T_3 开始处,CPU 采样 READY 信号。若 READY 此时是低电平,则 T_3 之后将会插入一个等待时钟周期(TW),这一时钟周期允许存储器存取数据,在 T_W 的开始时刻,CPU 还要检查 READY 管脚的状态,如果仍为低电平,则再插入一个 T_w。此过程一直持续到某个 T_W 开始时,READY 变成有效的高电平,这时再进入 T_4 时钟周期。可见,利用 READY 信号,可以保证 CPU 对内存或 I/O 接口进行有效的读或写操作。

在 T_4 期间,所有总线信号变为无效,为下一个总线周期做准备。如果进行读操作,这个时间 8088 采样数据总线读取存储器或 I/O 中的数据。如果进行的是写操作,此时 $\overline{WR}$ 信号的后沿传送数据给存储器或 I/O,当 $\overline{WR}$ 信号回到高电平时,存储器或 I/O 被激活,写入数据。

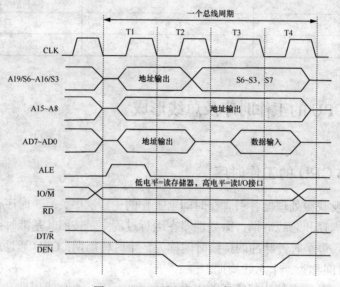

图 2-7　8088 读周期的时序图

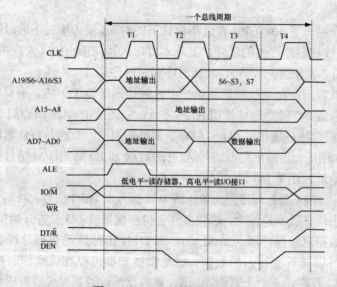

图 2-8　8088 写周期的时序图

2.3.2　8088 CPU 在两种模式下的系统总线形成

前面已经介绍，8086/8088 微处理器有两种工作模式：最小模式和最大模式。当模式选择引脚 MN/$\overline{\text{MX}}$ 连到+5.0V 上时，选择最小模式；当该引脚接地时，CPU 工作在最大模式。这两种模式允许 8086/8088 微处理器有不同的控制结构。

1. 最小模式下系统总线的形成

最小模式操作是 8088 微处理器开销较小的方式。其成本较低，是因为微处理器产生所有控制信号给存储器和 I/O，如没有特别的需要，控制信号不需要外加驱动电路，系统形成包括地址锁存和数据的双向驱动。图 2-9 是最小模式下的总线形成示意图。现说明如下：

（1）采用 3 片 8282（或 74LS373）锁存器来锁存地址，并驱动 20 位地址总线

通过 CPU 管脚 $A_{19}/S_6 \sim A_{16}/S_3$、$A_{15} \sim A_8$ 和 $AD_7 \sim AD_0$ 送出的地址信号只在 T_1 时钟周期出现，此时必须及时予以锁存；另外还需对这些地址信号线加以驱动，以增强它们的负载能力。图 2-9 中采用了三态输出的 8282 锁存器，该芯片有 8 个输入和 8 个输出管脚，另有两个控制管脚：选通控制管脚 STB（Strobe）用来控制锁存，该管脚连到 ALE，当 ALE 变成高电平时表示总线上传输的是地址信号，此时选通 8282 锁存器，在 ALE 由高电平变低电平时（即后沿）数据被锁存；输出使能管脚 $\overline{\text{OE}}$（Output Enable）接地以保持有效的低电平来允许地址信号输出。

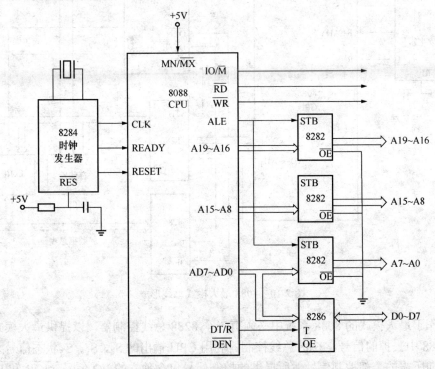

图 2-9　8088 最小模式总线形成

（2）采用一片 8286（或 74LS245）双向总线驱动器来驱动数据总线

8286 为双向传输芯片，它可以朝两个方向驱动 8 位数据，满足 CPU 发送和接受数据的需要，所以也称为数据收发器或总线收发器。8286 有两个控制管脚：使能端 $\overline{OE}$ 用来允许或禁止芯片工作；方向控制端 T（Transmit）用来控制数据的传送方向。8088CPU 工作在最小模式时，其 $\overline{DEN}$ 管脚连至 8286 的 $\overline{OE}$ 管脚，当 $\overline{DEN}$ 有效时，表明地址/数据复用管脚 $AD_7 \sim AD_0$ 现在出现的是数据信号，此时选通 8286。$DT/\overline{R}$ 为高电平时，表示 CPU 向外发送数据；否则表示 CPU 接收数据。$DT/\overline{R}$ 作为 8286 的方向控制端 T 的输入，可以保证 8286 按正确的方向传输数据。

2. 最大模式下系统总线的形成

最大模式操作不同于最小模式，它的某些控制信号必须由外部产生。这就需要增加一个外部总线控制器—8288 总线控制器（见图 2-10）。除此之外，地址的锁存、驱动以及数据总线的双向驱动和最小模式时一样。

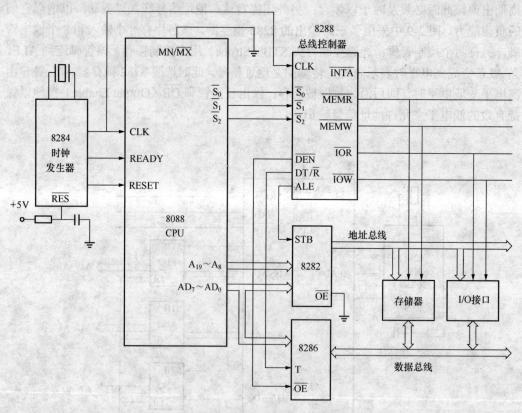

图 2-10　8088 最大模式总线形成

工作于最大模式的 8088 系统中必须有一个 8288 总线控制器，以提供最大模式操作中从 8088 中去掉的信号，8288 总线控制器利用 CPU 输出的 S_0、$\overline{S_1}$、$\overline{S_2}$ 状态信号来产生总线周期所需的全部控制信号。所提供的控制信号包含独立的 I/O 信号（$\overline{IOR}$ 和 $\overline{IOW}$）

和存储器信号（MEMR 和 MEMW）；还包含 INTA 信号、DT/$\overline{\text{R}}$ 和 ALE。这些信号取代了最小模式的 ALE、$\overline{\text{WR}}$、IO/$\overline{\text{M}}$、DT/$\overline{\text{R}}$、$\overline{\text{DEN}}$ 和 $\overline{\text{INTA}}$ 信号。与最小模式一样，通过 8288 所产生的 $\overline{\text{DEN}}$、DT/$\overline{\text{R}}$ 和 ALE 控制信号能够实现地址/数据复用信号线中地址和数据的有效分离。

最大模式仅仅用作系统包含诸如 8087 算术协处理器之类的外部协处理器的情况下。

练 习 题

1. 8086/8088CPU 由哪两大功能部分所组成？简述它们的主要功能？

2. 什么是指令流水线？指令流水线需要哪些硬件支持？

3. 逻辑地址如何转换成物理地址？已知逻辑地址为 2D1EH：35B8H，对应的物理地址是什么？

4. 8088 和 8086 的指令预取队列的长度分别是多少？

5. 简述 8086/8088CPU 内部的各寄存器的作用。

6. 8086/8088CPU 内部的状态标志寄存器共有几位标志位？各位的含义是什么？

7. 8086/8088 系统中存储器的分段原则是什么？

8. 当 ALE 有效时，8088 的地址/数据总线上将出现什么信息？

9. READY 管脚的作用是什么？

10. 为什么在基于 8086/8088 的系统中经常需要使用缓冲器？

11. 8088 工作在最小模式下包含哪些控制信号？

12. 若 CS=4000H，则当前代码段可寻址的存储空间范围是多少？

第 3 章 8088/8086 的指令系统

教学目的

- 了解指令的一般概念、基本格式
- 掌握操作数的寻址方式
- 掌握指令系统中的基本指令

3.1 概述

程序是人操纵驾驭计算机的工具，程序设计语言就是编制程序的工具。程序设计语言主要分为机器语言、汇编语言和高级语言三类。这些语言的使用环境不同，操纵计算机的方法不同，各有优缺点。

3.1.1 机器语言与汇编语言

机器语言能被计算机硬件直接识别并执行，它由二进制代码组成。机器语言中的每一条称为指令，计算机能够识别的所有指令的集合称为指令系统。指令是计算机能够执行的最小功能单位，机器语言程序就是由一条条的指令按一定顺序组织起来的指令序列。计算机的 CPU 不同，指令系统也不同。INTEL 公司的 80X86 系列 CPU，因其硬件结构设计上的包容性，指令系统具有兼容性，用 8088/8086CPU 的指令系统设计的程序可以在 80X86 系列的 CPU 上执行。8088/8086CPU 的指令系统常被称为 80X86 系列 CPU 的基础指令。本章以 8086CPU 为主，介绍常用计算机指令的格式、寻址方式和用法。

一条指令一般由操作码和操作数两部分组成。操作码详细地说明指令要执行的操作，操作数是指令执行时需要的数据。机器语言中操作码和操作数都是二进制代码，因而难于记忆、书写和输入，即使对于计算机的设计者也一样难于使用。因此，对指令中的操作码和操作数用便于记忆的符号代替，编程语言因而有了第一次发展，由机器语言进化到汇编语言。符号化的操作码称为指令助记符，操作数称为操作数助记符。

汇编语言是一种符号语言。用汇编语言编制的程序称为汇编语言源程序，计算机不能直接识别执行，必须翻译成机器语言程序。翻译的过程称为汇编，完成汇编工作的程序称为汇编程序。汇编程序属于系统程序，是汇编语言的命令处理程序。

汇编语言是一种面向机器的语言，它可以高效地控制计算机硬件，但计算机的 CPU 不同，汇编语言也不同，它的兼容性差。机器语言和汇编语言统称为低级语言。本章以 8086CPU 为主，介绍常用的汇编语言指令格式、寻址方式和用法。

3.1.2　指令的基本构成

1. 指令的一般格式

一条指令包含操作码和操作数两部分。任何指令都含有操作码，操作数可以有一个也可以有两个，还可以没有。只有一个操作数的指令常称为单操作数指令，有两个操作数的指令常称为双操作数指令。形式上无操作数的指令，通常操作数是隐含的。操作数有源操作数和目的操作数之分。

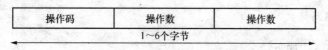

图 3-1　指令的基本组成

8086CPU 指令由 1~6 个字节组成。操作码占 1~2 个字节，操作数占 2~4 字节。操作码的长度取决于指令系统的规模大小。操作数的长度与指令的寻址方式有关。

2. 操作数类型

8086CPU 指令的操作数有三种类型：立即数、寄存器操作数和存储器操作数。

- 立即数操作数又称为常数，可以是数值型常数也可以是字符型常数。数值型常数可以是字节或字（2 个字节[①]），可以是无符号数或有符号数。立即数在指令中只能作为源操作数，不能作为目的操作数。

- 寄存器操作数，8086CPU 的 8 个 16 位的通用数据寄存器 AX、BX、CX、DX、SP、BP、SI、DI 和 4 个段寄存器 CS、DS、SS、ES 可以作为 16 位寄存器操作数，AH、BH、CH、DH 和 AL、BL、CL、DL 可以作为 8 位寄存器操作数。控制寄存器 IP、Flags 只在特定指令中作为操作数。寄存器操作数在指令中可以作为源操作数也可以作为目的操作数，段寄存器 CS 除外，它只能作为源操作数。

- 存储器操作数，就是用内存单元中的数据作为操作数，通常用内存单元地址表明。存储器操作数既可以作为源操作数也可以作为目的操作数，但多数指令要求源和目的操作数不能同时为存储器操作数。指令中的操作数如果是存储器操作数，通常指令指明存储单元的地址或用某种方式指明存储单元的地址，指令执行时需要根据这个地址从内存单元中取出操作数，操作数可以是 1 个字节或 2 个字节（字）甚至 4 个字节（双字）。

数据在内存中以"高高低低"的原则存放，低字节存于低地址内存中，高字节存于高地址内存中。存储器操作数如果是多字节，指令中指明的存储单元地址通常是它的低地址或称为首地址。如寄存器 AX 的内容为 6E53H，将它存入 20000H 中，结果如图 3-2 所示。

---

① 8086CPU 的字长为 16 位。

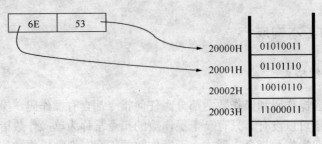

图 3-2　数据存放

3. 指令的书写格式

指令的书写格式如下：

标号：操作码助记符　目的操作数助记符，源操作数助记符;注释

例如：GOON：MOV　AX，BX;数据传送

- 标号是字母数字组合的符号，代表指令，是指令的地址——用符号表示的地址。标号后跟冒号 ":" 作为间隔符。不是每条指令都有标号，标号由程序员根据编程需要设定。标号一般由字母开头的字母数字组成，长度不超过 31 个字符。不允许使用汇编语言中的保留字作标号。
- 操作码助记符与操作数助记符之间至少应有一个空格作为间隔符。如果指令有两个操作数，操作数之间以逗号 "," 作为间隔符。紧挨操作码助记符的操作数为目的操作数，另一个为源操作数。
- 操作数助记符与注释之间用分号 ";" 作为间隔符。注释部分可有可无，可以跟在指令的后面也可以单独一行，若注释超过一行，则新行以分号 ";" 开头。简明扼要的注释可以增加程序的可读性，汇编语言程序的可读性很差，应尽量多写注释。
- 指令中的标点符号应为 ACSII 字符。

3.2　8086 CPU 寻址方式

程序员编程时一般使用逻辑地址。8088/8086 CPU 对内存采用分段管理，内存单元地址由段基址和段内偏移地址组成，这种表示法称为内存单元的逻辑地址。寻址方式，即获得地址的方法，主要指获得段内偏移地址的方法，段基址常采用默认方式获得。8086CPU 指令系统的寻址方式有两类：

- 获得指令中操作数地址的方法。指令的操作数有三种类型：立即数、寄存器操作数和存储器操作数。立即数作为指令的一部分出现在指令中，随着 CPU 取指令的动作进入 CPU 内，不需要再寻址；寄存器操作数本就在 CPU 内部，寄存器的符号就是地址；存储器操作数在内存中，指令只能给出内存单元的偏移地址，而且这个地址常常并不是指令需要的操作数有效地址，要通过某种计算方法才能得到操作数的最终地址，这个过程称为操作数寻址。操作数寻址通常在数据段、附加数据段或堆栈段，相应的段基址由段寄存器 DS、ES 或 SS 提供。指令采用什么样的方法求得有效地址，与指令的功能紧密相关。汇编语言的寻址方式主要指的是存储器操作数的寻址方式。

● 获得要执行的下一条指令的地址的方法。在正常情况下，每当 BIU 取完一条指令，程序计数器 IP 自动指向下一条，程序就按照指令的先后顺序执行。但当程序执行转移指令或子程序调用指令时，程序的执行顺序必须按照指令的要求改变，这时需要寻找下一条指令的地址。这类寻址发生在程序代码段内，由 CS 段寄存器提供段基址。这一类寻址方式只涉及转移指令和子程序调用指令，在介绍相关指令时再详细讲解。

这一节主要介绍指令中操作数的寻址方式，有 8 种。

1. 立即寻址

操作数是立即数，可以是 8 位或 16 位的二进制数，也可以是字符常数。例如：

```
MOV AX, 2000H      ;2000H 是立即数操作数
MOV AH, 'A'        ;'A'是字符常数，等于 41H
ADD AL, 6          ;6 是立即数操作数
```

立即数作为操作数，这个操作数的寻址方式称为立即寻址，其实它不用寻址。立即数操作数只能作源操作数，不能作为目的操作数。

2. 直接寻址

操作数在内存中，指令中直接给出操作数所在的内存单元的偏移地址。可以是数值形式的地址，也可以用符号表示。用符号表示的地址称为符号地址。例如：

```
MOV BL, [2000H]
```

将偏移地址为 2000H 的内存单元的内容传送给 BL 寄存器。操作数[2000H]的寻址方式为直接寻址，方括号表示地址。如果 2000H 单元存储的数据为 55H，上面指令执行后 BL=55H。

再如：

```
MOV BX, [3200H]
```

将偏移地址为 3200H 为首地址的连续两个内存单元的内容传送给 BX 寄存器。操作数[3200H]的寻址方式为直接寻址。如图 3-3 所示，3200H 单元存储的数据为 F8H，3201H 单元存储的数据为 03H，上面的指令执行后 BX=03F8H。

注意：BX 为 16 位的寄存器，决定了这条指令为 16 位的数据传送指令。

汇编语言中常常用一个符号代替数值，如 BUFF 代替 3200H，则上述指令可写为：

```
MOV BX, [BUFF];或写为  MOV BX, BUFF
```

BUFF 称为符号地址，它的寻址方式仍为直接寻址方式。BUFF 需要在程序开始处予以定义。

8088/8086CPU 采用分段的方式管理内存储器，CPU 读写内

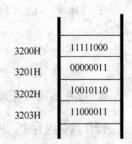

3200H	11111000
3201H	00000011
3202H	10010110
3203H	11000011

图 3-3　直接寻址

存时使用段基址和段内偏移地址，段基址指明段的起始位置，段内偏移地址指明相对于段起始地址的位移量，通常将段基址和段内偏移地址称为逻辑地址。汇编指令中存储器操作数的地址都是逻辑地址，例如上面指令中的[2000H]和[3200H]，都是段内偏移地址，它们的段基址由 DS 指明。在通常情况下，存储器操作数的默认在数据段，段基址在 DS。在特殊说明的情况下，存储器操作数的段基址也可以替换为 CS、ES 或 SS。表 3-1 说明了 8088/8086CPU 系统中逻辑地址的来源。

表 3-1　8088/8086 CPU 系统中逻辑地址的来源

操作类型	默认段	可替换的段	偏移地址
取指令	CS	无	IP
堆栈操作	SS	无	SP
BP 作基地址	SS	CS,DS,ES	由寻址方式决定
BX 作基地址	DS	CS,ES,SS	由寻址方式决定
通用数据读写	DS	CS,ES,SS	由寻址方式决定
串操作中的源串	DS	CS,ES,SS	SI
串操作中的目的串	ES	无	DI

　　CPU 执行指令时，由段基址和偏移地址产生 20 位的物理地址，从中取出操作数。例如：

```
MOV BL, [2000H]
```

设 DS=1200H，上面指令的执行过程为：CPU 通过内部的地址加法器，由逻辑地址计算得到 20 位的物理地址：1200H×10H+2000H=14000H，从 14000H 内存单元取出 55H 传送给 BL 寄存器。

　　如果操作数的段基址不是 DS 段，指令要特别说明。例如在 ES 段，指令应书写为：

```
MOV BL, ES:[2000H]
```

这种用法称为段超越，物理地址为 ES×10H+2000H。

3. 寄存器寻址

操作数在 CPU 内部的寄存器中，例如：

```
MOV BL, [2000H]      ;操作数 BL 的寻址方式为寄存
                      器寻址。
ADD AX, BX           ;源和目的操作数的寻址方式都
                      是寄存器寻址。
```

4. 寄存器间接寻址

操作数在内存中，内存单元的偏移地址存放在寄存器中。例如：

```
MOV AX, [SI];操作数[SI]的寻址方式为寄存器间接寻址。
```

上述指令的功能为：SI 的内容为内存单元的偏移地址，DS 为段基址，以 DS×10H+SI 为首地址，取出连续两个内存单元的数据传送给 AX。如果 DS=2000，SI=02H，参照图 3-4，上面指令的执行结果为 AX=C396H。

再如：

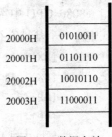

20000H	01010011
20001H	01101110
20002H	10010110
20003H	11000011

图 3-4　数据存放

```
      MOV  DX, [DI]    ;将 DS:[DI]指明的连续两个内存单元的数
据传送到 DX。
      MOV  [BX], AX    ;AX 的内容传送到 DS:[BX]指明的连续两个
内存单元中。
      MOV  CX, [BP]    ;将 SS:[BP]指明的连续两个内存单元的数据传送到 CX。
```

操作数[DI]、[BX]、[BP]的寻址方式都是寄存器间接寻址。8086CPU 中能够作为寄存器间接寻址方式使用的寄存器只有 4 个：BX、BP、SI、DI。这 4 个寄存器在作为间接寻址使用时，要用[ ]申明，这时常称为它们为地址指针或间址寄存器。BP 在作为间址寄存器时，段基址默认为 SS；其他 3 个的默认段基址为 DS。都可以段超越。例如：

```
      MOV  DX, ES:[DI]
```

上述指令的功能为：从物理地址为 ES×10H+DI 的内存单元取出两个字节的数据传送给 DX。

5. 寄存器相对寻址

操作数在内存中，内存单元的偏移地址一部分由间接寻址寄存器提供，一部分是指令给定的 8 位或 16 位地址位移量，二者相加形成操作数的有效地址。例如：

```
      MOV  AX, [BX+DATA] ;将以 BX+DATA 为首地址的连续两个内存单元的数据传送给 AX。
      MOV AL, [SI+20H]   ;将以 SI+20H 为地址的内存单元的数据传送给 AL。
      MOV  CX, [DI+DATA] ;将以 DI+DATA 为首地址的连续两个内存单元的数据传送给 CX。
      MOV  DX, [BP+DATA] ;将以 BP+DATA 为首地址的连续两个内存单元的数据传送给 DX。
```

上述指令的书写格式很灵活，也可以如下书写：

```
      MOV     AX, [BX]+DATA
      MOV AL, 20H [SI]
      MOV     CX, DATA [DI]
      MOV DX, DATA+ [BP]
```

寄存器相对寻址方式对寄存器的要求与寄存器间接寻址一样，只有 4 个寄存器：BX、BP、SI、DI 可以使用，并且要用[ ]申明。BP 在寄存器相对寻址时，段基址默认为 SS，其他 3 种情况段基址默认为 DS。

这种寻址方式可用于存取数据表中的数据，用间址寄存器存放数据表首地址，地址位移量指明要存取表中的哪一个数据，可以方便地存取数据表中的任何数据。

6. 基址变址寻址

操作数在内存中，基址寄存器和变址寄存器相加作为操作数的偏移地址。例如：

```
      MOV     AX, [BX][SI]    ;将 BX+SI 为首地址的连续两个内存单元的数据送给 AX。
      MOV     CX, [BP][DI]    ;将 BP+DI 为首地址的连续两个内存单元的数据送给 CX。
```

8086 CPU 中寄存器 BX 和 BP 为基址寄存器，SI 和 DI 为变址寄存器。这种寻址方式中，一个基址寄存器加一个变址寄存器构成操作数，操作数的形式只有 4 种：

```
[BX][SI]
[BX][DI]
[BP][SI]
[BP][DI]
```

这种寻址方式里段基址是 DS 还是 SS 呢？8086 汇编规定以基地址为主，如果基址寄存器为 BP，则操作数的段基址默认由 SS 提供；若 BX 为基址寄存器，则段基址默认由 DS 提供。例如：

```
MOV    AX, [BX][DI]          ;源操作数的物理地址为：DSX10H+BX+DI
MOV    [BP][SI], DX          ;目的操作数的物理地址为：SSX10H+BP+SI
```

基址变址寻址方式要求必须一个基址和一个变址组合，不允许两个基址或两个变址组合。下面指令是错误的。

```
MOV    AX, [BX][BP]
MOV    AX, [SI][DI]
```

基址变址寻址方式适用于处理一维或二维数组，可将首地址存放在基址寄存器中，通过修改变址寄存器的内容来访问数组中的各个元素，它比寄存器相对寻址更加灵活。

7. 基址变址相对寻址

操作数在内存中，操作数的地址由基址寄存器加上变址寄存器再加上地址位移量构成。如果基址寄存器为 BP，则段基址默认由 SS 提供；若 BX 为基址寄存器，则段基址默认由 DS 提供。例如：

```
MOV    AX, DATA[BX][SI]
MOV    AX, [BP][DI] DATA
```

指令也可以书写为：

```
MOV    AX, [DATA+BX+SI]
MOV    AX, [DATA+BX][SI]
MOV    AX, DATA[BX+SI]
```

这种寻址方式主要用于二维数组操作。地址位移量作为数组首地址，两个寄存器分别作为行和列的地址指针，可以很方便实现数据阵列检索。

基址变址相对寻址方式要求必须一个基址和一个变址组合，不允许两个基址或两个变址组合。

8. 隐含寻址

操作码隐含地指明操作数的地址，例如乘法指令、字符串操作指令。

```
MUL BL      ;AL 乘以 BL，结果存在 AX 中。
MOV SB      ;把 DS:SI 指明的内存单元的数据传送到 ES:DI 指明的内存单元中。
```

3.3　8086 指令系统

8088 CPU 和 8086 CPU 的指令系统完全相同，共有 133 条基本指令，本节将这些指令分为 6 个功能组进行介绍。如下：

- 数据传送指令
- 算术运算指令
- 逻辑运算与移位指令
- 串操作指令
- 程序控制指令
- 处理器控制指令

汇编语言的基本语法规则及基本概念，如变量、标号、表达式及运算符等，将在介绍指令的过程中讲解，不单独讲解。在介绍具体指令之前，先介绍一些符号约定：

```
OPRD    各种类型的操作数
src     源操作数
dst     目的操作数
acc     累加器 AX 或 AL
port    输入输出端口
count   计数器
```

3.3.1　数据传送指令

数据传送指令是汇编语言中使用最频繁的指令，通常细分为通用数据传送指令、端口输入输出指令、地址传送指令和标志寄存器传送指令。

1. 通用数据传送指令 MOV，PUSH，POP，XCHG，XLAT

（1）MOV

指令格式：MOV dst, src

功能：数据传送，把 src 的内容传送到 dst 中。

说明：把源操作数复制到目的操作数中，它可以实现：

① 立即数到通用寄存器的数据传送。

例如：

```
MOV    AL, 4          ;AL=4
MOV    AX, 1000H      ;AX=1000H
MOV    SI, 037BH      ;SI=037BH
```

但是：

```
MOV    DS, 2000H      ;语法错误，不能用立即数给段寄存器赋值。
```

应该为：

```
MOV    AX, 2000
MOV    DS, AX
```

② 立即数到存储单元的数据传送。

例如：

```
MOV  WORD PTR[DI], 2000H
```

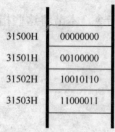

将立即数 2000H 传送到内存单元，内存单元的地址以间接寻址的方式由 DI 提供。设 DS=3000H，DI=1500H，目的操作数的物理首地址为 31500H，指令执行后如图 3-5 所示。

PTR 是属性运算符，功能为修改操作数的类型。WORD PTR 的作用是将操作数的类型设置为字类型，BYTE PTR 将操作数的类型设置为字节类型。例如：

图 3-5　数据传送

```
MOV    BYTE PTR[SI], 4AH
```

将立即数 4AH 传送到内存单元，内存单元的地址以间接寻址的方式由 SI 提供，传送一个字节。

```
MOV [DI], 04AH   ;语法错误：源和目的操作数的类型都不确定。
```

这条指令不可用，因为源和目的操作数的类型都不确定，指令执行结果也不确定，这种情况称为二异性。指令执行时可能传送一个字节，将立即数 4AH 传送给[DI]指明的内存单元，也可能传送两个字节，4A 赋给内存单元[DI]，0 赋给[DI+1]。

MOV 指令中的两个操作数的类型必须至少有一个是确定的，另一个依附这一个。属性运算符 PTR 帮助我们确定存储器操作数的类型。

③ CPU 内部寄存器之间的数据传送。

例如：

```
MOV    AL, BL          ;BL 传送给 AL，传送一个字节。
MOV    AX, BX          ;BX 传送给 AX，传送一个字。
MOV DS, AX             ;给数据段寄存器赋值。
MOV    SI, BP          ;BP 传送给 SI，传送一个字。
```

④ 寄存器与存储单元之间的数据传送。

例如：

```
MOV    AL, [2000H]     ;将 2000H 单元的内容传送给 AL，传送一个字节。
MOV    AX, [SI]        ;将以 SI 为首地址的连续两个内存单元的数据传送
                        给 AX。
MOV    [3200H], CX     ;将 CL 存入 3200H 单元，将 CH 存入 3201H 单元。
MOV    ARRY[DI], DL    ;将 DL 的内容存入 ARRY+DI 的内存单元中。
MOV    DL, [BX][SI]    ;将 BX+SI 内存单元的数据传送给 DL。
```

⑤ 存储单元之间的数据传送。

不能用一条 MOV 指令实现内存单元之间的数据传送。8086 汇编语法规定 MOV 指令中两个操作数不能同时为存储器操作数。要实现存储单元之间的数据传送，需要两条指令。例如：

```
MOV [DI], [SI]         ;语法错误。
```

应该为：

```
MOV AX, [SI]
MOV [DI], AX
```

使用 MOV 指令时注意：

① MOV 指令不影响标志寄存器的任何标志位。

② 源和目的操作数不可同时为存储器操作数。

③ 源和目的操作数必须等长，即同时为字节类型或字类型。

④ 不能用立即数给段寄存器赋值。

⑤ 不允许给 CS 赋值。

⑥ MOV 指令不能访问 IP 和 Flags。

（2）PUSH，POP

PUSH 和 POP 是堆栈操作指令助记符。堆栈是程序在内存中开辟的一个数据区，用以保存寄存器或存储器中暂时不用而又必须保存的数据。程序中堆栈是用段定义语句在内存中定义的一个堆栈段，堆栈段的段基址存放在 SS 寄存器，段内偏移地址存放在 SP 寄存器中，SP 也常称为堆栈指针，它总是指向栈顶。

堆栈是一种线性表，只在栈顶（低地址端）进行输入输出操作。CPU 对堆栈的操作采用先进后出（或后进先出）存取方法。CPU 把数据存入堆栈称为压入堆栈 PUSH，从堆栈中取出数据称为弹出堆栈 POP。压入堆栈时堆栈增长，堆栈指针 SP 减小，向低地址方向移动；弹出堆栈时堆栈减小，堆栈指针 SP 增大，向高地址方向（栈底）移动。如图 3-6 所示。

指令格式：

```
PUSH    src      ;压栈指令
POP     dst      ;出栈指令
```

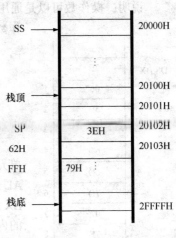

功能：

● PUSH 指令把操作数压入堆栈，执行过程为：

① src 的高 8 位存入[SP-1]，src 的低 8 位存入[SP-2]。

② SP-2→SP。

例如：

设 SS=2000H，SP=102H，AX=623EH，执行下面指令后：

```
PUSH    AX
```

SS=2000H，SP=100H，AX 的数据 62H 存入 20101H 单元，3EH 存入 20100H 单元，如图 3-6 所示。

图 3-6　堆栈

● POP 指令把操作数弹出到 dst 中，执行过程为：

① 把[SP]的内容弹出到 dst 的低 8 位，把[SP+1]的内容弹出到 dst 的高 8 位。

② SP+2→SP。

例如：设 SS=2000H，SP=102H，执行下面指令后：

```
POP     AX
```

SS=2000H，SP=104H，AX=79FFH，如图 3-6 所示。

堆栈操作指令属于单操作数指令，操作数可以是寄存器，也可以是存储器。堆栈指令的操作数必须是字类型，可以是 16 位的通用寄存器或段寄存器，也可以是两个连续的内存单元，可以采用任何寻址方式。8086CPU 不允许立即数作为堆栈操作的操作数，CS 不能作为出栈指令的操作数。堆栈指令不影响任何标志位。

例如：

```
PUSH    DI
PUSH    DS
PUSH    CS
PUSH    WORD PTR[1000H]
PUSH    WORD PTR[SI]
PUSH    WORD PTR[BP+6]
POP     SI
POP     DS
POP     WORD PTR[1000H]
POP     WORD PTR[SI]
POP     WORD PTR[BX+DI]
```

堆栈操作常用来传递函数的参数。程序中压栈操作和出栈操作常常成对出现，以保持堆栈的平衡。

（3）交换指令 XCHG

指令格式：XCHG OPRD1,OPRD2

功能：两个操作数交换。

说明：操作数可以是通用寄存器，不能是段寄存器；可以是存储器单元，但两个操作数不能同时为存储器操作数。操作数的字长必须相等。

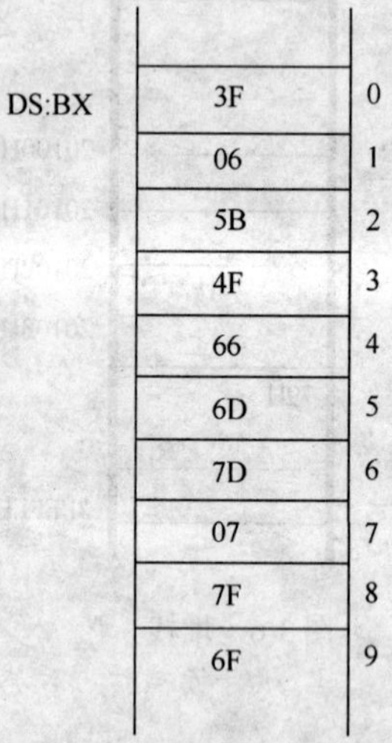

DS:BX		
	3F	0
	06	1
	5B	2
	4F	3
	66	4
	6D	5
	7D	6
	07	7
	7F	8
	6F	9

图 3-7 7 段码值表

例如：

```
XCHG    AX, BX
XCHG    AL, [SI]
XCHG    [BX+DI], CX
```

（4）字节转换指令 XLAT

XLAT 主要用于查表转换，隐含寻址。指令功能是将内存单元[BX+AL]的单字节内容传送给 AL 寄存器，指令执行前后 AL 的内容发生转换。在使用 XLAT 指令前，需要预置 DS：BX 指向一张表，BX 作为表的首地址。如果查表中第 9 个字节的内容，需要预置 AL 为 9。

指令格式：XLAT

【例3-1】 在 DS 数据段中存放有 LED 显示器 7 段码值表，TABLE 为表首地址，查表取出 LED 显示器显示数字 3 的码值（见图3-7）。

```
MOV     BX, OFFSET TABLE
MOV     AL, 4
XLAT
OUT     88H, AL      ;LED 显示数字 3。
```

2. 输入输出指令 IN，OUT

8086 CPU 对所有输入输出端口统一管理，提供了一个与内存储器地址空间分开的、完全独立的地址空间，I/O 端口的地址有 8 位和 16 位两种形式。8086CPU 对 I/O 端口的管理与对内存储器的管理不同，输入输出指令中操作数的寻址方式也不同，是输入输出指令特有的。

- 直接端口寻址方式：当端口地址是 8 位的二进制数时，可以在指令中直接使用该地址。
- 寄存器间接寻址方式：当端口地址为 16 位，不能直接使用，需要预先将其传送到 DX 寄存器中，并且只能是 DX 作为间接寻址寄存器。

8086 CPU 无论从端口输出数据还是输入数据，都要通过累加器 AL 或 AX，所以输入输出指令又称为累加器专用传送指令。

（1）输入指令 IN

格式：IN　　ACC, port　　;直接寻址，8 位 port 为立即数端口地址。

或　　IN　　ACC, DX　　;间接寻址，DX 存有 16 位端口地址。

例如：

```
IN  AL, 60H      ;从 60H 端口输入一个字节。
IN  AX, 60H      ;从 60H 端口输入一个字
IN  AL, DX       ;从 DX 端口中输入一个字节。
IN  AX, DX       ;从 DX 端口中输入一个字。
```

（2）输出指令 OUT

格式：OUT　port, ACC　　;直接寻址，port 为 8 位立即数端口地址。

或　　OUT　DX, ACC　　;间接寻址，DX 存有 16 位端口地址。

例如：

```
OUT   60H, AL    ;AL 从 60H 端口输出。
OUT   60H, AX    ;AX 从 60H 端口输出。
OUT   DX, AL     ;AL 从 DX 端口中输出。
OUT   DX, AX     ;AX 从 DX 端口中输出。
```

【例 3-2】 从并行口 0378H 输出一个字符'A'。

```
MOV  DX, 0378H
MOV  AL, 'A'
OUT  DX, AL
```

3. 地址传送指令 LEA，LDS，LES

地址传送指令共 3 条。

（1）取有效地址指令 LEA

指令格式：LEA　dst , src

功能：把源操作数的地址偏移量传送到目的操作数。

说明：源操作数必须是存储器操作数，目的操作数必须是 16 位寄存器。

例如：

```
LEA   BX, TABLE       ;TABLE 的偏移地址传送给 BX，TABLE 为符号变量。
LEA   SI, DATA[BX]    ;SI=BX+DATA
```

设 BUFF 为符号变量，比较下面两条指令的功能：

```
MOV    DI, OFFSET BUFF
LEA    DI, BUFF
```

上面两条指令的功能完全相同，但 LEA 指令更简洁。OFFSET 为取值运算符，又称为数值返回运算符，用以求出变量或标号的属性值。常见的取值运算符还有 SEG。

● SEG 运算符用以求出变量或标号所在段的段基址。例如：

```
MOV    AX, SEG BUFF    ;BUFF 的段基址送 AX。
```

● OFFSET 用以求出变量或标号的偏移地址。例如：

```
MOV    AX, OFFSET BUFF ;BUFF 的偏移地址送 AX。
```

（2）取地址指针指令 LDS

指令格式：LDS dst, src

功能：将段基址传送给 DS 寄存器，偏移地址传送给 16 位的地址指针寄存器。

说明：双字操作。从源操作数中连续取出 4 个字节。

例如：

```
LDS    BX, ES:[1000H]
```

设在 ES:[1000H]单元起顺序存放着 4 个字节，如图 3-8 所示，上面指令的执行将 0378H 作为偏移量传送给 BX，2000H 作为段基址传送给 DS。

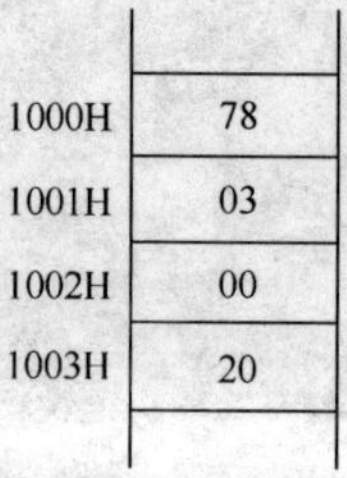

（3）取地址指针指令 LES

与 LDS 指令功能相似，只是段基址装入 ES 而不是 DS。例如：

```
LES    SI, [1000H]
```

1000H	78
1001H	03
1002H	00
1003H	20

图 3-8 LDS 指令

4. 标志寄存器传送指令 LAHF，SAHF，PUSHF，POPF

这 4 条指令都是隐含寻址方式。

（1）LAHF 指令

指令格式：LAHF

功能：把标志寄存器 Flags 的低 8 位装入 AH 寄存器。

（2）SAHF 指令

指令格式：SAHF

功能：把 AH 传送到 Flags 的低 8 位，指令影响标志位。

（3）PUSHF 指令

指令格式：PUSHF

功能：把 Flags 压入堆栈。

（4）POPF 指令

指令格式：POPF

功能：从堆栈中弹出两个字节传送给 Flags，指令影响标志位。

3.3.2 算术运算指令

8088/8086CPU 提供了加、减、乘、除 4 种基本算术运算指令，可以实现二进制数的运算也可以实现十进制数运算。可以实现字节运算也可以实现字运算。可以进行有符号数运算也可以进行无符号数运算，有符号数运算以补码形式进行。这 4 种算术运算指令都对标志位产生影响。算术运算指令应尽量使用累加器作操作数。

1. 加法运算指令和调整指令 ADD，ADC，INC，AAA，DAA

（1）不带进位的加法运算指令 ADD

ADD 指令完成两个操作数相加，并将结果保存在目的操作数中。

指令格式：ADD OPRD1, OPRD2

功能：操作数 OPRD1 与 OPRD2 相加，结果保存在 OPRD1 中。

说明：操作数 OPRD1 可以是累加器 AL 或 AX，也可以是其他通用寄存器或存储器操作数，OPRD2 可以是累加器、其他通用寄存器或存储器操作数，还可以是立即数。OPRD1 和 OPRD2 不能同时为存储器操作数，不能为段寄存器。ADD 指令的执行对全部 6 个状态标志位产生影响。

例如：

```
ADD    AL, BL                ;AL+BL 结果存回 AL 中。
ADD    AX, SI                ;AX+SI 结果存回 AX 中。
ADD    BX, 3DFH              ;BX+3DFH 结果存回 BX 中。
ADD    DX, DATA[BP+SI]       ;DX 与内存单元相加，结果存回 DX 中。
ADD    BYTE PTR[DI], 30H     ;内存单元与 30H 相加，结果存回内存单元中。
ADD    [BX], AX              ;内存单元[SI]与 AX 相加，结果存回[SI]中。
ADD    [BX+SI], AL           ;内存单元与 AL 相加，结果存回内存单元中。
```

【例 3-3】 求 D9H 与 6EH 的和，并注明受影响的标志位状态。

```
MOV    AL, 0D9H                      11011001
MOV BL, 6EH                       +  01101110
ADD AL, BL                         101000111
```

结果 AL=47H，标志位 CF=1，PF=1，AF=1，ZF=0，SF=0，OF=0

（2）带进位的加法运算指令 ADC

ADC 指令完成两个操作数相加之后，再加上 Flags 的进位标志 CF。CF 的值可能为 1 或 0。

指令格式：ADD OPRD1, OPRD2

功能：操作数 OPRD1 与 OPRD2 相加后，再加上 CF 的值，结果保存在 OPRD1 中。

说明：对操作数的要求与 ADD 指令一样。

例如：

```
ADC  AL, BL
ADC  AX, BX
ADC  [DI], 30H
```

ADC 指令主要用于多字节数的加法运算，以保证低位向高位的进位被正确接收。

【例 3-4】 求 3AD9FH 与 25BC6EH 的和，结果存放在 DX:AX 中。

```
MOV  AX, 0AD9FH      ;AX=AD9FH
MOV  BX, 0BC6EH      ;BX=BC6EH
ADD  AX, BX          ;AX=6A0DH, CF=1
```

```
    MOV  DX, 03H          ;DX=3
    ADC  DX, 25H          ;DX=29H，结果 DX:AX=296A0DH
```

在多字节数的加法运算中，首先进行低位字节相加，再进行高位字节相加。最低位相加用 ADD 指令，是因为不需要加进位 CF，CF 的值为 1 还是 0 都不影响加法操作。ADD 指令执行后标志位受影响，如果其中的 CF=1，说明刚才的加法运算有进位。这个进位必须送到高字节中，否则运算将出错，所以第二次加法采用 ADC 指令。

（3）加 1 指令 INC

加 1 指令又称增量指令，指令不影响 CF 标志位。

指令格式：INC OPRD

功能：OPRD 加 1 后送回 OPRD。

说明：操作数 OPRD 可以是寄存器或存储器操作数，指令可以完成字节或字的加 1 操作。

例如：

```
    INC  AL
    INC  AX
    INC  BYTE PTR[SI]
    INC  WORD PTR[BX+DI]
```

（4）十进制数加法调正指令 AAA、DAA

ADD 和 ADC 指令允许 BCD 数作为操作数进行加法运算，我们得以按照十进制数的方式完成加法运算。但是 CPU 在完成运算时依然按照二进制数进行，所以在 ADD 或 ADC 指令之后，应进行十进制的调正。

● 指令格式：AAA

功能：将 AL 中的数进行十进制调正，结果保存在 AX 中。

说明：之前的加法指令必须是两个非压缩 BCD 码相加，结果在 AL 中。AAA 指令隐含操作数 AL 和 AH。指令执行时：

① 若 AL 的低 4 位值大于 9 或辅助进位 AF=1，则将 AL 加 6，将 AH 加 1，并将 AF 和 CF 标志位均置 1。

② AL 高 4 位清 0。

● 指令格式：DAA

功能：将 AL 中的数进行十进制调正，结果保存在 AX 中。

说明：之前的加法指令必须是两个压缩 BCD 码相加，结果在 AL 中。AAA 指令隐含操作数 AL 和 AH。指令执行时：

① 若 AL 的低 4 位值大于 9 或辅助进位 AF=1，则将 AL 加 6，AF 置 1。

② 若 AL 的值大于 9FH 或进位 CF=1，则将 AL 加 60H，CF 置 1。

2. 减法运算指令 SUB，SBB，DEC，NEG，CMP，AAS，DAS

（1）不带借位 CF 的减法指令 SUB

指令格式：SUB OPRD1, OPRD2

功能：操作数 OPRD1 减去 OPRD2 结果保存在 OPRD1 中。

说明：操作数 OPRD1 可以是累加器 AL 或 AX，也可以是其他通用寄存器或存储器操作数，OPRD2 可以是累加器、其他通用寄存器或存储器操作数，还可以是立即数。OPRD1 和 OPRD2 不能同时为存储器操作数，不能为段寄存器。SUB 指令的执行对全部 6 个状态标志位产生影响。

例如：

```
SUB    AL, BL                    ;AL-BL 结果存回 AL
SUB    CX, BX                    ;CX-BX 结果存回 CX
SUB    DX, [SI]                  ;DX 与[SI]内存单元相减，结果存回 DX
SUB    DATA[BX], CL              ;内存单元的数减去 CL 结果存回内存单元。
SUB    BL, 2                     ;BL-2 结果在 BL 中。
SUB    WORD PTR[BP+SI], 100H     ;内存单元减去 100H，结果存回内存。
```

【例 3-5】 求 D9H 与 6EH 相减，并注明受影响的标志位状态。

```
MOV  AL, 0D9H                                              11011001
MOV  BL, 6EH                                             - 01101110
SUB  AL, BL                                               01101011
```

结果 AL=6BH，标志位 CF=0,PF=0,AF=1,ZF=0,SF=0,OF=1

（2）带借位 CF 的减法指令 SBB

指令格式： SBB OPRD1,OPRD2

功能：操作数 OPRD1 减去 OPRD2 再减去 CF 的值，结果保存在 OPRD1 中。

说明：与 SUB 指令相同。常用于多字节数减法。对全部 6 个状态标志位产生影响。

例如：

```
SBB AL, 30H           ;AL-30H-CF 结果存回 AL
SBB AX, BX            ;AX-BX-CF 结果存回 AX
SBB [DI], AH          ;[DI]内存单元的数减去 AH 结果存回内存单元[DI]中
```

（3）减 1 指令 DEC

DEC 指令又称为减量指令，指令不影响 CF 标志位，对其他 5 个状态标志位产生影响。

指令格式：DEC OPRD

功能：操作数 OPRD 减 1 后回送 OPRD。

说明：操作数 OPRD 可以是寄存器或存储器操作数，指令可以完成字节或字的减 1 操作。

例如：

```
DEC CX
DEC CL
DEC BYTE PTR [ARRAY+SI]
```

（4）操作数求补指令 NEG

指令格式： NEG OPRD

功能：(0-OPRD)→OPRD，即对 OPRD 包括符号位在内逐位取反后加 1，结果回送到 OPRD。

说明：OPRD 可以是寄存器或存储器操作数。如果操作数非 0，指令的执行使 CF=1，

否则 CF=0。对全部 6 个状态标志位产生影响。

【例 3-6】　MOV　AL,31H

　　　　NEG　AL　　　;AL=CFH,标志位 CF=1,PF=1,AF=1,ZF=0,SF=1,OF=0

（5）比较指令 CMP

指令格式：CMP　OPRD1,OPRD2

功能：OPRD1 减去 OPRD2，结果并不回送给 OPRD1。指令影响全部 6 个状态标志位。

说明：指令的执行不影响两个操作数，操作数不变，但影响 6 个状态标志位。这条指令后面常跟有条件转移指令，利用 CMP 指令对 Flags 标志位的影响，设定程序的执行方向。OPRD1 可以是寄存器或存储器操作数，OPRD2 可以是立即数、寄存器或存储器操作数。

例如：

```
CMP  AL, AH
CMP  AX, BX
CMP  [SI+DATA], AX
CMP  CL, 8
CMP  POINTER[BX], 100H
```

【例 3-7】　从键盘输入数据并判断。

```
MOV  AH, 1
INT  21H          ;等待从键盘输入一个字符，并存于 AL 中。
CMP  AL, '0'      ;AL 与 0 比较。
JZ   ZERO         ;是 0 转移到 ZERO 处继续执行。
CMP  AL, '1'      ;如果不是 0，是 1 吗？
JZ   GOON         ;是 1 转移到 GOON 处执行。
...
```

（6）十进制数调整指令 AAS 和 DAS

SUB 和 SBB 指令允许 BCD 数作为操作数进行减法运算。在 SUB 或 SBB 指令之后，应进行十进制的调整。AAS 与 AAA 指令的格式和用法相似。

● 指令格式：AAS

功能：将 AL 中的数进行十进制调整，结果保存在 AX 中。

说明：之前的减法指令必须是两个非压缩 BCD 码相减，结果在 AL 中。指令执行时：

① 若 AL 的低 4 位值大于 9 或辅助进位 AF=1，则将 AL 减去 6，AL 高 4 位清 0，将 AH 减 1，并将 AF 和 CF 标志位均置 1。

② 若 AL 的低 4 位值小于 0AH，则仅将 AL 高 4 位清 0，且 CF=0。

DAS 与 DAA 指令的格式和用法相似。

● 指令格式：DAS

功能：将 AL 中的数进行十进制调整，结果保存在 AX 中。

说明：之前的减法指令必须是两个压缩 BCD 码相减，结果在 AL 中。指令执行时：

① 若 AL 的低 4 位值大于 9 或辅助进位 AF=1，则将 AL 减去 6，AF 置 1。

② 若 AL 的值大于 9FH 或进位标志 CF=1，则将 AL 减去 60H，CF 置 1。

3. 乘法指令 MUL，IMUL，AAM

乘法指令包括无符号数乘法指令 MUL、有符号数乘法指令 IMUL 和乘法的十进制调正指令 AAM。8088/8086CPU 乘法指令能实现字节乘法和字的乘法。字节乘法的乘积为 16 位存放在 AX 中，字的乘法的乘积为 32 位存放在 DX:AX。指令的目的操作数采用隐含寻址方式。

（1）无符号数乘法指令 MUL

指令格式：MUL src

功能：如果 src 为字节类型，累加器 AL 与 src 相乘，结果存在 AX 中；如果 src 为字类型累加器 AX 与 src 相乘，结果存在 DX:AX 中。

说明：两个乘数的数据类型要相同，指令影响标志位 CF，OF 位。

例如：

```
MUL  AH              ;AL×AH 结果保存在 AX 中。
MUL  BX              ;AX×BX 结果保存在 DX:AX 中。
MUL  BYTE PTR[SI]    ;AL×[SI]结果保存在 AX 中。
MUL  WORD PTR[BX+DI] ;AX×[BX+DI]结果保存在 DX:AX 中。
```

字节相乘的乘积在 AX 中，如果标志位 CF=OF=1，表明 AH 不为 0；字相乘的乘积在 DX:AX 中，如果标志位 CF=OF=1，表明乘积的高位 DX 不为 0。

（2）有符号数乘法指令 IMUL

指令格式： IMUL src

功能：指令的功能和用法与 MUL 指令相同，只是操作数为带符号数，结果也是带符号数。说明：指令影响标志位 CF、OF 位。如果标志位 CF=OF=0，表明乘积的高位部分是低位的符号扩展，可以忽略。如果标志位 CF=OF=1，表明 DX 含有乘积的高位，不能忽略。

（3）乘法的十进制调正指令 AAM

AAM 指令完成 AL 中数的调正。使用 AAM 的前提是两个非压缩 BCD 码相乘，乘积在 AL 中，AH=0。

指令格式：AAM

功能：把 AL 寄存器的内容除以 0AH，商存在 AH 中，余数存在 AL 中。

例如：

```
MOV AL, 8
MOV BL, 7
MUL BL
AAM ;AH=5，AL=6
```

4. 除法指令 DIV，IDIV，CBW，CWD，AAD

除法指令包括无符号数除法指令 DIV，带符号数除法指令 IDIV。这两条指令都隐含了被除数 AX 或 DX:AX，除数可以是寄存器或存储器操作数，但不能是立即数。被除数的字长要求是除数字长的两倍，如果除数是字节类型，被除数必须是字类型而且要预置在 AX 中；如果除数为字类型，被除数必须是双字类型而且要预置在 DX:AX 中。

（1）无符号数除法指令 DIV

指令格式：DIV　OPRD

功能：如果 OPRD 是字节类型，被除数 AX 除 OPRD，结果的商存到 AL 中，余数存到 AH 中；如果 OPRD 是字类型，被除数 DX:AX 除 OPRD，结果的商存到 AX 中，余数存到 DX 中。

说明：在指令执行前，必须检查被除数的长度，如果不符合要求，要用位扩展指令来转换。

例如：

```
DIV  BL
DIV  BX
DIV  BYTE PTR[SI]
DIV  WORD PTR[DI]
```

如果字节操作的结果大于 FFH 则溢出，如果字操作的结果大于 FFFFH 则溢出，溢出将产生除法错中断。

（2）带符号数的除法 IDIV

IDIV 指令与 DIV 指令相似，只是参加运算的是带符号数，结果也是带符号数，符号与被除数一致。如果是字节除法，操作结果超出 -127～+127 的范围，则产生除法错中断；如果是字除法，操作结果超出 -32767～+32767 的范围，产生除法错中断。在指令执行前，必须检查被除数的长度，如果不符合要求，要用位扩展指令来转换。

指令格式：IDIV　OPRD

例如：

```
MOV AL, 98H
MOV BL, 13H
CBW              ;将 AL 中的数据扩展为 16 位。
IDIV BL
```

结果 AX=F7FBH，AL 中的 FBH 为商，是负数，AH 中的 F7H 为余数。

（3）符号扩展指令 CBW，CWD

除法指令对操作数的长度严格要求，如果长度不符合要求，可以使用符号扩展指令对数据类型进行调整。指令不影响标志位。

● 指令格式：CBW

功能：字节转换为字，如果 AL＜80H，则 AH 置 0；如果 AL≥80H，则将 FFH 赋给 AH。

说明：将 AL 中的数的符号位扩展至 16 位，扩展的符号部分存入 AH 中，即由 AL 扩展为 AX，值保持不变。

例如：

```
MOV AL, 3EH    ;AL=0011 1110B
CBW            ;AX=0000 0000 0011 1110B
MOV AL, 93H
CBW            ;AX=1111 1111 1001 0011B
```

● 指令格式：CWD

功能：字转换为双字，如果 AX<8000H，则 DX 置 0；如果 AX≥8000H，则将 FFFFH 赋给 DX。

说明：CWD 将 AX 中的数的符号位扩展至 32 位，扩展的符号部分存入 DX 中。即由 DX:AX 代替 AX，值保持不变。

例如：

```
MOV AX, 0C539H      ;AX=1100 0101 0011 1001B
CWD                 ;DX=FFFFH, AX=C539H
```

（4）除法调正指令 AAD

AAD 指令进行除法调正的使用范围有限，它只能用于两位的非压缩 BCD 的除法操作，也就是不超过 99 的十进制数的除法操作。AAD 指令与其他调正指令不同，它用在除法指令之前，即在除法执行之前首先用 AAD 指令将 AX 中两位非压缩 BCD 码调正为二进制数，然后再进行二进制除法。

指令格式：AAD

功能：AH×10+AL 送入 AL，AH=0。

例如：

```
MOV AX, 0908H       ;AX=0908H, AX 存有非压缩 BCD 数 98
MOV BL, 8
AAD                 ;AX=09×0AH+08=92H
DIV BL              ;AH=2, AL=0CH
```

3.3.3　逻辑运算与移位指令

8088/8086CPU 提供了丰富的逻辑运算和移位指令。逻辑运算指令包括与、或、非、异或和测试指令，与、或、非、异或等指令的功能与第一章中介绍的基本逻辑门的功能相同，这些指令使我们可以用软件的方法实现逻辑运算。移位指令包括左移、右移、循环左移和循环右移指令。指令可以对 8 位或 16 位操作数进行操作。除逻辑非指令外，其他指令的执行都会使标志位 CF=OF=0，AF 值不定，对 SF、PF 和 ZF 产生影响。

1. 逻辑运算指令

（1）逻辑与指令 AND

指令格式：AND　OPRD1, OPRD2

功能：OPRD1 与 OPRD2 按位进行与操作，结果回送 OPRD1 中。

说明：OPRD1 可以是寄存器或存储器操作数。OPRD2 可以是寄存器或存储器操作数，还可以是立即数。与操作可以对特定位清 0。

例如：

```
AND AL, 0FH         ;取 AL 的低 4 位，屏蔽高 4 位。
AND AX, BX
AND [SI], AL        ;内存单元[SI]与 AL 与，结果存回内存单元。
AND DX, [BX+SI]
```

【例3-8】　AX 与 BX 进行与操作：

```
MOV  AX, 7E6DH
MOV  BX, 0D563H
AND  AX, BX    ;AX=5461H, BX=0D563H
```

将 AL 中的 ASCII 码转换为二进制数：

```
MOV  AL, 35H
AND  AL, 0FH        ;AL=5
```

与指令常用来屏蔽某些位（使其为 0），其余位保持不变。如：想知道 AL 中的第 5位的值，可以先安排如下一条指令，使 AL 中的其他位都置为 0，而只保留下第 5 位的值：

```
AND  AL, 0010 0000B
```

用与指令设置标志位 CF=OF=0：

```
AND  AX, AX    ;AX 不变, CF=OF=0
```

（2）逻辑或指令 OR

指令格式：OR OPRD1, OPRD2

功能：OPRD1 与 OPRD2 按位进行或操作，结果回送 OPRD1 中。

说明：OPRD1 可以是寄存器或存储器操作数。OPRD2 可以是寄存器或存储器操作数，还可以是立即数。或操作可以对特定位置 1。

例如：

```
OR  AX, CX
OR  [DI], AL
OR  AL, 0FH    ;AL 的低 4 位被置 1，高 4 位不变。
OR  AL, 80H    ;AL 的符号位置 1，其他位保持不变。
```

再如：

```
MOV  AL, 73H
MOV  BL, 0CDH
OR   AL, BL    ;AL=FFH, BL=CDH
```

逻辑或指令常用于将某些位置 1，其余位保持不变。

（3）逻辑非指令 NOT

指令格式：AND　OPRD

功能：将 OPRD 逐位取反，结果回送 OPRD 中。

说明：OPRD 可以是寄存器或存储器操作数，不能是立即数。指令对所有标志位都不影响。

例如：

```
MOV  AL, 0FH
NOT  AL        ;AL=F0H
NOT  BYTE PTR[SI]
```

（4）逻辑异或指令 OR

指令格式：　XOR　　OPRD1, OPRD2

功能：OPRD1 与 OPRD2 按位进行异或操作，结果回送 OPRD1 中。

说明：OPRD1 可以是寄存器或存储器操作数。OPRD2 可以是寄存器或存储器操作数，还可以是立即数。

例如：

```
XOR     AX, CX
XOR     [DI], 4AH
XOR     AX, AX          ;AX=0,同时标志位 CF=OF=0,这条指令常用于算术运算指
                         令之前清理运算环境。
```

再如：

```
MOV AL, 73H
MOV     BL, 0CDH
XOR AL, BL       ;AL=BEH, BL=CDH
```

（5）测试指令 TEST

指令格式：TEST OPRD1, OPRD2

功能：OPRD1 与 OPRD2 按位进行与操作，但是结果不回送 OPRD1 中，所以指令执行后两个操作数的值保持不变。指令的执行使标志寄存器的标志位 CF=OF=0，AF 值不定，SF、PF 和 ZF 受影响。通常 ZF 位最受关注。

说明：OPRD1 可以是寄存器或存储器操作数。OPRD2 可以是寄存器或存储器操作数，还可以是立即数。

例如：

```
TEST    AL, 04H
TEST    [SI], 80H
```

这条指令常用于对 OPRD1 中的特定位进行测试，OPRD2 用于说明测试 OPRD1 中的哪一位。OPRD2 的常见取值为 01H、02H、04H、08H、10H、20H、40H 和 80H 等。例如测试 AL 的第 0 位，可以安排如下一条指令：

```
TEST    AL, 01H
```

指令执行后 AL 的值保持不变，但标志位受到影响。如果 ZF=0 说明 AL 的第 0 位为 1，如果 ZF=1 说明 AL 的第 0 位为 0。

2. 移位指令

移位指令分为非循环移位指令和循环移位指令两类，各包括 4 条。两类移位指令的格式完全相同，功能都是把目的操作数左移或右移 1 位或多位。目的操作数可以是寄存器或存储器操作数，可以是字节类型或字类型。源操作数的用法比较固定，如果将目的操作数移动 1 位，则源操作数直接写 1；如果将目的操作数移动 2 位或更多位，则源操作数为 CL，编程遇到这种情况应将移动次数预置入 CL 中，再使用移位指令。移位指令影响标志位 CF、OF、PF、SF 和 ZF。

下面介绍移位指令功能时，都以字节数据说明，字类型数据的移位同理。

3. 非循环移位指令

（1）逻辑左移指令 SHL

指令格式：SHL　OPRD, COUNT

功能：将 OPRD 逐位进行左移，最低位第 0 位向左移到第 1 位，依次移动，最高位

移出 OPRD，移到标志寄存器的 CF 中；第 0 位空出，用 0 填补。

说明：OPRD 可以是寄存器或存储器操作数，COUNT 可以为 1 或 CL。

例如：

```
SHL    AL, 1
```

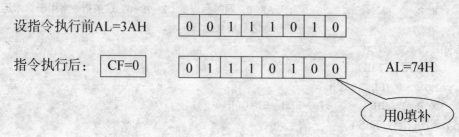

设指令执行前 AL=3AH

指令执行后：CF=0   AL=74H   用0填补

再如：

```
SHL    AX, CL
SHL    BYTE PTR[SI], 1
```

【例 3-9】

```
MOV    AL, 35H
SHL    AL, 1          ;AL=35H×2=6AH, CF=0
MOV    BX, 78CDH
MOV    CL, 3
SHL    BX, CL         ;BX=C668H, CF=1,
```

逻辑左移 1 位相当于乘以 2（二进制的基数），逻辑右移 1 次相当于除以 2，所以移位指令常用于简单的乘除运算，它比一般的乘除指令节省 CPU 时间，但在使用过程中要注意溢出情况。逻辑左移或逻辑右移指令将操作数看作是无符号数。

（2）逻辑右移指令 SHR

指令格式：SHR   OPRD, COUNT

功能：将 OPRD 逐位进行右移，最高位向右移到次高位，依次移动，第 0 位移出 OPRD，移到标志寄存器的 CF 中；最高位空出，用 0 填补。

说明：OPRD 可以是寄存器或存储器操作数，COUNT 可以为 1 或 CL。

例如：

```
SHR    AL, 1
```

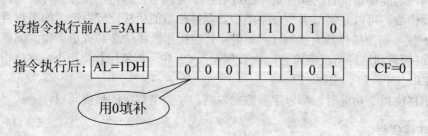

设指令执行前 AL=3AH

指令执行后：AL=1DH   CF=0   用0填补

再如：

```
SHR    AX, CL
SHR    BX, CL
SHR    BYTE PTR[SI], 1
```

【例 3-10】

```
MOV    AL, 0AH
SHR    AL, 1        ;AL=05, CF=0
MOV    BX, 78CDH
MOV    CL, 3
SHR    BX, CL       ;BX=0F19H, CF=1
```

（3）算术左移指令 SAL

指令格式：SAL　OPRD, COUNT

说明：算术左移指令与逻辑左移指令的功能相同，这里不再赘述，但算术左移指令将操作数作为带符号数处理。

例如：

```
SAL    AL, 1
SAL    AX, CL
SAL    BYTE PTR[SI], 1
SAL    DX, CL
```

（4）算术右移指令 SAR

指令格式：SAR　OPRD, COUNT

功能：将 OPRD 逐位进行右移，最高位向右移到次高位，依次移动，第 0 位移出 OPRD，移到标志寄存器的 CF 中；最高位保持不变。

说明：OPRD 可以是寄存器或存储器操作数，COUNT 可以为 1 或 CL。

例如：

```
SAR    AL, 1
```

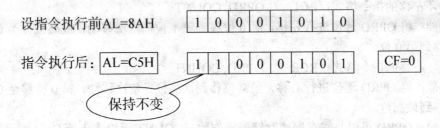

算术右移指令将操作数作为带符号数处理，最高位在右移位过程中保持不变，是因为它是符号位，这也体现了补码运算的特点。上例中指令执行前 AL 的真值为-76H，指令执行后 AL 真值为-3BH，由此可见算术右移一次相当于除 2。

再如：

```
SAR    AX, CL
SAR    WORD PTR[SI], 1
SAR    DX, CL
```

4. 循环移位指令

循环移位，顾名思义首尾相接成一个环，左循环移位后可以通过右循环移位来还原数据，反之亦然。4 条循环移位指令又按照 CF 标志位是否参加循环细分为两组，一组

CF 不参加循环移位但仍然随着循环操作变化，又称为不带 CF 的循环移位指令；另一组 CF 参加循环，称为带 CF 的循环移位指令。

（1）不带 CF 的循环移位指令

循环左移的指令格式：ROL OPRD, COUNT

功能：将 OPRD 逐位进行左移，第 0 位移到第 1 位，依次移动，最高位移至第 0 位，同时最高位又移到标志寄存器的 CF 中。

循环右移的指令格式：ROR　OPRD, COUNT

功能：将 OPRD 逐位进行右移，最高位移到次高位，依次移动，第 0 位移至最高位，同时最高位又移到标志寄存器的 CF 中。

说明：OPRD 可以是寄存器或存储器操作数，COUNT 可以为 1 或 CL。

例如：

```
ROL     AL, 1
```

设指令执行前 AL=3BH　| 0 | 0 | 1 | 1 | 1 | 0 | 1 | 1 |

指令执行后：| CF=0 |　| 0 | 1 | 1 | 1 | 0 | 1 | 1 | 0 |　AL=76H

再如：

```
ROL     AX, CL
ROL     BYTE PTR[SI], 1
ROR     BX, 1
ROR     WORD PTR[DI], CL
```

（2）带 CF 的循环移位指令

循环左移的指令格式：RCL　　OPRD, COUNT

功能：将 OPRD 逐位进行左移，第 0 位移到第 1 位，依次移动，最高位移至 CF 位，CF 位移到第 0 位。

循环右移的指令格式：RCR　　OPRD, COUNT

功能：将 OPRD 逐位进行右移，最高位移到次高位，依次移动，第 0 位移至 CF 位，CF 位移到最高位。

说明：OPRD 可以是寄存器或存储器操作数，COUNT 可以为 1 或 CL。

例如：

```
RCL     AL, 1
```

设指令执行前 AL=3BH，CF=1　| 0 | 0 | 1 | 1 | 1 | 0 | 1 | 1 |

指令执行后：| CF=0 |　| 0 | 1 | 1 | 1 | 0 | 1 | 1 | 1 |　AL=77H

再如：

```
RCL     AX, CL
RCL     BYTE PTR[SI], 1
RCR     BX, 1
RCR     WORD PTR[DI], CL
```

【例 3-11】 将 32 位数 2F6E59ABH 逻辑右移一位，结果存放在 DX:AX 中。

```
MOV    AX, 59ABH
MOV    DX, 2F6EH
SHR    DX, 1         ;DX=17B7H
RCR    AX, 1         ;AX=2CD5H
```

3.3.4　串操作指令

串或字符串是指在内存中连续存放的由字节或字组成的数据串，可以是数值型或字符型数据。我们常常要从数据串中查找特定数据；或者比较两个串是否相同等，或者把一个串从内存的一个区域传送到另一个区域等操作；使用串操作指令就是最佳选择。串操作指令对串中数据进行相同的操作，可以以字节为单位或以字为单位，可操作的最大串长度为 64K。串操作指令包括：

```
MOVS    串传送
CMPS    串比较
SCAS    串扫描
STOS    存入串
LODS    取串
```

这五种串操作指令都是隐含指令，说明如下：

① 源操作数（源串）默认由 DS:SI 指定，即源串默认在数据段，允许段超越为 CS、ES 和 SS。偏移地址指针 SI 自动修改。

② 目的操作数（目的串）默认由 ES:DI 指定，即目的串默认在附加数据段。不允许段超越。偏移地址指针 DI 自动修改。

③ 通过设定标志寄存器中的方向标志位 DF 的值，可以控制串操作的方向。DF 设定为 0，偏移地址指针 SI 和 DI 自动增量，如果串操作为字节操作，每次偏移地址指针加 1，如果为字操作，每次偏移地址指针加 2。DF 设定为 1，偏移地址指针自动减量。如果串操作为字节操作，每次偏移地址指针减 1，如果为字操作，每次偏移地址指针减 2。如图 3-9 所示。

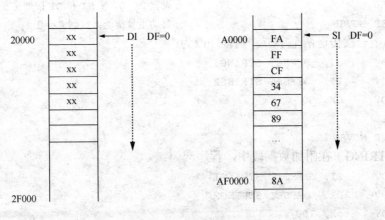

图 3-9　地址指针变化情况

④ 串操作指令本身只操作一次，例如指令 MOVSB 的功能为将 DS:SI 指明的一个字节传送到 ES:DI 指明的内存单元中。如果要使整个的源串数据全部传送到目的串中，需要再加一个重复前缀 REP。用于串操作指令的重复前缀有三种，分别是：

　　　　REP：无条件重复前缀

　　　　REPE：相等时重复（ZF=1），REPZ：比较结果为 0 时重复

　　　　REPNE：不相等时重复（ZF=0），REPNZ：比较结果不为 0 时重复

⑤ 带重复操作前缀的串操作指令，需要指明重复次数。用计数器 CX 指定串长度，即重复次数，每次串操作后 CX 自动减 1，直到 CX=0，串操作结束。

综上所述：在使用串操作指令前应预先设置源串指针 DS:SI，目的串指针 ES:DI，计数器 CX 和标志位 DF。

1. 串传送指令 MOVS

指令格式：

```
MOVSB
MOVSW
MOVS OPRD1, OPRD2
```

功能：字符串传送。

● MOVSB，隐含操作数，将 DS:SI 指明的一个字节传送到 ES:DI 指明的内存单元中。

● MOVSW，隐含操作数，将 DS:SI 指明的两个字节传送到 ES:DI 指明的内存单元中。

● MOVS OPRD1，OPRD2，这种形式常常用在源串段超越的情况下。

说明：指令不影响状态标志位。

【例 3-12】 将数据段中 STRING 1 中 100 个字节传送到附加数据段中的 STRING 2 中：

```
MOV     SI, OFFSET STRING1        ;初始化源串指针
MOV     DI, OFFSET STRING2        ;初始化目的指针
MOV     CX, 100                   ;初始化计数器
CLD                               ;设置 DF=0，使 SI 和 DI 按增量变化，增量为 1
REP MOVSB                         ;自动重复传送，直到 CX=0
```

如果希望一次传送两个字节，则程序改为：

```
MOV     SI, OFFSET STRING1
MOV     DI, OFFSET STRING2
MOV     CX, 50
CLD
REP MOVSW
```

如果 STRING 1 在附加数据段中，程序应为：

```
MOV     SI, OFFSET STRING1
MOV     DI, OFFSET STRING2
MOV     CX, 100
CLD
```

```
REP MOVS    BYTE PTR ES:[DI], BYTE PTR ES:[SI]
```

说明：重复前缀 REP 的重复次数由 CX 决定。串指令每执行一次，CX 的内容就减1；当 CX 为 0，串传送指令执行结束。

2. 串比较指令 CMPS

指令格式：
```
CMPSB
CMPSW
CMPS OPRD1, OPRD2
```

功能：字符串比较。

- CMPSB，隐含操作数，将 DS:SI 指明的串与 ES:DI 指明的串中的对应元素进行比较，以字节为单位。
- CMPSW，隐含操作数，将 DS:SI 指明的串与 ES:DI 指明的串中的对应元素进行比较，以字为单位。
- MOVS OPRD1, OPRD2，这种形式常常用在源串段超越的情况下。

说明：指令影响状态标志。两个串中的对应元素做减法操作，影响标志寄存器，但减操作的结果不回送到两个串中，即比较完成后两个串没有改变。

【例 3-13】 将 STRING 1 与 STRING 2 进行比较；
```
MOV   SI, OFFSET STRING1 ;初始化源串指针
MOV   DI, OFFSET STRING2 ;初始化目的指针
MOV   CX, 100            ;初始化计数器
CLD                     ;设置 DF=0，使 SI 和 DI 按增量变化，增量为 1
REPE CMPSB              ;对应元素相等时继续比较后面的数据，直到 CX=0
```

说明：REPE CMPSB 指令的执行过程为：

① 执行一次串比较；

② SI←SI+1，DI←DI+1；

③ 测试 ZF，如果 ZF=1 说明两个串中的对应元素相等，则 CX←CX-1，测试 CX，如果 CX≠0，说明串中还有没比较过的元素，执行①。

所以，执行 REPE CMPSB 指令会有两种结果：

- 两个串比较结束，完全相同，CX=0,指令执行结束,这时标志位 ZF=1。
- 两个串中有不一样的元素，使得指令执行结束，这时 CX≠0，标志位 ZF=0。
  注意此时两个变址指针 SI、DI 指向下一个待比较的元素。

通常程序中在 REPE CMPSB 指令后会跟有条件转移指令，用来判断是在哪一种情况下结束的。另外，重复前缀 REPE 和 REPZ 的功能完全一样。

【例 3-14】 从地址 1000:10A0H 开始的区域中存放着 100 个字节的字符串 STRING1，从地址 2000:10B0H 开始的区域中存放着 100 个字节的字符串 STRING2，将 STRING 1 与 STRING 2 进行比较，如果两者完全相同就将 AL 置 0，否则 AL 置-1，并将第一个不相同的元素的地址存入 BX 寄存器。
```
MOV AX, 1000H
```

```
            MOV DS, AX
            MOV AX, 2000H
            MOV ES, AX
            MOV SI, 10A0H
            MOV DI, 10B0H
            MOV CX, 100
            CLD
     REPE CMPSB
     JNZ    UNEQUAL          ;如果 ZF=0，转到 UNEQUAL
            MOV AL, 0         ;否则把 AL 置 0，转到 EQUAL
            JMP EQUAL
     UNEQUAL:MOV AL, -1       ;把 AL 置-1
            DEC SI            ;指向第一个不相同的元素
            MOV BX,SI,         ;保存第一个不相同的元素的地址
     EQUAL: JMP  $
```

3. 串扫描指令 SCAS

指令格式：SCASB

　　　　　SCASW

功能：在 ES:DI 指明的串中搜索特定数据。特定数据存在 AL（或 AX）中。

● SCASB，隐含操作数 AL，将串中的元素与 AL 进行比较，以字节为单位。

● SCASW，隐含操作数 AX，将串中的元素与 AX 进行比较，以字为单位。

说明：串中的元素与 AL 或 AX 做减法操作，结果不回送，只影响状态标志。

【例 3-15】 搜索字符串 STRING1，查是否含有字符"A"，并确定首次找到字符"A"的位置，将地址存入 POINT；如果没找到，将 0 存入 POINT。

```
            MOV  AX, SEG STRING1
            MOV  ES, AX              ;初始化附加段
            MOV  DI,OFFSET STRING1   ;设置字符串指针
            MOV  CX, 100             ;设置字符串长度，即循环次数
            CLD                      ;DF=0
            MOV  AL, 'A'             ;要查找的内容存入 AL 中
            REPNZ  SCASB             ;与 AL 不相同时继续搜索
            JZ  FOUND
            MOV  DI, 0
            JMP DONE
     FOUND: DEC DI
     DONE:  MOV POINT, DI
            JMP  $
```

说明：REPNZ SCASB 指令的执行过程为：

① 将串中的一个元素与 AL 进行比较；

② DI←DI+1；

③ 测试 ZF，如果 ZF=0 说明这个元素与 AL 不相等，则 CX←CX-1，测试 CX，如果 CX≠0，说明串中还有没比较过的元素，执行①。

所以，执行 REPNZ　SCASB 指令会有两种结果：

● 整个串与 AL 比较完，没有找到与 AL 相同的数据，CX=0,指令执行结束。

● 串中有与 AL 一样的元素，减法操作后 ZF=1，使得指令执行结束，而 CX≠0。

注意此时两个变址指针 SI、DI 指向下一个待比较的元素。

通常程序中在 REPNZ　SCASB 指令后会跟有条件转移指令，用来判断是哪一种情况。另外，重复前缀 REPNE 和 REPNZ 的功能完全一样。

4. 取串指令 LODS

指令格式：LODSB

　　　　　LODSW

　　　　　LODS OPRD

功能：从串中取数据。将 DS:SI 指明的串中元素传送到 AL 或 AX 中。

● LODSB，隐含操作数 AL，将 DS:SI 指明的串中元素传送到 AL，传送一个字节。

● LODSW，隐含操作数 AX，将 DS:SI 指明的串中元素传送到 AX，传送一个字。

说明：指令不影响状态标志，一般个带有重复操作前缀。

5. 存串指令 STOS

指令格式：STOSB

　　　　　STOSW

功能：把数据存入串中。把 AL 或 AX 中的数据传送到 ES:DI 指明的串中。

● STOSB，隐含操作数 AL，把 AL 的内容传送到 ES:DI 指明的串中，传送一个字节。

● STOSW，隐含操作数 AX，把 AX 的内容传送到 ES:DI 指明的串中，传送一个字。

说明：指令不影响状态标志。一般带有重复操作前缀 REP，相当于用 AL 或 AX 初始化某数据区。

【例 3-16】 从字符串 STRING1 中取出 100 个字符，加入字符属性修饰符后存入 B800:0 的内存区域中。

```
        MOV  AX, SEG STRING1
        MOV  DS, AX              ;初始化数据段
        MOV  SI,OFFSET STRING1   ;设置源串指针
        MOV  AX,0B800H
        MOV  ES, AX              ;初始化附加段
        MOV  DI, 0
        MOV  AX, 9c00H           ;拼接字符属性
        MOV  CX, 100             ;设置字符串长度，即循环次数
        CLD                      ;DF=0
```

```
AGAIN: LODSB
       STOSW
       DEC CX
       JNZ AGAIN
       HLT
```

3.3.5 程序控制指令

程序控制指令又称为控制转移指令，包括：转移指令、循环控制指令、过程调用指令和中断指令4类。转移指令又分为无条件转移指令和条件转移指令。

1. 无条件转移指令 JMP

计算机程序的执行完全按照 CS:IP 的指向执行指令。通常情况下 CS 保持不变，IP 自动增量，程序就按照指令的先后顺序执行。无条件转移指令会修改 CS 和 IP 的值，使程序跳转到另一个位置去执行，改变指令的执行顺序。

根据程序的转移范围可分为段内转移和段间转移。在同一段的范围之内进行转移，只需要修改 IP 的值，称为段内转移。如果 CS 的值被修改，意味着程序将转移到另外的段去执行，这称为段间转移。段间转移不仅修改段基址 CS 的值，还修改 IP 的值。

JMP 指令不影响标志位。

（1）段内转移

指令格式：　JMP　OPRD

功能：段内转移，IP←IP+位移量，或给 IP 赋值。

说明：根据 OPRD 的类型又分为段内直接转移和段内间接转移。指令不影响标志位。例如：

```
JMP    LABEL                  ;LABEL 为指令标号
JMP    SHORT LABEL
JMP    NEAR LABEL
JMP    BX
JMP    WORD PTR[BX+DI]
```

- JMP　LABEL，程序转移到 LABEL 指明的指令处继续执行。指令中 LABEL 通常为标号，例如例 3-17 程序段中的 FOUND 和 DONE。
- JMP　SHORT LABEL，程序转移到 LABEL 指明的指令处继续执行。SHORT 为属性说明符，说明转移范围，以当前 IP 为中心，转移范围-128～+127。
- JMP　NEAR LABEL，程序转移到 LABEL 指明的指令处继续执行。NEAR 为属性说明符，说明转移范围，以当前 IP 为中心，转移范围-32768～+32767。

说明：在编程时 NEAR 与 SHORT 通常省略，编译时由汇编程序自己计算。如果用了 NEAR 或 SHORT，在编译时有时会提示不正确的属性限制。所以 JMP　LABEL 是最常见的形式。

由于 LABEL 对应一条指令，是这条指令的符号地址，所以以上三种 JMP 形式又称为段内直接转移。这些指令在编译时，汇编程序会计算出它的下一条指令到 LABEL 指明的指令之间的位移量（相距多少字节），将这个位移量编译为 JMP 的操作数。指令执行时 IP 加上这个位移量（JMP 指令的功能），IP 的值被修改，使得下一条要执行的指令指向 LABEL。

- JMP BX，将 BX 的值传送给 IP，程序转移到 CS:IP 处继续执行。操作数可以是所有 16 位通用寄存器。
- JMP WORD PTR[BX+DI]，从[BX+DI]指明的内存区域连续取出两个字节传送给 IP，程序转移到 CS:IP 处继续执行。操作数可以采用各种寻址方式。

以上两种 JMP 形式又称为段内间接转移，编程时要注意操作数必须是 16 位。

【例 3-17】

```
            ...
            MOV DI, 0
            JMP       DONE
FOUND:  DEC DI
DONE:   MOV POINT, DI
            MOV AX, 1234H
            ...
            JMP       CX              ; IP=2000H，程序跳转到段内偏移地址为 2000H 处
            ...
```

（2）段间转移

指令格式：JMP OPRD

功能：段间转移，IP←OPRD 的段内偏移地址，CS←OPRD 所在段的段基址。

说明：根据 OPRD 的类型又分为段间直接转移和段间间接转移。指令不影响标志位。

例如：

```
JMP     FAR LABEL
JMP     DWORD PTR [BX+DI]
```

- JMP FAR LABEL，程序转移到 LABEL 指明的指令处继续执行，LABEL 为标号。FAR 是相对于 NEAR 的属性说明符，FAR 说明标号 LABEL 在另外的代码段，与 JMP 指令本身不在同一段。这条指令执行的操作是 IP←LABEL 的偏移地址，CS←LABEL 所在段的段基址,程序转移到 CS:IP 处继续执行。这种 JMP 形式又称为段间直接转移。
- JMP DWORD PTR[BX+DI]，从[BX+DI]指明的内存区域连续取出 4 个字节，前两个字节（低地址）传送给 IP，后两个字节送给 CS，程序转移到 CS:IP 处继续执行。操作数属于存储器操作数，可以采用各种存储器的寻址方式。这种 JMP 形式又称为段间间接转移。

例如：

```
JMP  FAR NEXT
JMP  8000:2000H
JMP  DWORD PTR [DI]
```

2. 条件转移指令

条件转移指令先测试条件，若条件成立则执行转移操作；若不成立则不转移并顺序执行下一条指令。所有的条件转移指令转移范围-128～+127，属于段内短转移，都不影响状态标志位。

指令格式：JCC　OPRD

功能：若条件成立则转移到 OPRD 处执行，IP←IP+位移量。

说明：J 是 JUMP 的缩写，CC 表示转移的条件，OPRD 通常是标号。

表 3-2　条件转移指令

指令名称	汇编格式	转移条件	功能说明
进位转移	JC　target	(CF)=1	有进位或借位
无进位转移	JNC　target	(CF)=0	无进位或借位
等于或为零转移	JE/JZ　target	(ZF)=1	相等或结果为 0
不等于或非零转移	JNE/JNZ　target	(ZF)=0	不相等或结果不为 0
奇偶校验为偶转移	JP/JPE　target	(PF)=1	有偶数个 1
奇偶校验为奇转移	JP/JPO　target	(PE)=0	有奇数个 1
结果为负转移	JS　target	(SF)=1	为负数
结果为正转移	JNS　target	(SF)=0	为正数
溢出转移	JO　target	(OF)=1	溢出
不溢出转移	JNO　target	(OF)=0	不溢出
大于则转移	JA/JNBE　target	(CF)=0 且 (ZF)=0	无符号数
大于或等于则转移	JAE/JNB　target	(CF)=0	无符号数
小于则转移	JB/JNAE　target	(CF)=1	无符号数
小于或等于则转移	JBE/JNA　target	(CF)=1 或 (ZF)=1	无符号数
大于则转移	JG/JNLE　target	(SF)=(OF) 且 (ZF)=0	带符号数
大于或等于则转移	JGE/JNL　target	(SF)=(OF)	带符号数
小于则转移	JL/JNGE　target	(SF)≠(OF) 且 (ZF)=0	带符号数
小于或等于则转移	JLE/JNG　target	(SF)≠(OF) 或 (ZF)=1	带符号数
CX 内容为 0 转移	JCXZ　target	(CX)=0	

【例 3-18】 测试 AX 为奇数还是偶数，如是奇数则 BX 置成 0FFFFH；如是偶数 BX 置成 0。

```
    TEST    AX, 01H        ;测试 BX 中最低位的逻辑值
    JZ      EVEN           ;ZF=1, AX 为偶数转移至 EVEN 处执行
    MOV     BX, 0FFFFH     ;AX 为奇数，设置奇数标志
    JMP CON
```

```
EVEN:   MOV BX, 0                ;设置偶数标志
CON:            ...
```

【例 3-19】 AX 与 BX 均为无符号数，测试 AX 与 BX 的大小。

```
        CMP AX, BX               ;比较 AX 与 BX
        JZ  EQUAL                ;AX=BX 则转移到 EQUAL 处
        JA  LAG                  ;AX>BX，则转至 LAG 处
        JMP CON                  ;AX<BX，转移至 CON 处
EQUAL:  MOV CX, 0                ;置等于标志
LAG:    MOV CX, 0FFFFH           ;置大于标志
CON:            ...
```

3. 循环控制指令

循环控制指令共有 3 条，都是利用 CX 作为计数器控制循环，都不影响标志位。

指令格式：LOOP OPRD

LOOPE（或 LOOPZ） OPRD

LOOPNE（或 LOOPNZ） OPRD

功能：如果条件满足就转到 OPRD 指明的指令执行，继续循环；当条件不满足，循环结束，顺序执行下一条指令。

- LOOP OPRD，功能为：CX←CX-1 并测试 CX，如果 CX≠0 就转到 OPRD 指明的指令执行，继续循环；当 CX=0 时，循环结束，顺序执行下一条指令。
- LOOPE（或 LOOPZ） OPRD，等于 0 则循环。具体描述为：如果 ZF=1 且 CX←CX-1，CX≠0 就转到 OPRD 指明的指令执行，继续循环；当 CX=0 或 ZF≠1 时，循环结束，顺序执行下一条指令。(ZF 的状态是上一条指令执行后对 FLAGS 的影响)
- LOOPNE（或 LOOPNZ） OPRD，不等于 0 则循环。具体描述为：如果 ZF=0 且 CX←CX-1，CX≠0 就转到 OPRD 指明的指令执行，继续循环；当 CX=0 或 ZF=1 时，循环结束，顺序执行下一条指令。(ZF 的状态是上一条指令执行后对 FLAGS 的影响)

说明：OPRD 为指令标号。转移范围：以当前 IP 为中心，转移范围-128~+127。

【例 3-20】 编写程序，求 1+2+3+4+…+100 的累加和，结果存于 AX 中。

```
        MOV CX, 100              ;初始化计数器 CX
        MOV AX, 0                ;累加和单元清 0
ABC:    ADD AX, CX               ;求累加和
        LOOP ABC   ;CX≠0 继续循环；CX=0 循环结束，执行下一条指令
        HLT
```

【例 3-21】 测试 AX 中 1 的位置。

```
        MOV AX, 0                ;用 AX 保存循环次数
        MOV BX, 40H
        MOV CX, 10
L1:     INC AX
```

```
        SHR     BX, 1       ;左移 1 次
        TEST    BX, 1       ;测试 D0 位的逻辑值
        LOOPE   L1          ;如果 ZF=1 且 CX←CX-1，CX≠0 则转到 L1 循环执行
  L2:   MOV [SI], AX        ;保存 AX，AX=6  BX=1  ZF=0
        HLT
```

4. 过程调用指令

过程调用指令也称为子程序调用指令。程序设计时常常把一些功能相对完整或相对独立的程序段编写成独立的程序模块，称为子程序，子程序的应用使程序结构清晰明了。主程序可用调用指令调用子程序，子程序执行结束后自动返回主程序，主程序继续执行。

（1）调用指令

根据子程序所在的位置，调用指令分为段内调用和段间调用。段内调用只修改 IP 的值，段间调用 CS 和 IP 的值都被修改。CALL 指令在执行时第一步首先保存断点，以便子程序返回主程序时从断点处继续执行；第二步取出子程序的入口地址赋给 IP 或 CS：IP，转去执行子程序。

指令格式：CALL OPRD

功能：调用 OPRD 指明的子程序。

说明：OPRD 可以是子程序的名字或指令标号，可以是 16 位的寄存器，还可以是两个或 4 个存储单元的内容。

例如：

● CALL NEAR DELAY：

DELAY 是子程序名，NEAR 是属性说明符，说明 DELAY 子程序与这条 CALL 指令在同一个代码段中，NEAR 可以省略。指令执行时首先将当前 IP 的内容压栈，然后 IP←IP+16 位位移量，程序就转移到子程序执行。16 位位移量指的是 CALL 指令的下一条指令与 DELAY 之间的差值。这种 CALL 指令最常见，也称为段内直接调用。

● CALL AX；子程序的入口地址由 AX 提供，即 IP←AX，其他动作与上面同。

　　CALL WORD PTR [BX]；子程序的入口地址由[BX]指明的两个内存单元提供，其他动作与上面同。这两条指令也称为段内间接调用。

● CALL FAR MEM

MEM 是子程序名，FAR 是属性说明符，说明 MEM 子程序与这条 CALL 指令不在同一个代码段中，FAR 不能省略。指令执行时首先将当前 CS 和 IP 的内容压栈，然后将 MEM 入口地址的段基址取出来赋给 CS，将偏移地址取出来赋给 IP，程序就转移到子程序执行。这种 CALL 指令较常见，也称为段间直接调用。例如：

　　CALL 2000H:0100H   ;指令直接给出子程序的段基址和偏移地址。

● CALL DWORD PTR [SI] ；子程序的入口地址由[SI]指明的 4 个内存单元提供，其中 IP←[SI+1]:[SI]，CS←[SI+3]:[SI+2]，其他动作与上面同。这条指令也称为段间间接调用。

（2）返回指令

返回指令放在子程序的末尾，它能返回调用程序。返回指令的操作是弹出断点地址，

送给 IP 和 CS。返回指令与 CALL 指令有关联，如果是段内调用，返回指令只弹出 IP 的值；如果是段间调用，返回指令弹出 IP 和 CS 的值。虽然包含的操作不同，但返回指令的格式却一样。返回指令不影响标志位。

指令格式：RET

功能：返回调用程序。

【例 3-22】 观察下面的程序段，了解子程序与主程序的关系。

```
        MOV   SP, 4000H
        CALL  DELAY      ;调用子程序
DISP:   MOV   AH, 02H
        MOV   DL, 'A'
        INT   21H
        HLT
DELAY   PROC  NEAR       ;子程序开始
        PUSH  CX
        MOV   CX, 2FFFH
SUBS:   LOOP  SUBS
        POP   CX
        RET
DELAY   ENDP             ;子程序结束
```

5. 中断指令

中断，是指在程序执行过程中，出现某种紧急事件，CPU 暂停执行现行程序，转去执行事件处理程序，执行完后再返回到被暂停的程序继续执行。引起中断的事件称为中断源，计算机的中断源可能是某个硬件部件，也可能是软件，中断指令就是软件中断源。

中断指令的存在主要是因为计算机的某些功能需要利用特殊渠道实现，例如用户程序要想驱动计算机硬件，必须通过操作系统，而用户程序只能在用户态执行不能进入系统态，因此使用中断的方式调用操作系统相应的模块，这也称为系统功能调用。

（1）中断指令

指令格式：

```
    INT n
        INTO
```

功能：中断调用。调用过程类似子程序的调用过程，首先暂停主程序的执行，将 FLAGS、CS 和 IP（断点）顺序压栈，再根据 n 从中断向量表中找到中断服务程序的入口地址，前两个字节送 IP，后两个字节送 CS，就进入中断服务程序并开始执行。

说明：n 为中断类型码，取值范围 0～255。INTO 为溢出中断，相当于 INT 4 指令。中断指令具体的执行过程很复杂，如下：

① FLAGS 压栈。

② FLAGS 中的 TF 置 0，IF 置 0，禁止中断。

③ CS 压栈。

④ IP 压栈。

⑤ 查中断向量表，nX4 作为地址，从该地址中取出中断服务程序的入口地址送 CS:IP。

（2）中断返回指令

指令格式：IRET

功能：中断返回

说明：所有中断服务程序中的最后一条指令都是 IRET，它的具体操作如下：

① 弹出 IP。

② 弹出 CS。

③ 弹出 FLAGS。

3.3.6　处理器控制指令

处理器控制指令对 CPU 实施控制，使 CPU 暂停、使 CPU 等待等，还包括对 FLAGS 中的一些标志位进行设置的指令，见表 3-3。

表 3-3　处理器控制指令

指令格式	操作说明
CLC	清进位标志位，CF0
STC	置进位标志位，CF1
CMC	进位标志位取反，CF
CLD	清方向标志位，DF0，串操作从低地址开始到高地址
STD	置方向标志位，DF1，串操作从高地址开始到低地址
CLI	清中断标志位，IF0，关中断
STI	置中断标志位，IF1，开中断
HLT	处理器暂停，CPU 不做任何操作
WAIT	处理器等待，等待 TEST 引线转为低电平
ESC	处理器把控制权交给协处理器
LOOK	总线封锁，它可以作为任何 CPU 指令的前缀
NOP	空操作，消耗 3 个时钟周期，常用于延时程序

- HLT 指令，使 CPU 进行暂停状态，直到有复位（RESET）信号或着中断请求时，退出暂停状态。
- WAIT 指令，检测 8086CPU 的 $\overline{\text{TEST}}$ 引脚，若 $\overline{\text{TEST}}$ 引脚为低电平，WAIT 指令结束，顺序执行下一条指令，否则 CPU 进入等待状态，直至 $\overline{\text{TEST}}$ 引脚为低电平。

- ESC 指令，在多处理器系统中 CPU 把控制权交给协处理器。并使协处理器能取得操作码和操作数进行操作。
- LOCK 指令，可以作为任何 CPU 指令的前缀，单字节。它使总线锁存信号有效直到指令执行结束，使指令的执行不被打断。

练 习 题

1. 什么叫寻址方式？8086 指令系统中有哪几种寻址方式？

2. 下列指令中 BUFF 为字节类型变量，DATA 为常量，指出下列指令中源操作数的寻址方式：

 （1）MOV AX, 1200   （2）MOV AL, BUFF

 （3）SUB BX, [2000H]   （4）MOV CX, [SI]

 （5）MOV DX, DATA[SI]   （6）MOV BL, [SI][BX]

 （7）MOV [DI], AX   （8）ADD AX, DATA[DI+BP]

 （9）PUSHF   （10）MOV BX, ES:[SI]

3. 指出下列指令的错误并改正。

 （1）MOV DS, 1200   （2）MOV AL, BX

 （3）SUB 33H, AL   （4）PUSH AL

 （5）MUL 45H   （6）MOV [BX], [SI]

 （7）MOVS BYTE PTRDS:[DI], BYTE PTR DS:[SI]

 （8）ADD DATA[DI+BP], ES:[CX]

 （9）JMP BYTE PTR[SI]   （10）OUT 3F8H, AL

4. 根据要求写出一条（或几条）汇编语言指令。

 （1）将立即数 4000H 送入寄存器 BX。

 （2）将立即数 4000H 送入段寄存器 DS。

 （3）将变址寄存器 DI 的内容送入数据段中 2000H 的存储单元。

 （4）把数据段中 2000H 存储单元的内容送段寄存器 ES。

 （5）将立即数 3DH 与 AL 相加，结果送回 AL。

 （6）把 BX 与 CX 寄存器内容相加，结果送入 BX。

 （7）寄存器 BX 中的低 4 位内容保持不变,其他位按位取反，结果仍在 BX 中。

 （8）实现 AX 与-128 的乘积运算。

 （9）实现 CX 中高、低 8 位内容的交换。

 （10）将 DX 中 D0、D4、D8 置 1，其余位保持不变。

5. 设 SS=2000H，SP=1000H，SI=2300，DI=7800，BX=9A00H。说明执行下面每条指令时，堆栈内容的变化和堆栈指针的值。

```
PUSH  SI
PUSH  DI
POP  BX
```

6. 内存中 18FC0H、18FC1H、18FC2H 单元的内容分别为 23H、55、5AH，DS=1000H，BX=8FC0H，SI=1，执行下面两条指令后 AX=? DX=?

```
MOV AX, [BX+SI]
LEA DX, [BX+SI]
```

7. 回答下列问题：

（1）设 AL=7FH，执行 CBW 指令后，AX=?

（2）设 AX=8A9CH，执行 CWD 指令后，AX=? DX=?

8. 执行以下两条指令后，FLAGS 的 6 个状态标志位的值是什么？

```
MOV AX, 847BH
ADD AX, 9438H
```

9. 下面程序段将 03E8H 转换成十进制数并显示，填写指令后的空格。

```
        MOV AX, 03E8H      ;AH=_____, AL=_____
        MOV CX, 4
        MOV DI, 2000H      ;DI=_____
        MOV BX, 10         ;BH=_____, BL=_____
GO0:SUB DX, DX            ;CF=_____, ZF=_____
        DIV BX             ;AX=_____, DX=_____
        MOV [DI], DL       ;[DI]=_____
        INC DI
        LOOP GO0           ;CX=_____
        MOV CX, 4
GO1:DEC DI                ;DI=_____
        MOV DL, [DI]       ;DL=_____
        OR DL, 30H         ;DL=_____
        MOV AH, 02         ;显示 1 位十进制数
        INT 21H
        LOOP GO1
```

10. 用串操作指令替换以下程序段：

```
ABC: MOV AL, [SI]
     MOV ES:[DI], AL
     INC SI
     INC DI
     LOOP ABC
```

11. 设 AX=AAH，顺序执行下列各条指令，填写空格。

（1）XOR AX, 0FFFFH   ; AX=_____
（2）AND AX, 13A0H   ; AX=_____
（3）OR   AX, 25C9H   ; AX=_____
（4）TEST AX, 0004H   ; AX=_____

12. 试写出执行下列 3 条指令后 BX 寄存器的内容。

```
MOV CL, 2H
MOV BX, C02DH
SHR BX, CL
```

13. 执行下列程序段后，AX、BX 的内容各是什么？

（1）
```
    MOV AX,0001H
    MOV BX,8000H
    NEG AX
    MOV CX,4
AA: SHL AX,1
    RCL BX,1
    LOOP AA
    HLT
```

（2）
```
   MOV AX, 0
   MOV BX, 1
   MOV CX, 100
A: ADD AX, BX
   INC BX
   LOOP A
   HLT
```

14. 编写程序段，实现下述要求：

（1）使 AX 寄存器的低 4 位清 0，其余位不变。

（2）使 BX 寄存器的低 4 位置 1，其余位不变。

（3）测试 AX 的第 0 位和第 4 位，两位都是 1 时将 AL 清 0。

（4）测试 AX 的第 0 位和第 4 位，两位中有一个为 1 时将 AL 清 0。

15. 编写程序段，完成把 AX 中的 16 进制数转换为 ASCII 码，并将对应的 ASCII 码依次存入 MEM 开始的存储单元中。例如，当 AX 的内容为 37B6H 时，MEM 开始的 4 个单元的内容依次为 33H，37H，42H，36H。

16. 编写程序段，求从 TABLE 开始的 10 个无符号数的和，结果放在 SUM 单元中。

17. 编写程序段，从键盘上输入字符串'HELLO'，并在串尾加结束标志'$'。

18. 编写程序段，在屏幕上依次显示 1、2、3、A、B、C。

19. 编写程序段，在屏幕上显示字符串 "Hello World"。

20. 编写程序段，把内存中首地址为 MEM1 的 200 个字节送到首地址为 MEM2 的区域。

21. 编写程序段，以 4000H 为起始地址的 32 个单元中存有 32 个有符号数，统计其中负数的个数，并将统计结果保存在 BUFFER 单元中。

第4章　汇编语言及其程序设计

教学目的

- 了解汇编语言源程序的结构
- 掌握伪指令系统
- 理解 DOS 功能调用
- 掌握汇编语言源程序的设计方法

4.1　汇编语言源程序

汇编语言是将机器语言的操作码和操作数符号化了的编程语言。在当今的程序设计领域，有众多易学易用的高级语言可以选择，而汇编语言依然占有一席之地，究其原因，汇编语言程序实时、精确和高效的特点是任何高级语言程序无法比拟的。当然汇编语言的缺点也是人所共知的，难读、难懂且不同类型的 CPU 指令系统不同。任何 CPU 都只能执行机器语言程序，汇编语言毕竟不是机器语言，汇编语言程序必须通过具有"翻译"功能的系统程序的处理。汇编程序（Assembler）就是处理汇编语言源程序的系统程序，处理的过程称为汇编。源程序经过汇编生成机器语言目标程序，简称目标程序。目标程序经过连接程序连接，就得到可执行文件。

4.1.1　汇编语言源程序结构

汇编语言源程序结构是指语句的格式和程序的组成部分。源程序结构取决于汇编程序，不同的汇编程序要求的源程序结构不同，不同 CPU 的汇编程序也不相同。不过功能大致相同的汇编语言其源程序结构也大致相同。本章以 80X86CPU 所常用的 MASM 宏汇编程序为背景介绍汇编语言源程序结构。

1. 汇编语言源程序的组成部分

先观察下面的程序：

【例 4-1】　将 STRING 1 中 100 个字节传送到 STRING 2 中。

```
DATA        SEGMENT                 ;定义数据段
STRING1     DB 100 DUP（55H）
DATA        ENDS                    ;数据段结束
EDATA       SEGMENT                 ;定义附加段
STRING2     DB 100 DUP（?）
```

```
EDATA        ENDS                      ;附加段结束
STACK        SEGMENT                   ;定义堆栈段
             DW  256 DUP（?）
STACK        ENDS                      ;堆栈段结束
CODE         SEGMENT                   ;定义代码段
             ASSUME   CS:CODE, DS:DATA, ES:EDATA, SS:STACK
START:       MOV   AX, DATA
             MOV   DS, AX              ;初始化 DS
             MOV   AX, EDATA
             MOV   ES, AX              ;初始化 ES
             MOV   AX, STACK
             MOV   SS, AX
             MOV SI, OFFSET STRING1    ;初始化源串指针
             MOV DI, OFFSET STRING2    ;初始化目的指针
             MOV CX, 100               ;初始化计数器
             CLD                       ;设置 DF=0,使 SI 和 DI 按增量变化,增量为1
             REP MOVSB
             MOV AH, 4CH
             INT   21H
CODE         ENDS                      ;代码段结束
             END        START
```

汇编语言源程序由若干段组成：数据段、附件数据段、堆栈段和代码段等，段与段之间的顺序可以随意排列，每一段由 SEGMENT 开始，以 ENDS 结束，每段的开始和结束都附有相同的名字。一个程序一般定义三个段：数据段、堆栈段和代码段，必要时增加定义附加数据段，能独立运行的程序至少包含一个代码段。如果没有堆栈段，程序在执行时自动使用操作系统提供的堆栈，因此汇编源程序时的警告信息"NO STACK SEGMENT"可以忽略。

2. 汇编语言的语句格式

汇编语言源程序中一行只能写一个语句。每个语句可以有 4 部分：标号（名字）、操作码助记符、操作数助记符和注释。例如：

```
BEGAIN: MOV    AX, BX        ;BX 数据传送给 AX
```

BEGAIN 是标号。标号是某条指令的地址，是用符号表示的地址，所以也叫符号地址。标号后加冒号"："。名字是变量、段或子程序的名字，例如例 4-1 中的 DATA、EDATA、STACK 和 CODE。名字后面没有冒号"："，与操作码之间用空格分隔。操作码和操作数之间用空格分隔，操作数之间用逗号分隔。分号表示注释，用来说明程序或语句的功能，常跟在语句的后面，分号为注释的开始。如果一行的第一个字符是"；"说明整行都是注释，用来说明下面程序段的功能。注释不影响程序的功能，也不出现在目标代码中。

源程序中的语句有两种：指示性语句和指令性语句。指示性语句可以位于任何段中，指令性语句必须位于代码段内。

● 指示性语句

又称为伪操作语句，它不是 8088/8086CPU 的指令，它与汇编程序（assembler）有关。指示性语句的功能主要是变量定义、为数据分配存储空间、告诉汇编程序如何对源程序汇编等。源程序汇编后指示性语句不生成目标代码，所以常被称为伪指令。

指示性语句的一般格式：

　　　名字　伪操作码助记符　操作数，操作数...　　　；注释

例如：

```
DATA        SEGMENT                ;定义数据段
STRING1     DB 100 DUP（55H）
DATA    ENDS                 ;数据段结束
```

这三句都是指示性语句，DATA 和 STRING1 是名字，DATA 是段名，STRING1 是变量名。SEGMENT、DB、ENDS 是伪操作助记符，100 DUP（55H）是 100 个值为 55H 的操作数。名字与伪操作助记符之间用空格分隔，名字由程序员设置。

● 指令性语句

指令性语句是可执行语句，是 8088/8086CPU 的指令。源程序汇编后指令性语句生成目标代码。第 3 章中介绍的所有指令都是指令性语句的主体，其操作数最多只能有两个。

指令性语句的一般格式：

　　　标号：操作码助记符　　操作数助记符，操作数助记符　　　；注释

例如，例 4-1 中语句"START：MOV　AX，DATA"和语句"INT 21H"之间的所有语句都是指令性语句。START 是标号，可根据需要由程序员设置。标号表示指令的符号地址，可以作为转移指令、循环指令和调用指令的操作数，标号后面要加冒号。

4.1.2　汇编语言源程序的处理过程

CPU 只能执行机器语言程序，汇编语言毕竟不是机器语言，汇编语言程序必须通过具有"翻译"功能的系统程序的处理。汇编程序（Assembler）就是处理汇编语言源程序的系统程序，处理的过程称为汇编。源程序经过汇编生成机器语言目标程序，简称目标程序。目标程序经过连接程序连接，就得到可执行文件，见图 4-1。

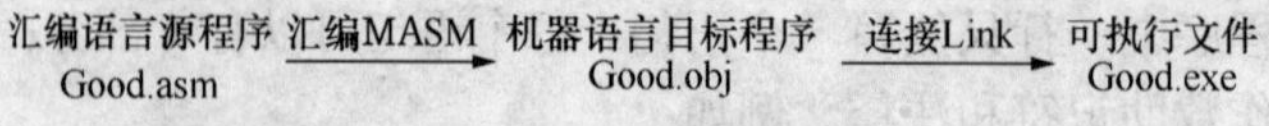

　　　汇编语言源程序 汇编MASM　机器语言目标程序　连接Link　可执行文件
　　　Good.asm　　　　　　　　Good.obj　　　　　　　　Good.exe

图 4-1　汇编语言源程序的处理过程

4.1.3　汇编语言中的操作数

汇编语言语句中的操作数可以是寄存器、存储器单元、常量、变量、名字、标号和表达式。

1. 常量

常量也称常数，有数值常量和字符常量两种。

● 数值常量可以是二进制数、十进制数和十六进制数。十六进制数若是以字母

（A～F）开始，需在前面加一个数字 0，用以说明这是数值常量，不是字符串。
例如：

```
MOV    AX, 0D3A9H          ;把十六进制数 D3A9 传送到 AX
```

- 字符常量是用单引号括起来的字符或字符串，源程序汇编之后它们转换为相应
  的 ASCII 码。例如：

```
MOV    AL, 'A'             ;AL=41H
VAR    DB  'Hello'         ;相当于 VAR DB  48H, 65H, 6CH, 6CH, 6FH
```

2. 变量

变量是指存储单元中的数据，这些数据在程序运行中可以修改变化，因此称其为变
量。每个变量可以有一个名字（变量名），也可以没有。一个变量名可以表示一个数据或
一组类型相同的数据，即一个变量名可以是一个数据的符号地址，也可以是一组数据的
符号首地址。变量名可以作为存储器操作数使用。例如：

```
STR    DB  'STRING'
NUM    DW  0AAH, 23H
LAB0   DQ  01A4578H
```

STR、NUM、LAB0 都是变量名，变量名是变量的符号地址。
变量在除了代码段之外的其他段中定义，有段、偏移量和类型三种属性。

- 段属性：变量所在的段。
- 偏移量属性：变量的偏移地址，从段起始地址到变量之间的字节数。
- 类型属性：变量所存储数据的数据类型，有：BYTE、WORD、DWORD、DQ
  （8 个字节）、DT（10 个字节）。

3. 标号与名字

标号在代码段中定义，后面跟冒号，是指令的符号地址。标号经常作为转移指令、
循环指令和调用指令的操作数。标号有三种属性：段、偏移量和类型。

- 段属性：标号所在的段。
- 偏移量属性：标号的偏移地址，从段起始地址到标号之间的字节数。
- 类型属性：汇编指令在使用标号做操作数时，应说明标号是在本段内还是在其
  他段内，在本段内称为近地址属性（NEAR），在其他段内称为远地址属性
  （FAR），近地址属性 NEAR 可以省略。例如：

```
       ...
       LEA SI, VAR
       MOV CX, 100
       XOR AX, AX
COUNT: ADD SI, 2
       ADD AX, [SI]
       LOOP    COUNT        ;COUNT 的属性为近地址属性 NEAR
       MOV SUM, AX
       ...
```

名字通常指的是段名、变量名和子程序名，其后不跟冒号。标号与名字的用法作用不同，但设置方法却一样，可以由下列字符组成：

① 大小写英文字母。

② 数字 0~9。

③ 特殊字符 ？•@ # $。

标号或名字中的第一个字符必须是英文字母或圆点（•），整体最长不能超过 31 个字符，不能使用指令助记符、寄存器名及汇编语言指令系统中的保留字。

4. 表达式

表达式由常量、变量和标号通过运算符结合而成。表达式中的运算在汇编时完成，运算结果可以是操作数也可以是操作数地址。例如下面指令中的源操作数：

```
MOV    AX, SEG VAR
MOV BX, 5 MOD 3
ADD AL, LAB*5+DATA
```

表达式中的常用运算符：

① 算术运算符

+、-、*、/、MOD

MOD 是指除法运算的余数，如 15 MOD 7 结果为 1。

```
MOV AX, 15 MOD 7        ;汇编之后为 MOV    AX, 1
MOV DX, ARRAY+(7-1)*2   ;把 ARRAY 数组中的第 7 个字传送到 DX 寄存器
```

② 逻辑运算符

AND、OR、XOR、NOT

逻辑运算符只能用于数字表达式，不能用于地址表达式中。

```
CMP AL, 04H AND 75H    ;汇编之后为 CMP    AL, 04
```

③ 关系运算符

EQ（相等）、**NE**（不等）、**LT**（小于）、**GT**（大于）、**LE**（小于或等于）、**GE**（大于或等于）

关系运算符对两个性质相同的数据进行运算，可以构成数字表达式或地址表达式，运算的结果应为逻辑值：关系成立结果为真，输出为全 1；关系不成立结果为假，输出为 0。

例如：

```
DATA 和 NUM 为常量, DAT= 5AH  NUM=35
MOV  BX, DATA GT NUM   ; 汇编之后为 MOV  BX, 0FFFFH
MOV  BX, DATA EQ NUM   ; 汇编之后为 MOV  BX, 0
```

④ 取值运算符

TYPE、SIZE、OFFSET、SEG

● **TYPE Variable 或 label**

取变量或标号的类型。变量的类型值：DB 为 1、DW 为 2、 DD 为 4、DQ 为 8、DT 为 10，标号的类型值：NEAR 为-1；FAR 为-2 。

例如：

```
NUM  DW  0375H, 982AH, 793EH
```

```
      ADD  SI, TYPE NUM        ;汇编之后为 ADD  SI, 2
```

- SIZE　Variable

取变量的所有操作数的字节数，也称为大小运算符。

例如：

```
LAB0    DB  34,65,28
        LAB1    DW 100 DUP（55H）
        MOV     CX, SIZE LAB0        ;汇编之后为 MOV  CX, 3
        MOV     AX, SIZE LAB1        ;汇编之后为 MOV  CX, 200
```

- OFFSET Variable　或 label

取变量或标号的偏移地址。例如：

```
    MOV  BX, OFFSET NUM        ;这条指令与 LEA  BX, NUM 指令等价
```

- SEG Variable　或 label

取变量或标号的段基址。例如：

```
    MOV  BX, SEG NUM        ;取 NUM 所在段的段基址
```

⑤ 修改属性运算符

PTR

- PTR

修改操作数的类型，操作仅限于本条指令。例如：MOV　BX, WORD PTR LAB0

- 段超越前缀 "："用来表示一个标号、变量或地址表达式的段属性。例如：

```
    MOV  AX, ES: [BX+SI]
```

注意：在计算表达式值时，括号内的表达式优先计算，然后按运算符的优先顺序计算，对优先级相同的运算符按从左到右的顺序进行计算。运算符的优先级别从高到低的排列次序如下：

① 在圆括号中的项，方括号中的项；

② PTR、OFFSET、SEG、TYPE；

③ *、/、MOD、SHL、SHR；

④ +、-；

⑤ EQ、NE、LT、LE、GT、GE；

⑥ 先 NOT，AND，然后是 OR 和 XOR。

4.2　伪指令

汇编语言中的指示性语句也称为伪指令。伪指令的作用是告诉汇编程序如何对汇编语言源程序进行汇编，比如如何分段、程序处理的数据在哪里，子程序在哪等等。伪指令由汇编程序处理，不生成目标代码，不参与程序的执行。宏汇编程序 MASM 设置了几十种伪指令，下面简单介绍一些常用的伪指令。

4.2.1　段定义伪指令

8086/8088CPU 对内存储器实施分段管理，因此它的汇编语言按段组织程序。与分段有关的伪指令包括：SEGMENT、ENDS、ASSUME 等。

1. 段定义伪指令 SEGMENT 和 ENDS

这是一对伪指令，SEGMENT 定义段的开始，ENDS 定义段的结束。

格式：

    段名　SEGMENT　[定位类型]　[组合类型]　[类别]

    …

    段名　ENDS

这对伪指令将程序分为若干段：数据段、附加段、堆栈段和代码段。方括号中的参数是可选项，说明段的类型和属性，程序有多个模块时需要设置这些参数。

1）定位类型：说明该段对起始地址的要求。

- PARA：段起始地址必须能被 16 整除；
- BYTE：段起始地址可以是任何地址；
- WORD：段起始地址必须为偶数；
- PAGE：段起始地址必须从页边界开始，即必须能被 256 整除；

如果省略定位类型参数，汇编程序默认为 PARA。

2）组合类型：多个程序模块进行连接时，相同类型的段进行组合构成一个段。

- NONE：本段作为独立段装入内存，不与其他模块中的段组合，即使段名相同也不组合。
- PUBLIC：与其他模块中由 PUBLIC 说明的同名段接在一起。
- COMMON：与其他模块中由 COMMON 说明的同名段重叠存放，后连接的 COMMON 段会覆盖前面的内容，连接之后 COMMON 的长度是各分段中的最长的段的长度。
- STACK：与其他模块中由 STACK 说明的同名堆栈连接在一起，形成一个大的堆栈段，由各模块共享，堆栈指针自动指向这个大堆栈段的栈顶。
- MEMORY：将该段放在所有段的最后（高地址），如果连接时有多个 MEMORY 段，汇编程序将遇到的第一个作为 MEMORY 段，其余的作为 COMMON 段。
- AT <表达式>：表达式计算出的值为段基址，但不能用这种方式指定代码段。
- 如果省略组合类型参数，汇编程序默认为 NONE。

3）类别：指定段的类别。

用单引号括起来的字符串，常用'STACK'表示堆栈段，'CODE'表示代码段，'DATA'表示数据段，也可以用其他字符表示。在多个程序模块连接时，具有相同类别的段在一起装入连续的内存区域，无类别的段在一起装入连续的内存区域。

2. ASSUME 伪指令

格式：ASSUME 段寄存器名：段名[，段寄存器名：段名]，…

ASSUME 伪指令说明段名和段基址寄存器之间的关系，但它不能给段寄存器赋值，段寄存器的值需要在代码段中由指令性语句赋值。

例如：

```
        ASSUME  CS:CSEG, DS:DSEG, SS:SSEG, ES:EDSEG
```

说明 CSEG 段是代码段，DSEG 段是数据段，SSEG 段是堆栈段，EDSEG 段是附加数据段。

【例4-2】　测试内存 TAB 单元内的数为奇数还是偶数，如是奇数则 BX 置成 0FFFFH；如是偶数 BX 置成 0。

```
        DSEG    SEGMENT                     ;默认定位类型 PARA，默认组合类型 NONE
        TAB     DB  ?
        DSEG    ENDS                        ;段结束
        SSEG    SEGMENT    STACK            ;默认定位类型 PARA，组合类型为 STACK
                DW  256 DUP（0）
        SSEG    ENDS                        ;段结束
        CSEG    SEGMENT                     ;默认定位类型 PARA，默认组合类型 NONE
        ASSUME  CS:CSEG, DS:DSEG, SS:SSEG   ;说明 CSEG 段是代码段, DSEG 段是数据段,
                                            ; SSEG 段是堆栈段

        START:  MOV  AX, DSEG
                MOV  DS, AX                 ;给 DS 段寄存器赋值
                MOV  AX, SSEG
                MOV  SS, AX                 ;给 SS 段寄存器赋值
                MOV  AL, TAB
                TEST AL, 01H                ;测试 BX 中最低位的逻辑值
                JZ   EVEN1                  ;ZF=1, AL 为偶数转移至 EVEN 处执行
                MOV BX, 0FFFFH              ;AL 为奇数，设置奇数标志
                JMP CON
        EVEN1:  MOV BX, 0                   ;设置偶数标志
        CON:    MOV AH, 4CH
                INT  21H
        CSEG    ENDS                        ;代码段结束
                END  START
```

4.2.2　数据定义伪指令

数据定义伪指令也称为变量定义伪指令，或存储单元分配伪指令。它用来定义变量、确定变量的类型、给变量赋初值、为变量分配存储空间等。

格式：[变量名]　伪操作助记符　[操作数 1][, 操作数 2]…

说明：变量名由程序员定义，为可选项；操作数可以有多个，操作数之间用逗号分隔。伪操作有 5 种，如下：

DB：定义变量为字节类型，其后的每个操作数都占一个字节。

DW：定义变量为字类型，其后的每个操作数都占两个字节。

DD：定义变量为双字类型，其后的每个操作数都占二个字，即四个字节。

DQ：定义变量为四个字类型，其后的每个操作数都占四个字，即八个字节。

DT：定义变量为十个字节，其后的每个操作数都占十个字节。

例如：VAR　DB　67H, 4FH, 7AH　；定义 VAR 为字节类型变量，3 个字节类型的操作数顺序存储在以 VAR 为首地址的连续内存单元中，每个操作数占一个内存单元。如图 4-2 所示。

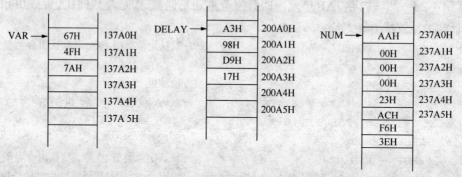

图 4-2　变量的内存分配图

　　　DELAY　　DW　98A3H, 17D9H　　；定义 DELAY 为字类型变量，2 个字类型的操作数顺序存储在以 DELAY 为首地址的连续内存单元中，每个操作数占 2 个内存单元。

　　　NUM DD　0AAH, 3EF6AC23H　　　；定义 NUM 为双字类型变量，2 个双字类型的操作数顺序存储在以 NUM 为首地址的连续内存单元中，每个操作数占 4 个内存单元。如图 4-2 所示。

　　　LAB0　　DQ　01A4578H　　；定义 LAB0 为 4 字类型变量，操作数存储在以 LAB0 为首地址的连续 8 个内存单元中。

　　　LAB1　DT　3958235434H　　；定义 LAB1 为 10 个字节类型变量，操作数存储在以 LAB1 为首地址的连续 10 个内存单元中。

【例 4-3】　数据段中变量的内存分配。如图 4-3 所示。

```
DATA      SEGMENT
STR       DB   'STRING'
NUM       DW   0AAH, 23H
LAB0      DQ   01A4578H
ENDS
```

注意：多字节数据在内存中存放时遵守"低位存于低地址中，高位存于高地址中"的原则。

数据定义伪指令中的操作数可以是数值型常量、字符串常量，也可以是常量表达式，还可以是问号？，问号表示预留相应数量的存储单元，但不存入数据。例如：

```
DATA1   DW   16*9, 55*3
DATA2   DB   ?,?
```

变量 DATA2 有 2 个字节类型的操作数，为每个操作数预留 2 个存储单元，不进行初始化。如图 4-4 所示。

如果操作数很多而且相同，可以使用重复数据操作符 DUP 定义变量。例如：

```
DATA3   DB   6 DUP（AAH）
DATA4   DB   3 DUP（?,55H,?）
```

　　如图 4-5 所示，变量 DATA3 有 6 个操作数，初始化为 AAH；变量 DATA4 有 3 组操作数，每组为 3 个，共 9 个字节类型的操作数。

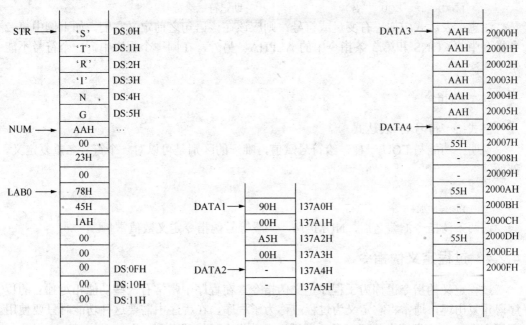

图 4-3　数据段中变量的内存分配　　　图 4-4　变量定义　　　图 4-5　变量的内存分配

　　注意：使用变量时，变量的类型必须与指令的要求相符。例如：

　　　　变量定义：NUM　DB　68H ,79H, 3AH

变量用法：

```
MOV   AL, NUM        ;AL=68H
LEA   SI, NUM        ;取 NUM 的偏移地址
MOV   AX, [SI]       ;AX=7968H
MOV   AX, NUM        ;语法错误，NUM 是字节类型
```

4.2.3　符号定义伪指令

　　符号定义伪指令也称为赋值伪指令。在程序中有时会多次出现同一个数值或表达式，通常可以用赋值伪指令将其赋给一个符号，程序中凡是用到该数值或表达式的地方都用这个符号代替，这样既提高了程序的可读性又使程序易于修改。有 2 条符号定义伪指令：EQU 和=。

　　1. EQU 伪指令

　　格式：符号名　EQU　表达式

　　说明：符号名由程序员设置，EQU 为伪操作符，表达式可以是常量、常量表达式、地址表达式、前边已经定义过的符号，甚至是汇编语言中的助记符。例如：

　　　　CONS　　　EQU　　　10　　　　　　　　;常数赋给符号 CONS

```
ALPHA    EQU    CONS x 9-32        ;常数赋给符号 ALPHA
ADDR     EQU    ALPHA[SI]+8        ;地址表达式赋给符号 ADDR
LOAD     EQU    MOV               ;助记符赋给符号
```

注意：表达式中如果有变量或符号，则应该在该语句之前定义它们。如上例中第 2 条指令中的 CONS 和第 3 条指令中的 ALPHA。另外，在同一个程序中，一个符号不能定义两次。

2. = 伪指令

格式：　符号名=表达式

说明：功能与 EQU 一样，给符号赋值，唯一的区别是可以对一个符号名重复定义。例如：

```
NUM=8
NUM=NUM+6
```

这两条伪指令汇编之后，NUM=14，一般等号伪指令定义数值常量。

4.2.4　过程定义伪指令

过程定义伪指令也称为子程序定义伪指令。在程序中常常有一些功能相对独立的程序段重复出现，通常将它定义为过程或称为子程序，在程序中需要这种功能时只要使用调用命令 CALL 调用它就可以了。过程定义伪指令的格式：

```
过程名  PROC   [属性]
...
过程名  ENDP
```

说明：过程名（procedure name）为标识符，由程序员设置。过程名是子程序入口的符号地址，即是子程序的第一条指令性语句的符号地址。过程的属性可以是 NEAR 或 FAR，过程与调用命令在同一个代码段，过程的属性可以设置为 NEAR 类型；过程与调用命令不在同一个代码段，过程的属性应该设置为 FAR 类型。NEAR 为缺省属性。例如：

```
DELAY    PROC    NEAR
         PUSH    AX
         PUSH    CX
         MOV     AX,0FFFFH
NEXT:    MOV CX,AX
NEXT1:   LOOP    NEXT1
         DEC     AX
         JNZ     NEXT
         POP     CX
         POP     AX
         RET
DELAY    ENDP
```

DELAY 为过程名，属性为 NEAR，表明 DELAY 子程序和调用它的程序在同一个段内，NEAR 可以省略不写。可以使用 CALL 指令调用 DELAY，也可以用 JMP 指令跳转到 DELAY。例如：

```
CSEG    SEGMENT
    ASSUME  CS:CSEG, DS:DSEG
START:      MOV   AX, DSEG
            MOV   DS, AX
            MOV   AX, ARRAY
            …
            CALL    DELAY
            …
            MOV AH, 4CH
            INT   21H
    CSEG    ENDS
            END   START
```

一个过程可以调用其他的过程，这称为过程嵌套。例如：

```
MAIN    PROC    FAR

        CALL    SUB
        …
        RET
MAIN    ENDP
SUB     PROC    NEAR
        …
        RET
SUB     ENDP
```

过程也可以调用自己，称为递归调用。递归调用是编程的顶级境界，程序短小精悍，精彩至极。

4.2.5　程序结束伪指令

程序结束伪指令告诉汇编程序 MASM 源程序到此结束，并附带说明程序从哪开始执行。

格式：END　[标号]

END　　为伪操作符，标号为程序开始执行的指令的符号地址。如果程序包含多个模块，只有主程序模块的结束伪指令 END 后可以加标号，其他程序模块的 END 后不能指定标号。

4.2.6　其他较常见伪指令简介

1. 程序开始伪指令 NAME

格式：NAME 模块名

功能：定义本程序模块的名字，告诉汇编程序 MASM：源程序从这开始。

2. 标题定义伪指令 TITLE

格式：TITLE   标题字符串

功能：打印源程序清单时，标题字符串作为每一页的标题。标题字符串对程序模块的功能有说明作用，最多可有 60 个字符。如程序中没有 NAME 伪指令，则汇编程序将标题字符串中的前 6 个字符作为模块名。如果程序中既无 NAME 也无 TITLE 伪指令，源程序文件名就作为模块名。

3. ORG 伪指令

格式：ORG   表达式
功能：指定后面的指令或数据从表达式指出的地址（偏移地址）开始存放。

4.3   DOS 系统功能调用

计算机是个极其复杂的系统，普通人要想透彻了解计算机绝非易事。为了方便普通程序员在编程时使用计算机的软硬件资源，各种计算机操作系统都携带有大量的功能子程序，并提供对这些功能子程序的调用机制。编程人员无需对计算机有深入地了解，就可以通过调用这些功能子程序方便地使用计算机的各种软硬件资源。

DOS 操作系统为用户提供的系统功能调用有两种，一种称为 BIOS 功能调用，也叫低级调用，调用它们可以驱动磁盘、控制显示器输出、驱动打印机和管理时钟；另一种称为 DOS 功能调用，也叫高级调用，调用它们可以管理内存、管理设备、管理文件和目录。这些系统功能调用子程序是在系统态执行，而用户程序只能在用户态执行，所以用户程序调用系统子程序需要特殊方式。多数操作系统都支持用户程序以中断方式调用系统子程序。8088/8086 微机系统中 21H 号中断被称为 DOS 系统功能调用，它的内部提供了八十多个功能子程序，可以实现字符输入、字符显示和打印、磁盘读写、文件建立打开关闭、文件读写等功能，基本上满足了普通程序员的编程需要。为了调用方便，系统对这些功能子程序顺序编号，称为功能号。调用的步骤如下：

① 把要调用的功能号送 AH 寄存器。
② 根据调用要求设置入口参数。
③ INT   21H。

1. 输入单个字符

从键盘输入单个字符可以使用 1、7、8 号功能。1 号功能接收键盘输入的字符保存在 AL 中并显示在屏幕上。7、8 号功能接收键盘输入的字符保存在 AL 中但不显示。它们都不需要入口参数。

例如：

```
MOV    AH, 1
INT    21H
```

这两条指令执行后，光标在屏幕上闪动，等待键盘按键。一旦有键按下，其 ASCII 码存入 AL 中，字符显示在屏幕上。

2. 输入字符串

从键盘输入字符串存入指定的内存区域，可以调用 0A 号功能实现。入口参数为 DS:DX，即指定的内存区域应该在 DS 段，首地址应该存入 DX 寄存器。使用 0A 号功能前首先要定义一个数据区，要求数据区的第一个字节含有允许输入的最大字符个数（包括回车符），第二个字节用于存放实际输入的字符个数，从第三个字节开始作为字符串存储空间。如果计划最多输入 10 个字符，数据区的定义方法如下：

```
BUFF DB 10,0,10 DUP(?)
```

BUFF 数据区允许输入的最大字符个数为 10 个，若实际输入的字符个数（包括回车符）超过 10 个，则后面的字符由于没有存储空间而被丢弃，且喇叭会发出嘟嘟声报警，直到键入回车符。BUFF 数据区的第二个字节初始化为 0，0A 号功能执行时会把实际键入的字符数（不包括回车符）置入其中。如果实际键入的字符数不足 10 个，字符存储空间还有空余，空余的空间置 0。一般在定义数据区时，会比计划输入的字符数多一些。调用 0A 号功能的方法如下：

```
MOV  DX, OFFSET BUFF
MOV  AH, 0AH
INT  21H
```

【例 4-4】 从键盘上输入字符串'WELCOME'

```
DATA    SEGMENT
 BUFF   DB 10,0,10 DUP(?)     ;定义数据区
DATA    ENDS
CODE    SEGMENT
 ASSUME    CS: CODE, DS: DATA
 START:    MOV  AX, DATA
           MOV  DS, AX
           MOV  DX, OFFSET BUFF
           MOV   AH ,0AH      ;功能号送 AH
           INT    21H         ;功能调用
           MOV   AH, 4CH
           INT    21H
  CODE  ENDS
        END   START
```

程序执行结束后，BUFF 数据区如图 4-6 所示。

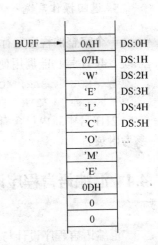

图 4-6 字符串输入

3. 显示单个字符

利用 2 号功能调用，可以在屏幕上显示单个字符。入口参数：DL，将待显示字符的 ASCII 码送 DL 寄存器。例如在屏幕上显示大写字母 B，可以用下面的 3 条指令实现：

```
MOV  DL, 'B'          ;待显示字符的 ASCII 码送 DL
```

```
            MOV   AH, 2              ;功能号送 AH
            INT   21H               ;功能调用
```

4. 显示字符串

利用 9 号功能调用可以将字符串显示在屏幕上。入口参数：**DS:DX**，字符串必须以 '$' 结尾。

【例 4-5】 在屏幕上显示字符串。

```
            DATA     SEGMENT
            STRING DB  'WELCOME TO JILIN UNIVERSITY', '$'
            DATA     ENDS
            CODE     SEGMENT
            ASSUME CS:CODE, DS:DATA
     START: MOV AX , DATA
            MOV DS, AX
            MOV DX, OFFSET STRING      ;设置入口参数
            MOV AH, 09H               ;功能号送 AH
            INT 21H                   ;功能调用
            MOV AH, 4CH
            INT 21H
     CODE   ENDS
            END START
```

注意：9 号功能要求字符串在数据段 DS 中，调用之前应将字符串首地址送至 DX。

5. 返回操作系统

一个完整的程序运行结束应该退出 CPU 返回操作系统，将计算机控制权交还给操作系统。4CH 号功能调用使程序正常结束并返回操作系统，调用方法如下：

```
    MOV    AH, 4CH
    INT    21H
```

21H 号中断内包含有丰富的系统功能调用，如果想查看更多的系统功能调用，可以参考附录。

4.4   汇编语言程序设计基础

汇编语言程序设计与其他语言程序设计相似，是把解决特定问题的方法转化为程序。程序设计不但要研究解决问题的方法，还要掌握一些基本的程序设计步骤。

4.4.1   汇编语言程序设计步骤

汇编语言源程序设计步骤包括：

（1）分析问题确定算法

对应用问题及其环境的分析是编程的第一步，追踪问题中的数据流向及条件，将问

题模块化。明确程序运行要求和数据输入输出形式的要求，找出合理的算法，建立恰当的数据结构。

（2）画出程序流程图

根据算法和数据结构，画出程序流程图。

（3）编写程序

分配数据存储空间、设计参数传递方法、确定各寄存器的功能，继而用指令和伪指令实现程序流程图中指定的功能，形成汇编语言源程序。

（4）上机调试程序

将源程序汇编，剔除语法错误，生成目标代码文件，将目标代码文件链接生成可执行文件，利用调试工具（如 DEBUG 等）对可执行文件进行调试，经过调试确定程序的正确性。对于语法错误，汇编和链接时给出错误提示，程序员可以据此进行修改。对于逻辑错误，可以在调试工具的帮助下逐步排除。

为了使编写的程序易读、易修改和维护，应该按照结构化程序设计的方法，使用三种基本程序结构：顺序结构、分支结构和循环结构进行程序设计。

4.4.2　顺序程序设计

顺序结构是最基本、最简单的程序结构。程序中的指令从开始到结束一条接一条顺序执行，没有分支也没有循环，指令的存储顺序与执行顺序一致。顺序程序只能实现相对简单的功能。

【例 4-6】　编写计算 S=A*B-C 的程序，A、B、C 是无符号字节变量，S 是字变量。

```
DATA    SEGMENT
        A     DB 38              ;定义数据
        B     DB 54
        C     DB 16
        S     DW ?               ;为运算结果保留存储空间
DATA    ENDS
CODE    SEGMENT
        ASSUME CS : CODE, DS : DATA
START:  MOV AX, DATA
        MOV DS, AX
        MOV AL, A
        MOV BL, B
        MUL BL                   ;A*B, 结果存在 AX 中
        MOV BL, C
        MOV BH, 0
        SUB AX, BX               ;AX-C, 结果在 AX 中
        MOV S, AX                ;保存计算结果
        MOV AH, 4CH
        INT 21H                  ;返回操作系统
CODE ENDS
```

END　START

【例4-7】 在内存中从 TABLE 单元开始的连续 16 个单元中，存放着 0～15 的平方值（平方表），查表求任意数 X(0≤X≤15)的平方值，将结果保存在 RESULT 中。如图 4-7 所示。

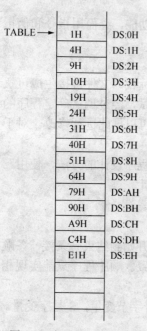

TABLE →

1H	DS:0H
4H	DS:1H
9H	DS:2H
10H	DS:3H
19H	DS:4H
24H	DS:5H
31H	DS:6H
40H	DS:7H
51H	DS:8H
64H	DS:9H
79H	DS:AH
90H	DS:BH
A9H	DS:CH
C4H	DS:DH
E1H	DS:EH

图 4-7　变量的内存分配

```
DATA    SEGMENT
TABLE DB 0,1,4,9,16,25,36, 49,64,81,100,121,
         144,169,196,225

                              ;定义平方表
         X  DB 11
RESULT  DB ?              ;定义结果存放单元
DATA    ENDS
STACK    SEGMENT   STACK 'STACK'
         DW  100  DUP(?) ;定义堆栈空间
STACK    ENDS
CODE     SEGMENT
    ASSUME  CS:CODE, DS:DATA, SS:STACK
START: MOV AX, DATA    ;初始化数据段
       MOV DS,AX
       MOV AX,STACK    ;初始化堆栈
       MOV SS,AX
       LEA  BX,TABLE   ;设置平方表的基地址
       MOV AH,0
       MOV AL, X                 ;取待查数
ADD BX, AX            ;计算在表中具体地址
MOV AL, [BX]
MOV RESULT, AL       ;X 的平方数存入 RESULT
MOV AH, 4CH
INT 21H
CODE    ENDS
END     START
```

4.4.3　分支程序设计

根据条件是否成立执行不同程序段的程序结构称为分支程序。分支程序结构又分为简单分支结构和多分支结构两种形式。

1. 简单分支程序设计

一般用条件转移指令实现简单分支程序设计。条件成立就转移到程序段 1 执行，否则按原顺序执行指令如图 4-8 所示。

【例4-8】 在数据段 DATA 单元和 DATA+1 单元各存有一个无符号数，比较两数的大小，大的存入 DATA 单元，小的存入 DATA+1 单元。程序段如下：

```
        MOV AL, DATA
        CMP AL, DATA+1                                    ;比较
        JNC CHANGE        ;DATA≥DATA+1，转移到 CHANGE
        MOV BL, DATA+1        ;条件不成立顺序执行
        MOV DATA, BL         ;交换
        MOV DATA+1, AL
CHANGE: HLT
```

2. 多分支程序设计

汇编语言语句功能简单，多分支程序是简单分支的嵌套，如图 4-9 所示。

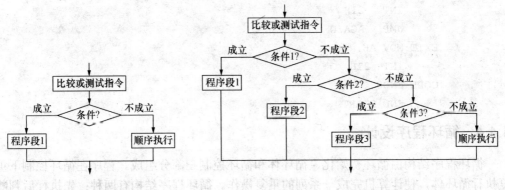

图 4-8　简单分支程序结构　　　　　图 4-9　多分支程序结构

【例4-9】　在提示信息‘PLEASE INPUT CHARACTER：’后从键盘输入字符，如果输入的是ESC键，则结束程序；如果输入的是小写字母则显示；如果是大写字母，则转换为小写字母显示。

```
DATA    SEGMENT
MESSAGE DB 0DH,0AH,'PLEASE INPUT CHARACTER:',0DH,0AH,'$'
DATA    ENDS
STACK   SEGMENT  STACK 'STACK'
    DW  100 DUP(?)
STACK   ENDS
CODE    SEGMENT
    ASSUME  CS:CODE, DS: DATA, SS: STACK
START: MOV AX, DATA
        MOV DS, AX
        MOV AX, STACK
        MOV SS, AX
MAS:    MOV DX, OFFSET MESSAGE
        MOV AH, 9
        INT     21H
AGAIN: MOV AH, 1
```

```
        INT 21H
        CMP AL,1BH
        JE  EXIT                    ;是ESC, 转移到EXIT
        CMP AL, 61H
        JC  LOW0         ;是大写字母, 转移到LOW0
        CMP AL, 7BH
        JC  LOW1                        ;是小写字母, 转移到LOW1
        JMP MAS
LOW0:ADD AL, 20H            ;ASCII码加上20H转换为小写字母的ASCII
LOW1:MOV DL, AL
        MOV AH, 2
        INT  21H
        JMP  AGAIN
EXIT:MOV AH, 4CH
        INT  21H
CODE ENDS
        END START
```

4.4.4　循环程序设计

循环程序结构由循环初始化、循环体和循环控制三部分组成。程序在循环控制下重复执行循环体, 使计算机完成一系列的重复操作。循环程序结构有两种: 先执行后判断和先判断后执行, 如图 4-10 所示。

1) 循环初始化, 用来设置循环初始值, 包括设置循环计数器初值、设置地址指针首地址和初始数据等。

2) 循环体, 是循环的主体, 包括循环要完成的具体操作和修改循环参数, 如地址指针修改、计数值的修改。

3) 循环控制, 测试循环条件, 判断是否继续循环, 使循环能在有限的次数后结束。在循环次数确定的情况下, 可用循环次数作为控制条件, 这时常用 LOOP 指令实现控制循环。循环控制的方法有很多, 如标记控制循环, 开关量控制循环, 逻辑尺控制循环等, 在不同的场合使用不同的方法。

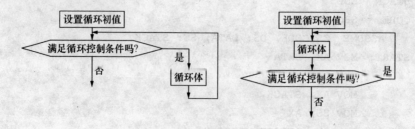

图 4-10　循环控制程序结构

【例 4-10】 在数据段中从 BUFF 单元开始存放 100 个字节类型的无符号数, 编写程序找出其中最大的数并存入 MAX 单元中。

```
DATA  SEGMENT
    BUFF    DB  100DUP(?) ;定义100个数据（执行程序时必须是真实的100个数）
    MAX  DB  ?
DATA    ENDS
CODE  SEGMENT
    ASSUME CS:CODE, DS:DATA
START:  MOV AX, DATA
        MOV DS, AX
        MOV CX, 99          ;设置循环次数
        LEA  SI, BUFF       ;数据首地址送 SI
        MOV AL, [SI]        ;取第一个数
        INC  SI
  CON:  CMP AL, [SI]        ;与第二个数比较大小
        JNC NEXT            ;若 AL≥[SI]，则跳转 NEXT 处
        MOV AL, [SI]        ;AL< [SI]，替换 AL
  NEXT: INC SI              ;修改地址指针
        LOOP  CON           ;测试循环条件 CX=0？
        MOV MAX, AL
        MOV  AH, 4CH
        INT 21H
    CODE  ENDS
        END START
```

【例 4-11】 在数据段中从 BUFF 单元开始存放 100 个字节类型的无符号数，将它们按从大到小的顺序排序。

　　排序有多种算法，这里使用起泡法。起泡算法从第一个数开始依次对相邻的两个数进行比较，100 个数需要比较 99 次，所以程序需要设计一个 99 次的循环。在这个循环里每次比较时如果前边的数小于后面的数，这两个数交换位置。这 99 次的循环结束后，最小的数已经交换到了最后，还剩 99 个数要用同样的比较方法找到最小的数并放到最后，这只要再设计一个 98 次的循环就可以了。以此类推这个过程需要 99 轮。

　　用起泡算法排序需要设计两重循环，内循环完成数的比较和交换，初始内循环计数值为 N-1 次，之后每次进入内循环计数值减 1；外循环需要 N-1 次，从外循环进入内循环时注意地址指针初始化和内循环次数的设置。下面的程序在内循环中设置了交换标志，从外循环进入内循环时检查交换标志，如果标志不为 0 说明前一个内循环里至少有两数据的顺序不合要求，需要再执行一次内循环；如果标志为 0，说明所有数据的排序结束。

```
LEN    EQU 100
DATA    SEGMENT
BUFF  DB 100(?)            ;定义100个数据（执行程序时必须是真实的100个数）
CHANGE  DB 0               ;设置交换标志
DATA    ENDS
CODE  SEGMENT
    ASSUME CS:CODE, DS:DATA
```

```
        START:  MOV   AX, DATA
                MOV   DS, AX
                LEA   BX, BUFF   ;BX 作数据的地址指针
                LEA   DI, CHANGE          ;DI 作交换标志
                MOV   DX, LEN-1           ;DX 保存循环次数
        SORT:   MOV   SI, BX             ;内循环初始化，设置地址指针
                MOV   CX, DX             ;设置计数值，等于参加比较的数据数量
                MOV   BYTE PTR[DI], 0    ;设定交换的标志
        GOON:   MOV   AL, [SI]                ;内循环开始
                INC   SI
                CMP   AL, [SI]           ;前一个数和后一个数比较
                JNC   NEXT               ;前大后小，转 NEXT 不交换
                MOV   BYTE PTR[DI], 1    ;前小后大，置交换标志
                MOV   AH, [SI]
                MOV   [SI], AL           ;交换
                MOV   [SI-1], AH
        NEXT:   LOOP  GOON               ;内循环结束
                DEC   DX
                JZ    NEXT1              ;外循环计数值为 0，程序结束
                CMP   BYTE PTR[DI], 0    ;如果内循环中没有交换，程序结束
                JNZ   SORT               ;开始下一轮内循环
        NEXT1:  MOV   AH, 4CH
                INT   21H
        CODE    ENDS
                END START
```

循环可以有多重结构，多重循环要注意各重循环的控制条件，并且每次从外循环进入内循环时，内循环的初始条件要重新设置。

4.4.5 过程设计

过程又称为子程序。子程序使程序结构模块化，程序更加清晰、易读易懂。如果在一个程序的多个地方或多个程序中都用到相同功能的程序段，这时常采用子程序设计方法。

（1）过程定义

过程定义就是子程序定义，由伪指令完成。例如计算 $S=1^2+2^2+\cdots+N^2$ 的子程序：

```
        GO      PROC FAR    ;过程定义
                MOV DX, 0
                MOV BL, 1           ;BL 表示自然数
                MOV AL, BL
        CC: MUL BL              ;AL*BL 结果存在 AX 中
                ADD DX, AX          ;当 N≤50 时，不会产生进位
                INC BL
                MOV AL, BL
```

```
          LOOP    CC                ;CX 为计数器
          RET                       ;过程返回
     GO   ENDP                      ;过程定义结束
```

这个子程序可以称为平方和子程序，CX 是入口参数，调用之前应该预置 CX=N。DX 为出口参数，N 个数的平方和存在 DX 中。

（2）过程调用和返回

过程调用通过 CALL 指令实现，调用时注意子程序的属性，NEAR 属性的子程序必须和调用程序在同一个段；FAR 属性的子程序可以随意。CALL 指令执行时将当前 IP 或 CS 和 IP 压入栈堆中，然后将子程序的首地址赋给 IP 或 CS 和 IP，CPU 开始执行子程序。RET 指令执行时弹出栈中的数据，修改 IP 或 CS 和 IP 的内容，从而实现返回调用程序的目的。为保证正确返回调用程序，应注意子程序运行期间的堆栈状态，使 RET 指令准确弹出断点地址。在子程序中对堆栈的使用应该特别小心。例如调用平方和子程序求 20 个数的平方和：

```
          DATA    SEGMENT
          CON     EQU 20
          SUM     DW ?
          DATA    ENDS
          CODE    SEGMENT
              ASSUME  CS:CODE, DS:DATA
          START:  MOV AX, DATA
                  MOV DS, AX
                  MOV CX, CON        ;设置子程序的入口参数 CX
                  CALL    GO         ;调用子程序
                  MOV SUM, DX        ;保存出口参数
                  MOV AX, 4C00H
                  INT 21H
          CODE    ENDS
                  END START
```

（3）保护与恢复现场

如果一个子程序被多次调用，保护与恢复（主程序）现场就非常重要。主程序每次调用子程序时，主程序的现场不会相同，保护与恢复现场的工作就只能在子程序中进行。原则上，在子程序中，首先把子程序中要用到的寄存器、存储单元、状态标志等压入堆栈或存入特定空间中，然后子程序才可以使用它们，使用完后再将它们弹出堆栈或从特定空间中取出，恢复它们原来的值，即恢复主程序现场。保护和恢复现场常使用 PUSH 和 POP 指令。例如平方和子程序应该进一步完善如下：

```
     GO   PROC FAR
          PUSH    DX
          PUSH    BX
          PUSH    AX
          MOV DX, 0
          MOV BL, 1
```

```
                MOV AL, BL
CC:             MUL BL
                ADD DX, AX
                INC BL
                MOV AL, BL
                LOOP    CC
                POP AX
                POP BX
                POP DX
                RET
GO              ENDP
```

【例4-12】 编写一个多字节数减法子程序。

```
CALSUB  PROC    NEAR
                PUSH    AX              ;保护主程序现场 AX, BX, CX, SI, DI, FLAGS
                PUSH    BX
                PUSH    CX
                PUSH    SI
                PUSH    DI
                PUSHF
                CLC                     ;清 0 进位标志 CF
CAL1:           MOV AX, [DI]            ;取被减数
                SBB AX, [SI]            ;减法
                MOV [BX], AX            ;存结果
                INC SI                  ;调整指针
                INC DI
                INC BX
                LOOP    CAL1            ;处理高位字
                POP F                   ;恢复主程序现场 FLAGS, DI, SI, CX, BX, AX
                POP DI
                POP SI
                POP CX
                POP BX
                POP AX
                RET
        CALSUB  ENDP
```

　　编制子程序文件时，应该认真书写子程序说明书，方便并保证正确调用子程序。以上面子程序为例，说明书的基本样式如下：

　　; 子程序名：CALSUB

　　; 子程序功能：多字节二进制数减法

　　; 入口参数：CX 为数的长度（按字计算），DS:DI 为第一个数的首地址，DS:SI 为第二个数的首地址；DS:BX 为结果的首地址。

　　; 出口参数：无。

说明书可以放在子程序的开始处，以注释的形式出现。

（4）参数传送

主程序在调用子程序时，要为子程序预置数据，在子程序返回时给出数据处理的结果，这称为数据传送或变量传送。方法主要有以下几种：

① 寄存器传送。

② 地址表传送，需要传送的参数较多时可以利用存储单元传送。在调用子程序前，把所有参数依次送入地址表，然后将地址表的首地址作为子程序入口参数传递给子程序。

③ 堆栈传送，这种方式要审慎注意堆栈的变化情况。

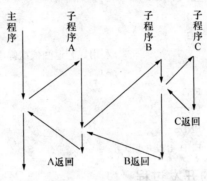

图 4-11　子程序的嵌套

（5）过程嵌套与递归

子程序可以调用其他子程序，称为子程序嵌套或过程嵌套，嵌套的层次不限，但要注意堆栈空间是否够用。

子程序也可以调用自己，称为递归调用。递归调用的程序设计方法简洁、高效，很短的程序完成很复杂的计算。递归调用子程序中必须有条件判别指令，以适时结束调用，避免成为死循环。

【例 4-13】 求 n!（设 n<10）。当 n=0 时 n!=1；当 n>0 时 n!=n(n-1)!。

```
        DATA    SEGMENT
          N     DW    9                  ;自然数
        FNUM    DW    ?,?                ;存结果
        DATA    ENDS
        CODE    SEGMENT
            ASSUME CS:CODE, DS:DATA
        START:  PROC    FAR
                MOV AX, DATA
                MOV DS, AX
                PUSH    CX
                MOV AX, N
                MOV DX, 0                ;DX 清 0，准备存放结果的高 16
                CALL    DG              ;调用子程序
                LEA     SI, FNUM
                MOV [SI], AX            ;存结果的低 16 位
```

```
                MOV  [SI+2], DX          ;存结果的高 16 位
                POP   CX
                RET                       ;程序结束
        START ENDP
        DG      PROC  NEAR               ;子程序定义
                PUSH  AX                 ;压入 9，利用递归依次压入 987654321
                SUB   AX,1
                JNZ   CON
                POP   AX
                JMP   TURN
        CON:    CALL  DG
                POP   CX                 ;利用递归返回依次弹出 123456789
                MUL CX                    ;n!
                TURN:  RET
                DG    ENDP
                CODE  ENDS
                      END START
```

4.4.6 汇编语言程序的开发过程

1. 建立汇编语言源程序

利用记事本可以编辑汇编语言源程序，保存程序时注意要以 ASM 为扩展名。在 WINDOWS 系统中，利用命令提示符窗口中的 EDIT.EXE 命令也可以编辑汇编语言源程序，以 ASM 为扩展名保存，如 MYFILE.ASM。

2. 生成目标程序

汇编程序 MASM 有多个版本，基本用法一致。例如：

在 WINDOWS 系统中的命令提示符窗口键入：

```
    C>MASM MYFILE.ASM
```

屏幕出现提示：

```
Microsoft(R)Macro Assembler Version 5.00
Copyright(C)Microsoft Corp 1981-1985，1987. All rights reserved.
Object Filename [MYFILE.OBJ]:
Source listing [NUL.LST]:
Cross-reference [NUL.CRF]:
51576+385928 Bytes symbol space free
0 Warning Errors
0 Severe  Errors
```

MASM 首先检查源程序中存在的语法错误，然后对源程序逐行汇编，把源程序翻译成机器码程序，即生成目标代码，扩展名为 OBJ，同时还生成一个扩展名为 LST 的列表

文件，一个交叉引用表文件（扩展名为 CRF）。方括号里给出的是缺省的文件名，可以输入新文件名，直接回车将使用缺省的文件名。LST 列表文件，直接回车不生成列表文件，输入文件名生成列表文件。LST 文件中同时列出了源程序清单和机器语言程序清单，还给出程序中使用的符号表。交叉引用表文件，如不需要则直接回车，需要就输入文件名。交叉引用表列出程序中的全部符号及每个符号所在的行号。

MASM 给出源程序语法错误提示，指出错误的类型。Warning 类错误属一般性错误，可以忽略，Severe 类错误必须改正。

3. 生成可执行文件

连接程序 LINK.EXE 把 MASM 产生的目标文件（OBJ），与其他目标文件及系统提供的一些库文件连接在一起，生成以 EXE 为扩展名的可执行文件。

键入：

```
C>LINK MYFILE.OBJ
```

屏幕出现提示：

```
Microsoft (R) Overlay Linker Version 3.60
Copyright (C) Microsoft Corp 1983-1987.  All rights reserved.
Run File    [MYFILE.EXE]:
List File   [NUL.MAP]:
Libraries   [.LIB]:
```

MYFILE.OBJ 是需要连接的目标文件，LIB 是程序中用到的库文件，通常可直接键入回车。LINK 程序生成两个文件，一个是扩展名为 EXE 的可执行文件（MYFILE.EXE）；另一个是连接程序的列表文件 MAP，又称连接映像，它指明每个段在存储器中的分配情况。

4. 调试与运行程序

MYFILE EXE 文件可以直接执行，但程序中的逻辑错误需要经过调试才能剔除。调试阶段常用的调试工具为 DEBUG。

键入：

```
C>DEBUG  MYFILE
```

在 DEBUG 命令状态下，可以利用跟踪运行命令 T 逐条执行指令、可以连续运行多条命令（G 命令）、随时检查内存（D 命令）、随时显示和修改寄存器（R 命令）等 18 个调试命令。通过不断的修改和调试，最后终获得正确的程序。

汇编语言程序的调试工具有很多，最早的是 Microsoft 公司的 DEBUG，它只支持命令行方式且不支持符号信息，不能进行源程序级调试。之后 Microsoft 公司更新产品是 SYMDEB，部分支持符号信息。再之后是 CodeView，支持全屏幕方式下的源程序级调试。

Nu-Mega Technology 公司的 Soft-ICE 也是一款功能强大的汇编语言调试工具，可以在文本模式和图形模式下进行全屏幕源程序级调试，它不但可以对指令设置断点还可以对数据设置断点。

4.4.7　汇编语言与 C 语言的连接

在软件开发中，通常采用高级语言与汇编语言混合编程的方法，用汇编程序解决直接访问计算机硬件的问题，这就需要汇编语言与高级语言连接。主要有两个方面的问题要解决：一是高级语言程序通过函数或过程调用汇编语言程序，汇编语言程序必须预先说明为外部函数；二是参数传递，一般采用外部变量、寄存器、存储器和堆栈传递参数。

C 语言程序可以调用汇编语言程序。在 C 语言程序中将汇编程序说明为外部函数，将汇编程序中的变量说明为外部变量。C 程序中的参数通过栈操作传递给汇编程序，经汇编程序处理的结果通过 AX 和 DX 寄存器返回给 C 程序，如果返回值是结构变量、浮点数等，则存放在一块存储区内，AX 和 DX 作为它们的指针。

供 C 程序调用的汇编程序具有一定的格式，涉及的知识较多，这里不做详述。

练 习 题

1. 什么叫汇编？汇编语言源程序的处理过程是什么？

2. 汇编语言的语句类型有哪些？各有什么特点？

3. 汇编语言源程序的基本结构是什么？

4. 写出完成下述要求的变量定义的语句：

（1）为缓冲区 BUFF 保留 200 个字节的内存空间

（2）将字符串 'BYTE'，'WORD' 存放于某数据区

（3）在数据区中存入下列 5 个数据：2040H,0300H,10H,0020H,1048H

5. 画出下面数据段汇编后的内存图，并标出变量的位置。

```
DATA    SEGMENT
AA   EQU 78H
AA0  DB 09H,-2,45H,2 DUP（01H, ? ）,'AB'
AA1  DW -2,34H+AA
AA2  DD 12H
DATA    ENDS
```

6. 设程序中的数据定义如下：

```
NAME    DB 30 DUP（?）
LIST    DB 1,7,8,3,2
ADDR    DW 30 DUP（?）
```

（1）取 NAME 的偏移地址放入 SI

（2）取 LIST 的前两个字节存入 AX

（3）取 LIST 实际长度

7. 依据下列指示性语句，求表达式的值。

```
SHOW0 EQU 200
SHOW1 EQU 15
SHOW3 EQU 2
```

（1）SHOW0X100+55 　　　　（2）SHOW0 AND SHOW1-15

（3）（SHOW0/SHOW2）MODSHOW1 　　　（4）SHOW1OR SHOW0

8. 编写程序，统计寄存器 BX 中二进制位"1"的个数，结果存在 AL 中。

9. 某数据块存放在 BUFFER 开始的 100 个字节单元中，试编写程序统计数据块中正数（不包括 0）的个数，并将统计的结果存放到 NUMBER 单元中。

10. 阅读下面程序段，指出它的功能。

```
DATA    SEGMENT
ASCII   DB 30H, 31H, 32H, 33H ,34H ,35H, 36H, 37H, 38H, 39H
HEX     DB 04H
DATA    SEGMENT
CODE    SEGMENT
        ASSUME CS:CODE, DS: DATA
        START:  MOV AX, DATA
        MOV DS, AX
        MOV BX,OFFSET ASCII
        MOV AL,HEX
        AND AL,0FH
        MOV AL,[BX+AL]
        MOV DL,AL
        MOV AH,2
        INT 21H
        MOV AH,4CH
        INT 21H
CODE    ENDS
        END START
```

11. 某数据区中有 100 个小写字母，编程把它们转换成大写字母，并在屏幕上显示。

12. 子程序的参数传递有哪些方法？

13. 过程定义的一般格式是什么？子程序开始处为什么常用 PUSH 指令？返回前用 POP 指令？

14. 阅读下面程序段，指出它的功能。

```
DATA SEGMENT
STRING DB 'Experience…'
LENG  DW 100
KEY DB 'x'
DATA ENDS
CODE SEGMENT
   ASSUME CS:CODE,DS:DATA,ES:DATA
MAIN PROC FAR
START: MOV AX, DATA
       MOV DS, AX
       MOV ES, AX
       LEA BX, STRING
       LEA CX, LENG
       PUSH BX
       PUSH CX
       MOV AL, KEY
```

```
        CALL DELCHAR
        MOV AH, 4CH
        INT21H
MAIN ENDP
DELCHAR PROC
        PUSH BP
        MOV BP, SP
        PUSH SI
        PUSH DI
        CLD
        MOV SI, [BP+4]
        MOV CX, [SI]
        MOV DI, [BP+6]
        REPNE SCASB
        JNE DONE
        MOV SI, [BP+4]
        DEC WORD PTR[SI]
        MOV SI, DI
        DEC DI
        REP MOVSB
DONE:   POP DI
        POP SI
        POP BP
        RET
DELCHAR ENDP
        CODE ENDS
        END START
```

15. 显示两位压缩 BCD 码值（0~99），要求不显示前导 0。

16. 某数据区中连续存放着 100 个整数，要求将其中为 0 的元素删除，并将保留的数据连续存放。

17. 编程，把以 DATA 为首址的两个连续单元中的 16 位无符号数乘以 10。

18. 编程，比较两个字串是否相同，并找出其中第一个不相等字符的地址，将该地址送 BX，不相等的字符送 AL。两个字符串的长度均为 200 个字节，M1 为源串首地址，M2 为目标串首地址。

19. 编程，在内存的数据段中存放了 100 个 8 位带符号数，其首地址为 TABLE，试统计其中正元素、负元素、和零元素的个数，并分别将个数存入 PLUS，MINUS，ZERO 等 3 个单元中；

20. 编程，在数据段 DATA1 开始的 80 个连续的存储单元中，存放 80 位同学某门课程的考试成绩(0~100)。编写程序统计成绩≥90 分的人数，80~89 分的人数，70~79 分的人数，60~69 分以及<60 分的人数。将结果存放到 DATA2 开始的存储单元中。

21. AX 寄存器中存有 4 位压缩 BCD 码，试编写程序将这 4 个数字分开，并分别存入 BH、BL、CH 和 CL 寄存器中。

第 5 章 存 储 器

教学目的

- 了解半导体存储器的分类
- 掌握地址译码的方法
- 掌握存储器的应用
- 掌握存储器的容量扩充
- 了解存储器扩展技术

5.1 存储器概述

微型计算机系统中的存储器包括内存储器和外存储器两大类。任何程序和数据必须进驻内存储器后才能执行,因此,内存储器也称为主存储器。它比外存储器存取速度快,存储容量小;外存储器也称辅助存储器,属于计算机的外部设备,常用的有磁盘、光盘和 U 盘等,存储容量大,存取速度慢。

1. 半导体存储器的分类

内存储器主要由半导体材料构成,也称半导体存储器。按制造工艺,半导体存储器可以分为双极型半导体存储器和金属氧化物型半导体存储器(Metal-Oxide Semiconductor)两类。

双极型半导体存储器由 TTL 晶体管电路构成,存储速度与 CPU 处在同一量级,存储速度快,但集成度低,功耗大,价格高,在微机系统中常用做高速缓冲存储器 Cache。

金属氧化物半导体存储器,又称为 MOS 型半导体存储器。由于制造工艺不同,又分为静态 RAM(Random Access Memory)、动态 RAM、EPROM、Flash Memory 等。它们的速度较双极型器件慢,但集成度高,功耗低,价格便宜,是构成微型计算机内存的主要半导体存储器件。

半导体存储器按照工作方式,可分为随机读写存储器 RAM 和只读存储器 ROM(Read Only Memory)两大类。RAM 是一种易失性存储器,其特点是在使用过程中,信息可以随机写入或读出,但信息不能永久保存,一旦掉电,信息就会丢失,常用做内存,存放正在运行的程序和数据。ROM 是一种非易失性存储器,其特点是信息一旦写入,就固定不变,掉电后,信息也不会丢失。在使用过程中,只能读出,一般不能修改,常用于保存固定不变且长期使用的程序和数据,如主板上的基本输入/输出系统程序 BIOS、打印机中的汉字库、外部设备的驱动程序等。常用的 ROM 类型有：掩膜式 ROM、可编程 ROM（PROM）、可擦除可编程 ROM （EPROM）、电可擦除编程 ROM （E2PROM）和闪存（Flash Memory）。

MOS 型 RAM 又分为静态 RAM（SRAM: Static RAM）和动态 RAM（DRAM: Dynamic RAM）两种类型。静态 RAM 采用双稳态电路存储信息，而动态 RAM 用电容存储信息。相比之下，静态 RAM 速度快，动态 RAM 的集成度高、功耗和价格较低，由于动态 RAM 中的信息随电容上电荷的泄露而丢失，所以动态 RAM 必须定时刷新。

半导体存储器的分类如表 5-1 所示。

表 5-1　半导体存储器主要类型

	双极型半导体存储器	
随机读写存储器 RAM	MOS 型半导体存储器	静态 RAM
		动态 RAM
只读存储器 ROM	掩膜 ROM	
	PROM（可编程 ROM）	
	可擦写 ROM	EPROM（紫外线擦除）
		E²PROM（电擦除）
		Flash Memory（快擦除）

2. 存储器的性能指标

计算机在运行过程中，大部分的总线周期都是对存储器进行读/写操作，因此存储器性能的好坏在很大程度上直接影响计算机的性能。衡量半导体存储器性能的指标很多，常见的有以下几项。

（1）存储容量

存储容量是指存储器所能容纳二进制信息的总量。能存储 1 位二进制信息的物理器件称为存储元，多个存储元构成存储单元，存储芯片就是由若干个存储单元构成。一个存储元存储一位二进制信息，8 个存储元构成存储单元，存储 8 位二进制信息。例如静态随机存储器 6264 芯片由 8K 个存储单元构成，一个存储单元由 8 个存储元构成，可以存储一个字节的信息。动态随机存储器芯片 NMC41257 由 256K 个存储单元构成，一个存储单元存储 1 位二进制信息。通常存储器芯片的存储容量可表示为：存储单元个数×每个存储单元的位数。6264 芯片的存储容量为 64Kbit，NMC41257 的存储容量为 256Kbit。

位（bit）是存储容量的最小单位，字节是存储容量的基本单位。存储器的存储容量常用字节 BYTE 表示，随着存储器的不断扩大，人们采用了更大的单位：千字节 KB（1024B）、兆字节 MB（1024KB），千兆字节 GB（1024MB）及 TB（1024GB）。

（2）存取速度

存取速度通常用存取时间来衡量。存取时间又称为访问时间或读/写时间，它是指从启动一次存储器操作（读或写）到完成该操作所需要的时间。例如，读出时间是指从 CPU

向存储器发出有效地址开始，到将选中单元的内容送上数据总线为止所用的时间；写入时间是指从 CPU 向存储器发出有效地址开始，直到信息写入被选中单元为止所用的时间。显然，存取时间越短，存取速度越快。

内存的存取时间通常用 ns（纳秒）表示。在一般情况下，超高速存储器的存取时间约为 20ns，高速存储器的存取时间约为几十纳秒，中速存储器的存取时间约为 $100\sim250$ ns，而低速存储器的存取时间约为 300 ns 左右。例如，SRAM 的存取时间约为 60 ns，DRAM 的存取时间约为 $120\sim250$ ns。

连续两次独立的存储器读/写操作所需的最小时间间隔称为存储周期。由于存储器在完成读/写操作之后需要一段恢复时间，因此存储器的存储周期常常略大于存储器芯片的存取时间。如果 CPU 在小于存储周期的时间之内连续两次对存储器进行访问，则不能保证存取结果的正确性。

（3）可靠性

可靠性是指在规定的时间内，存储器无故障读/写的概率。通常用平均无故障时间 MTBF（mean time between failures）来衡量可靠性。MTBF 可以理解为两次故障之间的平均时间间隔，越长说明存储器的性能越好。目前所用的半导体存储器芯片的平均故障间隔时间约为 $5\times10^{6}\sim1\times10^{8}$ 小时。

（4）功耗

功耗反映存储器件耗电的多少，同时也反映了其发热的程度。功耗越小，存储器件的工作稳定性越好。大多数半导体存储器的维持功耗小于工作功耗。

5.2 随机存取存储器（RAM）

MOS 型随机存取存储器 RAM 按工作原理分为静态 RAM（SRAM）和动态 RAM（DRAM）。静态 RAM 以触发器为基本存储电路，保存的数据不需要刷新。与动态 RAM 比较，它的存取速度快，集成度低，功耗大。动态 RAM 以电容作为基本存储电路，每隔一段时间需要刷新一次。它的集成度高，成本低。

5.2.1 MOS 型静态随机存取存储器（SRAM）

1. 基本存储元电路

MOS 型静态 RAM 基于双稳态触发器的工作原理保存信息。它的一个基本存储元的电路结构如图 5-1 所示。

图 5-1 是由 6 个 MOS 管组成的双稳态触发器电路，可存储一位二进制信息。A、B 两点为触发器的状态，一个处于稳定的高电平，一个处于稳定的低电平，二者互相促进，对立统一。A 点可以作为信息存储参考点。

上图中 T3、T4 是负载管，T1、T2 是工作管，T5、T6、T7、T8 是控制管，其中 T7、T8 是芯片上所有存储元共用的控制管。这个电路具有两个稳定状态：若 T1 截止则 A 点为高电平，A 点的高电平使 T2 导通，于是 B 点降为低电平，B 点的低电平反过来促进

T1 管的截止，T1 和 T2 管互相促进，形成一个稳定状态。如果以 A 点为参考点，我们就认为这个存储元存储数据 1；另一个稳定状态是 T1 导通 T2 截止，A 点为低电平，我们认为这个存储元存储数据 0。

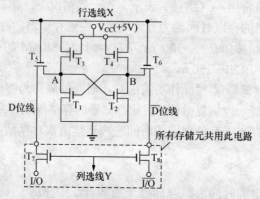

图 5-1 静态 RAM 的基本存储元电路

读出数据时，如果这个存储元被选中，行选择线 X 和列选择线 Y 均为有效电平（高电平），T_5、T_6、T_7、T_8 均导通，触发器 A 点的状态通过 T_5 传给位线 D，通过 T_7 送到 I/O 端。触发器 B 点的状态通过 T_6 传给位线 $\overline{D}$，通过 T_8 送到 $\overline{I/O}$ 端。若 A 点为高电平，B 点为低电平，I/O 端上就有电流流出，$\overline{I/O}$ 端上有电流流入。I/O 端和 $\overline{I/O}$ 端连接到一个差动读出放大器上，通过电流方向判断出这个存储元存储的信息是 1。反之，若 A 点为低电平，B 点为高电平，I/O 端上就有电流流入，$\overline{I/O}$ 端上有电流流出，通过电流方向判断出这个存储元存储的信息是 0。

双稳态电路可以多次读出信息，存储的信息不变。

写入数据时，如果这个存储元被选中，行选择线 X 和列选择线 Y 均为高电平，T_5、T_6、T_7、T_8 均导通，信息从 I/O 端和 $\overline{I/O}$ 端经 T_7、T_8 输入至位线 D 和位线 $\overline{D}$，然后通过 T_5、T_6 到 A 点和 B 点。写入信息"1"时，I/O 端为高电平，$\overline{I/O}$ 端为低电平，A 点为高电平，B 点为低电平，使 T_1 截止而 T_2 导通，并形成稳定态；写入信息"0"时，I/O 端为低电平，$\overline{I/O}$ 端为高电平，A 点为低电平，B 点为高电平，使 T_1 导通而 T_2 截止，并形成稳定态。如写入的信息与原存储的信息相同，触发器不翻转，仍是原态，若相异，则发生翻转。由于是正反馈的交叉耦合过程，翻转极快，所需的写入时间极短。

双稳态电路由 6 个 MOS 管组成，所以静态随机存储器集成度低，功耗大；它不需要刷新，外围电路简单，使用方便。

2. MOS 型静态 RAM 芯片的组成结构

MOS 型静态 RAM 芯片由存储体和外围电路（地址译码器、I/O 缓冲器和读写控制电路等）组成。存储体由许多个存储元组成，这些存储元通常以矩阵的形式排列。如图 5-2 所示，存储体是由 64×64 个六管静态存储元电路组成的存储矩阵，采用行列地址单独译码的双译码方式，X 地址译码器输出 X0～X63 共 64 条行选线，每一行选线选择一行，一行有 64 个存储元电路；Y 地址译码器输出 Y0～Y63 共 64 条列选线，每一列选线选择一列，一列有 64 个存储元电路。同一列的 64 个存储元电路共用一条位线，由列选线控制与 I/O 端的连通。只有行、列均被选中的存储元电路，才能进行读或写的操作。

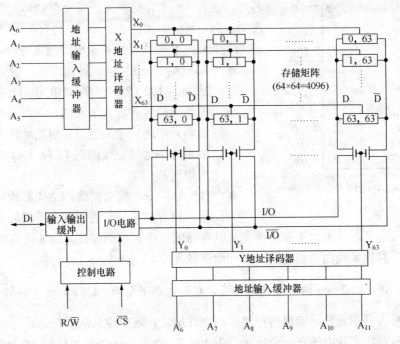

图 5-2 静态 RAM 的结构

CPU 访问存储器时给出存储单元地址，这个地址分为两部分：低位地址部分和高位地址部分。低位地址部分送入芯片内部，芯片内的地址译码器将地址译码生成选择信号（高电平信号），驱动相应的存储元或单元电路工作。芯片内地址译码方法有两种，单译码方式和双译码方式。采用单译码方式的芯片，芯片内只有一个译码器，译码器的每个选择信号选择一个存储单元，称这条选择信号为字选择线。这种方式随着地址线根数的增加，字选择线以 2^n 根增加，所以只适用于小存储容量的芯片。

图 5-2 所示是双译码方式的存储器芯片，芯片内有两个地址译码器。由 X 地址译码器和 Y 地址译码器分别对 A0～A5、A6～A11 进行译码，生成的选择信号线共有 128 根，可以选择 4096 个存储单元。这种方式可以减少选择线的数目，节省芯片内空间。

CPU 给出的存储单元地址中的高位地址部分通常用来产生片选信号。由于单片存储芯片的容量有限，所以需要多个存储芯片按一定的方式进行连接后才能组成大容量的存储器，因此，每块存储芯片都有一条或两条选片信号 $\overline{CS}$，称为片选端。只有当片选端加上有效电平时，才能对该芯片进行读或写操作。

3. 静态 RAM 芯片举例

静态 RAM 使用方便，在微型计算机领域有着广泛的应用。常用的 SRAM 芯片有 6116（2K×8）、6232（4K×8）、6264（8K×8）、62128（16KX8）和 62256（32K×8）等。

下面以典型的 SRAM 芯片 6264 为例，说明它的外部特性及工作过程。

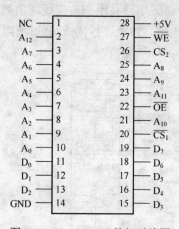

图 5-3　SRAM 6264 外部引线图

（1）外部引脚

6264 芯片是一个容量为 8K×8bit 的 MOS 型 SRAM 芯片，含有 8K 个存储单元，每个存储单元存储 8 位二进制信息，其引脚如图 5-3 所示，共有 28 条引线，包括 13 根地址线、8 根数据线和 4 根控制信号线。

- A_0～A_2——13 根地址信号线，说明该芯片有 2^{13} 即 8192（8K）个存储单元。13 根地址线上的信号经过芯片内部译码，可以选中 8K 个存储单元中的一个。这 13 根地址线通常与计算机系统中地址总线的低 13 位（A_0～A_{12}）一对一地连接。

- D_0～D_7——8 根数据线，6264 芯片的每个存储单元可存储 8 位二进制数。通常数据线的根数决定了芯片上每个存储单元可以存储的二进制数的位数。这 8 根数据线通常与计算机系统的数据总线一对一地连接。

- $\overline{CS1}$、$CS2$——两根片选信号线，$\overline{CS1}$ 低电平有效、$CS2$ 高电平有效。CPU 读写内存单元时，给出内存单元的物理地址，这个地址既要决定读写那个芯片又要选定芯片内的那一个单元。6264 接入 8088/8086CPU 系统时，地址线 A_0～A_{12} 与系统中的 A_0～A_{12} 一对一地连接，使 CPU 能够选定芯片内的一个单元。系统中剩余的地址线 A_{13}～A_{19} 用来产生片选信号，使 CPU 选定一片 6264 芯片。

表 5-2　6264 真值表

$\overline{WE}$	$\overline{CS_1}$	CS_2	$\overline{OE}$	D_0～D_7
0	0	1	×	写入
1	0	1	0	读出
×	0	0	×	三态
×	1	1	×	（高阻）
×	1	0	×	

- $\overline{OE}$——输出允许信号，低电平有效，CPU 从芯片中读出数据。

- $\overline{WE}$——写允许信号，低电平有效，允许数据写入芯片。

- 其他引线：VCC 为 +5V 电源，GND 是接地端，NC 表示空端。

（2）6264 的工作过程

1）写数据过程。CPU 把要写入的存储单元的地址送到地址线上，其中 A_0～A_{12} 送到芯片的地址线 A_0～A_{12} 上，A_{13}～A_{19} 经过地址译码电路生成片选信号使 $\overline{CS_1}$=0、CS_2=1；

同时 CPU 将数据发送到数据线 $D_0 \sim D_7$ 上，这时如果读/写控制信号 $\overline{WE}$ =0，数据就写入芯片指定地址单元。写数据过程中，输出允许信号 $\overline{OE}$ 可以任意。

2）读数据过程。CPU 把要读出的存储单元的地址送到地址线上，其中 $A_0 \sim A_{12}$ 送到芯片的地址线 $A_0 \sim A_{12}$ 上，选定某个单元；$A_{13} \sim A_{19}$ 经过地址译码电路生成片选信号使 $\overline{CS_1}$ =0、CS_2=1；这时如果输出允许信号 $\overline{OE}$ =0，读/写控制信号 $\overline{WE}$ =1，指定单元的存储内容就出现在数据线 $D_0 \sim D_7$ 上，CPU 就将其读走。

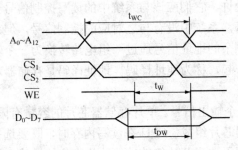 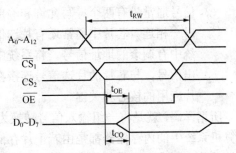

图 5-4　SRAM 6264 写操作时序图　　　图 5-5　SRAM 6264 读操作时序图

CPU 的总线周期有固定的时序，对存储器读写有时间上的要求。当对存储器进行读操作时，存储器必须在读允许信号 $\overline{OE}$ 的有效期内将选中单元的内容送到数据总线上。在进行写操作时，存储器也须在写信号 $\overline{WE}$ 有效期间将数据写入指定的存储单元。否则，就会出现读写错误。

如果存储器的存取速度太慢，不能满足 CPU 的要求，就需要采取适当的措施来解决这一问题。最简单的解决办法就是降低 CPU 的时钟频率，延长时钟周期 T_{CLK}。但这样做会降低系统的运行速度。另一种方法是利用 CPU 上的 READY 信号，插入一个或几个等待周期 Tw，等待存储器操作的完成。

5.2.2　静态 RAM 芯片应用

在计算机系统中，系统总线是公共的数据通路，各种部件都挂接在系统总线上，总线的负载能力有限。在存储器芯片较少的系统中，存储器芯片可直接与总线相连；在存储器芯片较多的系统中，必须增加总线驱动能力，然后连接存储器芯片。6264 芯片的功耗很小（工作时为 15mW，未选中时仅 $10\mu W$），在简单的应用系统中，可直接和总线相连。

存储器芯片的应用就是将芯片正确地接入计算机系统。根据 CPU 要求的地址范围，将芯片上的各种信号与计算机系统的地址线、数据线和控制线，连接在一起，存储器芯片就接入了计算机系统。

- 地址线的连接。一般芯片上的信号有地址线、数据线和控制信号线，其中地址线的数量比计算机系统地址线少，所以，芯片在接入系统中时，芯片上的地址线和系统中的低位地址线一对一相连，CPU 就可以选择芯片内任一存储单元了。系统中剩余的地址线在芯片中没有对应线，不能直接与芯片发生关联。
- 数据线的连接。系统中所有的数据线都必须和芯片的数据线发生直接的关联，双方都不能有剩余。如果芯片上的数据线和系统中的数据线的数量一致，将它们一对一相连；如果芯片上的数据线少于系统数据线，如 2114（1K×4）只有 4 根数据线，必须选用 2 片组成一组，构成数据线为 8 根的存储器芯片组，才可以与 8088CPU 相连。如果芯片上的数据线多于系统数据线，说明选择的芯片不合适，必须更换。

- 控制信号线的连接。存储器只有两种操作：读和写。相应的与读写有关的控制信号通常只有两个：写允许和输出允许。它们应该与系统中的读写控制信号一对一相连。芯片中通常还有片选信号，系统中没有与之对应的控制信号，但系统中有剩余的地址信号。将系统中剩余的地址信号通过一组电路转换为一个输出信号，与芯片的片选信号连接在一起，称为地址译码。地址译码是存储器芯片应用的核心和关键。

所谓译码，就是将一组输入信号转换为一个输出信号。单片存储器芯片的容量有限，计算机系统中的内存储器都是由若干片存储器芯片组成。CPU 在读写内存时，既要选择存储芯片还要确定这个芯片内的某个单元。用于选择芯片的地址线称为高位地址线，这一部分地址信号经过译码生成片选信号送到芯片的片选端；用于选择芯片内单元的信号称为低位地址线。高位地址线决定芯片的地址范围，低位地址线决定这个范围内具体的某个单元。对于 6264 芯片，$A_0 \sim A_{12}$ 为低位地址线，$A_{13} \sim A_{19}$ 为高位地址线。一般来说，芯片本身拥有的地址线为低位地址线，与系统中的相应地址线一对一连接，系统中剩余的地址线为高位地址线，经过译码电路译码后与芯片的片选端连接。

地址译码的方法有：全地址译码和部分地址译码。

1. 全地址译码

全地址译码就是把系统中全部地址线与芯片连接，其中高位地址线经过译码电路译码后作为芯片的片选信号；低位地址线与系统中的相应地址线一对一连接。全地址译码方式下，每个存储单元都有唯一的地址。

【例 5-1】 6264 芯片的地址范围为 F8000H～F9FFFH，要求以全地址译码方式将 6264 芯片接入计算机系统。

将芯片的地址范围以二进制形式表示，如图 5-6 所示。其中 $A_0 \sim A_{12}$ 与芯片上的地址线一对一连接，不用设计。$A_{13} \sim A_{19}$ 需要经过译码电路形成芯片的片选信号。从图中看到，在 F8000H～F9FFFH 的地址范围内，$A_{13} \sim A_{19}$ 中的信号电平保持不变，A_{13} 和 A_{14} 为低电平，$A_{15} \sim A_{19}$ 为高电平，译码电路的设计就要利用这个特点。译码电路的设计有两种方法：一种是利用基本的逻辑门电路搭建译码器，另一种是利用专用的译码器芯片译码。

地址总线	A_{19}	A_{18}	A_{17}	A_{16}	A_{15}	A_{14}	A_{13}	A_{12}	$A_{11} \sim A_8$	$A_7 \sim A_4$	$A_3 \sim A_0$
F8000H	1	1	1	1	1	0	0	0	0000	0000	0000
F9FFFH	1	1	1	1	1	0	0	1	1111	1111	1111

图 5-6　地址译码设计

我们先用第一种方法设计译码电路。A_{13} 和 A_{14} 是低电平信号,可以各经过一个非门转为高电平;再与 $A_{15} \sim A_{19}$ 一起经过一个 8 输入端的与非门产生低电平信号,接到 6264 的片选端,如图 5-7 所示。

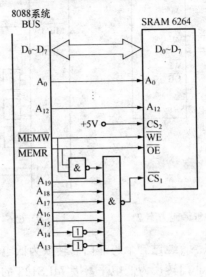

图 5-7   6264 全地址译码方案 1

从图中可以看出,当 CPU 送出的内存单元地址在 F8000~F9FFFH 的范围内,并且 $\overline{\text{MEMR}}$ 和 $\overline{\text{MEMW}}$ 信号一个为高电平一个为低电平时,6264 的片选端 $\overline{\text{CS}_1}$ 就得到低电平,而 CS_2 恒定为高电平,这时 CPU 就可以与 6264 芯片交换数据了。

$\overline{\text{MEMR}}$ 和 $\overline{\text{MEMW}}$ 的状态如表 5-3 所示,将它们接入到译码电路中可以确保只有 CPU 读写内存时 6264 芯片才可能被选中。

表 5-3   读写信号状态

$\overline{\text{MEMR}}$	$\overline{\text{MEMW}}$	功能
0	1	CPU 读内存
1	0	CPU 写内存
1	1	CPU 与外设交换信息
0	0	不存在

利用基本的逻辑门电路搭建译码器,设计灵活,可以设计出多种方案。如图 5-8 是例 5-1 的另一种译码电路。

利用基本的逻辑门电路搭建译码器的缺点是有多少片存储芯片就要设计多少套译码电路器,从整体上看,设计复杂,不易修改。而利用专用的译码器芯片译码,方法简单,使用方便。图 5-9 是利用译码器芯片 74LS138 实现例 5-1 的电路原理图。

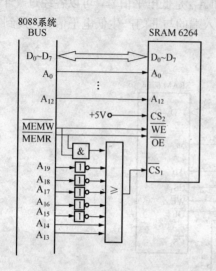
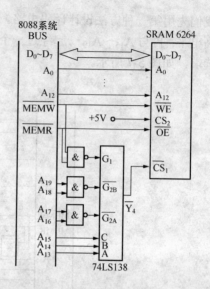

图 5-8　6264 全地址译码方案 2　　　　　图 5-9　6264 全地址 138 译码方案

系统地址总线的 A_{19} 和 A_{18} 经过一个与非门后转换为低电平，接 74LS138 的控制端 $\overline{G_{2B}}$，A_{17} 和 A_{16} 经过一个与非门转换为低电平，接 74LS138 的控制端 $\overline{G_{2A}}$，A_{15} 为高电平接 C 端，A_{13} 和 A_{14} 为低电平分别接 A 和 B，这样 74LS138 对 CBA 的输入信号译码，输出信号 $\overline{Y_4}$ 有效，将 $\overline{Y_4}$ 接到 6264 芯片的片选端。

当然，利用专门的译码器译码也可以设计出多种方案，这里不再赘述。

74LS138 的译码输出共有 8 根线，图 5-9 利用了其中的 $\overline{Y_4}$ 作片选信号，6264 的地址范围为 F8000H～F9FFFH。如果利用 Y_0 作片选信号，6264 的地址范围为 F0000H～F1FFFH，利用 Y_1 作片选信号，6264 的地址范围为 F2000H～F3FFFH，依次类推，利用 74LS138 不同的输出端，芯片就有不同的地址范围。可见，一片 74LS138 可以同时为 8 片 6264 芯片提供片选信号。

2. 部分地址译码

部分地址译码就是只使用系统地址总线中的一部分与芯片中的地址线相连。具体来说是其高位地址线只使用了一部分经过译码电路译码后作为芯片的片选信号；低位地址线与系统中的相应地址线一对一连接。采用部分地址译码时，存储单元的地址不唯一，存在地址重叠现象。

图 5-10 中，地址译码电路只使用了 A_{13}～A_{17} 共 5 根线，A_{18} 和 A_{19} 未用。这意味着 CPU 在寻址内存单元时，地址信号只要满足 A_{13}～A_{17} 的要求，就可以选中 6264 芯片，A_{18} 和 A_{19} 的任何值都不影响选择 6264 芯片，就是说，A_{18} 和 A_{19} 的任何值都选中 6264 芯片。这两个信号的组合值共有 4 个，所以，图中的 6264 会有 4 个地址范围。如图 5-11 所示。

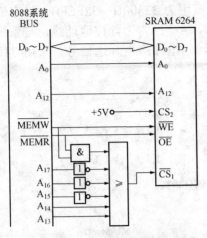

A_{19}	A_{18}	A_{17}	A_{16}	A_{15}	A_{14}	A_{13}	A_{12}	地址范围
0	0	1	1	1	0	0	0	38000~39FFFH
0	1	1	1	1	0	0	0	78000~79FFFH
1	0	1	1	1	0	0	0	B8000~B9FFFH
1	1	1	1	1	0	0	0	F8000~F9FFFH

图 5-10　6264 部分地址译码　　　图 5-11　6264 部分地址译码重叠地址

　　这种译码方式，简化了译码电路设计，浪费 CPU 的地址空间。要注意，芯片占用的地址范围不能再分配给其他存储芯片使用。编程时也要注意，最好只使用其中的一个地址范围，避免自己覆盖自己。

　　在实际工作中，部分地址译码广泛应用。在微控系统中，系统功能不是很复杂，存储容量要求不大，一片或两片存储芯片即可，这时常采用部分地址译码方式。假设系统要求两片 6264 芯片构成存储器，地址译码电路可以设计得很简洁，如图 5-12 所示。

　　只使用一根地址线 A_{19} 作为片选信号，为低电平时选中一片，高电平选中另一片，这种地址译码方式又称为线性译码。CPU 整个的地址空间分为两部分，两个芯片各占一部分。

　　【例 5-2】　用 SRAM6116 芯片设计一个 4K 的存储器，地址范围为 32000H～32FFFH，要求使用全地址译码方式。

　　SRAM6116 是 2KX8 的存储器芯片，具有 11 根地址线 A_0～A_{10}，8 根数据线 D_0～D_7，读写控制信号 R/$\overline{W}$，输出允许信号 $\overline{OE}$，片选信号 $\overline{CS}$。外部引线如图 5-13 所示。

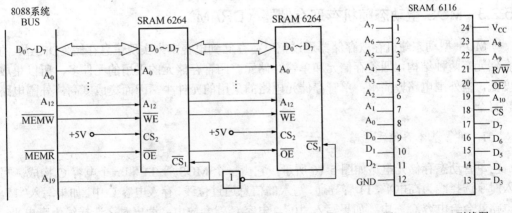

图 5-12　6264 线性地址译码　　　　图 5-13　6116 引线图

　　题目要求的地址范围为 4K 的地址空间，需要两片 6116 芯片。第一片的地址范围应该是 32000H～327FFFH，第二片的地址范围为 32800H～32FFFH，将它们的地址范围转换成二进制数，如图 5-14 所示。其中 A_0～A_{10} 为低位地址线，与系统地址线一对一连接，系统中剩余 9 根地址线通过译码电路产生片选信号。采用 74LS138 译码。如图 5-15 所示。

地址总线	A_{19}	A_{18}	A_{17}	A_{16}	A_{15}	A_{14}	A_{13}	A_{12}	A_{11}	$A_{10}\cdots A_8$	$A_7\cdots A_4$	$A_3\cdots A_0$
32000H	0	0	1	1	0	0	1	0	0	000	0000	0000
327FFH	0	0	1	1	0	0	1	0	0	111	1111	1111
32800H	0	0	1	1	0	0	1	0	1	000	0000	0000
32FFFH	0	0	1	1	0	0	1	0	1	111	1111	1111

图 5-14　6116 译码分析图

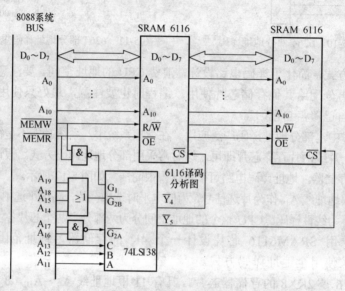

图 5-15　6116 存储器设计

5.2.3　MOS 型动态随机存取存储器（DRAM）

MOS 型动态随机存取存储器通过把电荷存储到电容中来实现信息存储。DRAM 的存储元有两种结构，四管存储元和单管存储元。四管存储元的采用的元件多，所以集成度低，但外围电路较简单；单管存储元电路的采用的元件少，因而集成度高，外围电路较复杂。

1. 单管基本存储元电路

单管动态存储元电路如图 5-16 所示，它由一个 MOS 管 T1 和一个电容 C 构成。写入时字选择线为高电平，T1 管导通，写入的信息通过位线，存入电容 C 中。如果写入"1"，电路就会给电容 C 充电；如果写入"0"，电容 C 就会放电；读出时字选择线为高电平，T1 管导通。如果原来存储的信息为"1"，存储在电容 C 上的电荷通过 T1 输出到位线上。所以，读出时是根据位线上有无电流判断存储元存储的信息是 0 还是 1。

由此可以看出，读出是破坏性的。如果原来存储的信息为"1"，读操作之后，存储的信息丢失。所以这种电路每次读出之后需重写，以恢复原来的信息。另外，由于电容泄漏电荷，存储单元的电荷需要定时补充，这种电路需要刷新。

2. DRAM 芯片 2164

DRAM 集成度高、价格低，在微型计算机中有着广泛地应用。DRAM 芯片常用的有 2116（16K×1 位）、2164（64K×1）等。下面以 2164 为例说明 DRAM 的外部特性及工作过程。

2164 含有 64K 个存储单元，每个单元存储 1 位信息。如图 5-17 所示，2164 的引线含义如下：

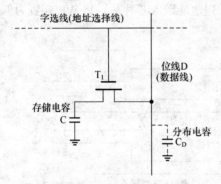

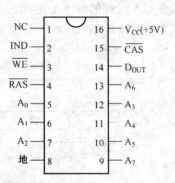

图 5-16　单管动态存储元的电路　　图 5-17　2164A 外部引脚图

- $A_0 \sim A_7$：地址输入线，分时复用。通过它将 16 位地址分两次输入到芯片中，第一次存入的 8 位地址为行地址，第二次存入的 8 位地址为列地址。它们被锁存到芯片内部的行地址锁存器和列地址锁存器中。

在芯片内部，各存储单元按照矩阵结构排列。行地址信号通过行地址译码器选择一行，列地址信号通过列地址译码器选择一列，这样就选中了某单元。

- DIN：数据输入，当 CPU 写芯片的某一单元时，要写入的数据由 DIN 送到芯片内部。
- DOUT：数据输出，当 CPU 读芯片的某一单元时，数据由此线输出。
- $\overline{RAS}$：行地址锁存信号，将行地址锁存在芯片内部的行地址锁存器中。
- $\overline{CAS}$：列地址锁存信号，将列地址锁存在芯片内部的列地址锁存器中。
- $\overline{WE}$：写允许信号。当它为低电平时，允许将数据写入。当它为高电平时，允许读出数据。

（1）数据读出

读出过程的时序如图 5-18 所示。首先将行地址加在 $A_0 \sim A_7$ 上，然后使 $\overline{RAS}$ 行地址锁存信号有效，该信号的下降沿将行地址锁存在芯片内部。接着将列地址加到芯片的 $A_0 \sim A_7$ 上，再使 $\overline{CAS}$ 列地址锁存信号有效，该信号的下降沿将列地址锁存在芯片内部。然后保持 $\overline{WE} = 1$，则在 $\overline{CAS}$ 有效期间，数据由 D_{OUT} 端输出。

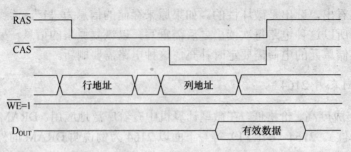

图 5-18　DRAM 2164 的数据读出时序图

（2）数据写入

数据写入过程的时序如图 5-19 所示。行列地址送入芯片后，将 $\overline{WE}$ 端置为低电平，数据从 D_{IN} 端输入。

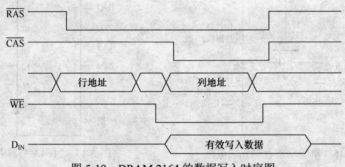

图 5-19　DRAM 2164 的数据写入时序图

（3）刷新

每隔一定时间（一般每隔 2ms）将 DRAM 的所有单元的信息读出，再重新写入原电路，以维持电容上的电荷，使所存信息保持不变，这个过程称为刷新。

刷新按行进行。每次送出不同的行地址，刷新不同行的存储单元，将行地址循环一遍，则刷新整个芯片的所有存储单元。由于刷新时列地址无效，故芯片存储的信息不会送到数据总线上，即此时 CPU 不能读写内存。DRAM 要求每隔 2～8 ms 刷新一次，这个时间称为刷新周期。

5.2.4　存储器扩展

任何存储芯片的存储容量都是有限的。要构成一定容量的内存，往往单个芯片不能满足要求，可能是存储单元个数不够，也可能字长不符合要求，更可能字长、存储单元数都不能满足要求。这时就需要多个存储芯片组合，这种组合称为存储器的扩展。存储器扩展包括位扩展、字扩展和字位扩展三种方式。

1. 位扩展

存储芯片字长有多种：1 位、4 位或 8 位，如 DRAM 芯片 Intel 2164 为 64K×1 位，SRAM 芯片 Intel 2114 为 1K×4 位，Intel 6264 芯片则为 8K×8 位。计算机内存储器一般是

按字节进行组织，若要使用 2164、2114 这样的存储芯片来构成内存储器，首先需要进行位扩展，以满足字长的要求。

位扩展之前，首先将两片或多片存储芯片组合。组合的方法是将每个存储芯片的地址线和控制线（包括片选信号线、读/写信号线等）全部一对一地接在一起，将它们的数据线分别引出作为字节的不同位。将这个组合当作一片字长满足需要的芯片，运用 5.3.2 节讲到的存储器芯片接入计算机系统的方法，将其接入系统。如图 5-20 所示。

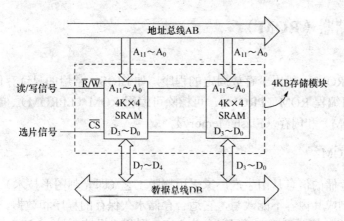

图 5-20　用 4K×4 位的 SRAM 芯片进行位扩展

2. 字扩展

字扩展是对存储空间的扩展，就是要增加存储单元的个数。例如，用 2K×8 位的存储器芯片组成 4K×8 位的存储器系统。字扩展的方法是：将每个芯片的地址信号、数据信号和读/写控制信号等一对一地与系统总线中的相应信号线相连，将各芯片的片选信号与地址译码器的输出信号相连，如图 5-21 所示。

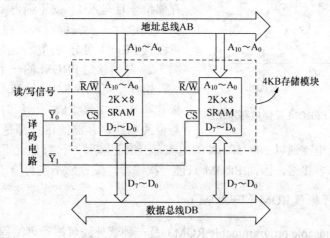

图 5-21　字扩展连接示意图

3. 字位扩展

在构成存储器时，常常是既要进行位扩展又要进行字扩展才能满足存储容量的要求。扩展需要的芯片数量可以利用公式计算。假如要构成一个容量为 M×N 位的存储器，若使用 B×b 位的芯片（B<M，b<N），则构成这个存储器需要：（M / B）×（N / b）个存储器芯片。

例如：用 Intel 2164 构成容量为 128KB 的内存，需要（128/64）×（8/1）=16 片。

5.3 只读存储器（ROM）

只读存储器 ROM 一般用于存放固定的程序，如 BIOS。常用的只读存储器类型有：掩膜式 ROM、可编程 ROM（PROM）、可擦除可编程 ROM（EPROM）、电可擦除可编程 ROM（E^2PROM）和闪存（Flash Memory）。

1. 掩膜式 ROM

掩膜 ROM 存储的信息是由生产厂家采用掩膜工艺（即光刻图形技术）直接写入的。掩膜 ROM 一旦制成其内容不能改写，它适合存储永久保存的程序和数据。

根据制造技术，掩膜型 ROM 又可分为 MOS 型和双极性两种。MOS 型功耗小，但速度比较慢，微型机系统中用的 ROM 主要是这种类型。双极性速度比 MOS 型快，但功耗大，用在速度较高的系统中。

2. 可编程 ROM（PROM）

可编程ROM是用户可以将程序和数据写入ROM的只读存储器芯片，又称为PROM。

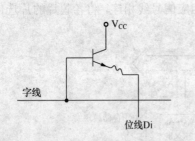

图 5-22 熔丝型 EPROM 存储电路示意图

可编程只读存储器出厂时各单元内容全为 0，用户可用专门的 PROM 写入器将信息写入。某个存储位一旦写入 1，就不能再变为 0，这种存储器只能进行一次编程写入。根据芯片的构造，可编程 PROM 可分为两类：结破坏型和熔丝型。图 5-22 是熔丝型 PROM 的一个存储元示意图。

熔丝型可编程ROM的基本存储元由1个三极管和 1 根熔丝组成。出厂时，每一根熔丝都与位线相连，存储的信息都是"0"。如果对选中的基本存储元电路通以 20~50mA 的电流，熔丝将烧断，则该存储元存储的信息为"1"。烧断的熔丝无法再接通，因而 PROM 只能一次编程，编程后不能再修改。

3. 可擦除可编程 ROM（EPROM）

EPROM（erasable programmable ROM）是一种紫外线可擦除可编程只读存储器，可以多次擦除和写入信息。

EPROM 封装方法与一般集成电路不同，有一个能通过紫外线的石英窗口，用紫外灯照射约 20～30 分钟，原信息就可以全部擦除。擦除后各单元内容均为 FFH，恢复到出厂状态。写好信息的 EPROM 为了防止因光线长期照射而引起的信息破坏，常用遮光胶纸贴于石英窗口上。

EPROM 的擦除是对整个芯片进行的，不能只擦除个别单元。擦除用时较长，而且擦除和写入都需要专用设备，使用不方便。因此，能够在线擦写的 E^2PROM 芯片近年来得到广泛应用。

一般情况下，EPROM 中的信息能够保存达几十年之久。下面介绍一种典型的 EPROM 芯片 2764。

（1）2764 的引线及功能

2764 是容量为 8K×8bit 的 EPROM 芯片，外部引线如图 5-23 所示。引线布局和功能与 SRAM 芯片 6264 兼容，可以使用同一个插座。开发微控系统时，可以先将 6264 作存储芯片，调试程序。调试成功后，将程序固化在 2764 中，用 2764 替换 6264 插在原来的插座上。系统加电后就会自动运行，实现自动化控制。

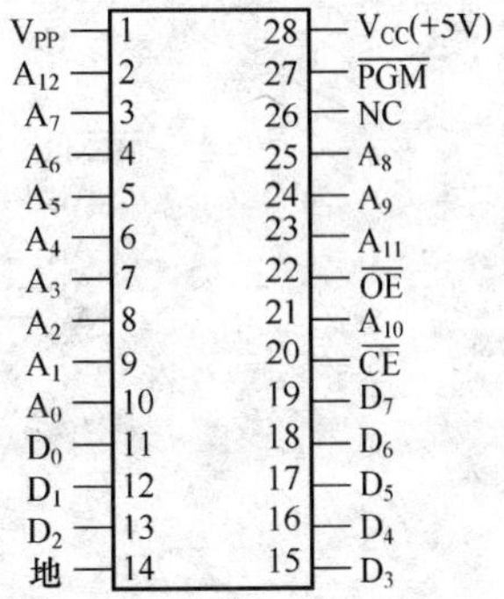

图 5-23　EPROM 2764 引线图

2764 各引脚的功能如下：

- A_0～A_{12}：13 根地址线。用于寻址片内的 8K 个存储单元。

D0～D7：8 根双向数据线，正常工作时为数据输出线。编程时为数据输入线。

- $\overline{CE}$：片选信号，低电平有效。
- $\overline{OE}$：输出允许信号，低电平有效。
- $\overline{PGM}$：编程脉冲输入端。将调试好的程序固化在 2764 中，习惯上称为编程。对 EPROM 编程时，在该端加上编程脉冲，正常读操作时 $\overline{PGM}$ 端加高电平。
- V_{PP}：编程电压输入端。对 EPROM 编程时，需要特殊电压，可能是+12.5V，+15V，+21V，+25V，不同的芯片有不同的要求。如果固化电压比芯片要求的太低，程序固化不完全，某些位出错，固化失败，即使只有一位出错，固化也是失败。固化电压太高，可能击穿芯片。

（2）2764 的工作过程

2764 有三种工作方式：读出、编程写入和擦除。

① 数据读出。这是 2764 的正常工作状态，工作过程与 RAM 芯片类似。A_0～A_{12} 地址线上收到的存储单元地址，并且 $\overline{CE}$=0、$\overline{OE}$=0，芯片中的数据就出现在 D_0～D_7 上。

2764 与系统的连接方法与 6264 一样，可以按 6264 的设计方法设计电路。2764 的编程脉冲输入端 $\overline{PGM}$ 及编程电压 VPP 端都接 +5V 电源。图 5-24 是 2764 芯片与 8088 总线的连接图。

② 编程写入。对 EPROM 芯片的编程可以有两种方式，一种是标准编程，另一种是快速编程。

- 标准编程

标准编程的工作原理是：每个编程脉冲固化一个字节的数据。具体的方法是：$\overline{V_{CC}}$ 接+5V，V_{PP} 加上编程电压；在地址线 A_0～A_{12} 上给出编程存储单元的地址，然后使 $\overline{CE}$=0、

$\overline{OE}=1$；并在数据线上给出要写入的数据，在 $\overline{PGM}$ 端加上 50±5ms 的负脉冲，就可将一个字节的数据写入相应的地址单元中。

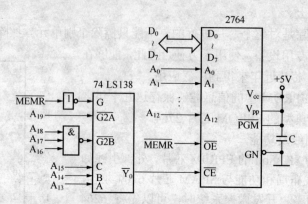

图 5-24　2764 与 8088 系统的连接图

如果其他信号状态不变，将 $\overline{OE}$ 变低，可以立即读出数据，与原始数据比较，检查写入过程是否正确。也可以固化完所有数据后再统一进行校验。若检查出写入数据有错，则必须全部擦除，再重新固化。

早期的 EPROM 采用的都是标准编程方法。标准编程的编程脉冲太宽，使编程时间太长，而且容易使芯片功耗过大而损坏。

● 快速编程

快速编程的编程脉冲窄很多，工作过程与标准编程一样。EPROM 芯片 TMS27C040 的编程脉冲为 100μs 的负脉冲。不同厂家、不同型号的 EPROM 芯片，对编程的要求不一定相同，编程脉冲的宽度也不一样，但编程的方法是一样的。

③ 擦除。利用一定剂量的紫外线光照射 EPROM 的窗口，经过 15～20min 即可将芯片内原有的信息擦除干净。一片新的或擦除干净 EPROM 芯片，每一个存储单元的内容都是 FFH。EPROM 可擦除上万次。

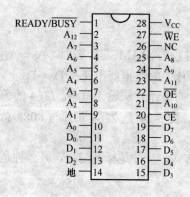

图 5-25　98C64A 引线图

4. 电可擦除编程 ROM（E^2PROM）

EEPROM 也称 E^2PROM（electrically erasable programmable ROM），是"电可擦除可编程只读存储器"的英文缩写。它是一种在线可擦除可编程只读存储器。它能像 RAM 那样随机地读写，又能像 ROM 那样掉电后信息不丢失。它的改写不需要专用编程设备，不需要编程高压，+5V 电压即可进行在线擦除和改写，使用很方便。NMC98C64A 是一个典型的 EEPROM 芯片。

（1）98C64A 的引线

NMC98C64A 是容量为 8K×8 位的 EEPROM 芯片，其引线如图 5-25 所示。

- A0～A12 为 13 根地址线，用于选择片内的 8K 个存储单元。
- D0～D7 为 8 根数据线。
- $\overline{CE}$ 为选片信号，低电平有效。
- $\overline{OE}$ 为输出允许信号。当 $\overline{CE}=0$，$\overline{OE}=0$，$\overline{WE}=1$ 时，数据读出。
- $\overline{WE}$ 是写允许信号。当 $\overline{CE}=0$，$\overline{CE}=1$，$\overline{WE}=0$ 时，数据写入存储单元。
- READY/$\overline{BUSY}$ 是状态输出端。98C64A 编程写入时，此管脚为低电平。写入结束后，此管脚变为高电平。在写入当前数据时，98C64A 不接收 CPU 送来的下一个数据。

（2）98C64A 的工作过程

98C64A 的工作方式包括三种：数据读出、编程写入和擦除。数据读出过程与从 RAM 中读出数据的过程一样，当 $\overline{CE}=0$，$\overline{OE}=0$，$\overline{WE}=1$ 时，可从选中的存储单元中读出数据。98C64A 的数据写入有两种方式：

① 字节写入。当 $\overline{CE}=0$，$\overline{OE}=1$ 时，在 $\overline{WE}$ 端加上 100ns 的负脉冲，便可以将数据写入指定的地址单元。一次写入一个字节的数据。98C64A 写入一个字节一般需要为 5ms，最大是 10ms。但写完一个字节之后不能立刻写下一个字节，而是要等到 READY/$\overline{BUSY}$ 端的状态由低电平变为高电平后，才能开始下一个字节的写入。

不同的芯片写入一个字节所需的时间略有不同，一般是几到几十毫秒。在对 EEPROM 编程时，可以通过查询 READY/$\overline{BUSY}$ 管脚的状态来判断是否写完一个字节，也可利用该管脚的状态产生中断通知 CPU。对于没有 READY/$\overline{BUSY}$ 信号的芯片，可用软件或硬件定时的方式保证数据的可靠写入。

② 自动页写入。页编程的基本思想是一次写一页，一页为 1～32 个字节。每写完一页判断一次 READY/$\overline{BUSY}$ 端的状态。其写入的过程是：首先向 98C64A 写入页的一个数据，并在此后的 300µs 内，连续写入本页的其他数据，再利用查询或中断检查 READY/$\overline{BUSY}$ 端的状态是否已变高，若变高，则表示这一页的数据已写结束。然后接着开始写下一页，直到将数据全部写完。利用此方法，对 8K×8bit 的 98C64A 来说，写满该芯片只需 2.6 秒。

③ 擦除。擦除和写入是同一种操作，向单元中写入"FFH"即为擦除。EEPROM 的特点是一次既可擦除一个字节，也可以擦除整个芯片的内容。擦除一个字节的过程与写入一个字节的过程完全相同。擦除所有单元的内容，可利用 EEPROM 的片擦除功能。在 D0～D7 上加上 FFH，使 $\overline{CE}=0$，$\overline{WE}=0$，并在 $\overline{OE}$ 引脚上加上 +15V 电压，使这种状态保持 10ms。就可将芯片所有单元擦除干净。

EEPROM 98C64A 具有写保护电路，加电和断电不会影响芯片的内容。写入的内容一般可保存 10 年以上。每一个存储单元允许擦除/编程上万次。

5. Flash

闪速存储器（flash memory），简称 Flash 或闪存。它与 EEPROM 类似，也是一种电擦写型 ROM。与 EEPROM 的主要区别是：EEPROM 按字节擦写，速度慢；闪存按块擦写，速度快，一般在 65～170ns 之间。Flash 芯片从结构上分为串行传输和并行传输两大类，串行 Flash 能节约空间和成本，但存储容量小，速度慢；并行 Flash 存储容量大，速度快。

Flash 是近年来发展非常快的一种新型半导体存储器。由于它具有在线电擦写，且擦写速度快，低功耗，大容量，低价位，低成本的优势，因此受到广大用户的青睐。在微机系统、嵌入式系统和智能仪器仪表等领域得到了广泛的应用。下面以 TMS287040 芯片为例简单介绍闪存的工作原理。

28F040 容量为 512K×8bit，分成 l6 个 32KB 的块，每一块均可独立进行擦除。28F040 有三种工作方式：读出、编程写入和擦除，通过向内部状态寄存器写入命令的方法控制芯片的工作方式，芯片所有的操作都要先向状态寄存器写入命令。要知道芯片当前的工作状态，需写入命令 70H，就可读出状态寄存器各位的状态了。

（1）读操作

读操作包括读出芯片中某个单元的内容、读内部状态寄存器的内容以及读出芯片内部的厂家及器件标记三种情况。如果要读某个存储单元的内容，要先写入命令 00H（或 FFH），芯片就处于只读存储单元的状态。

（2）编程写入

编程方式包括对芯片单元的写入和对其内部每个 32KB 块的软件保护。软件保护是用命令使芯片的某一块或某些块规定为写保护，也可置整片为写保护状态，这样可以使被保护的块不被写入新的内容或擦除。比如，向状态寄存器写入命令 0FH，再送上要保护块的地址，就可置规定的块为写保护。若写入命令 FFH，就置全片为写保护状态。

（3）擦除方式

28F040 可以一次擦除一个字节，也可以一次擦除整个芯片，或根据需要只擦除片内某些块，并可在擦除过程中暂停擦除。

对字节的擦除，实际上就是在字节编程写入。对整片擦除后各单元的内容均为 FFH，整片擦除最快只需 2.6s。但受保护的内容不被擦除。允许对 28F040 的某一块或某些块擦除，在擦除时，只要给出该块的任意一个地址即可。擦除一块的最短时间为 100 ms。

（4）闪存的应用

目前闪存主要用来构成存储卡，代替软磁盘。现在大量用于便携式计算机、数码相机、MP3 播放器等设备中。闪速 EEPROM 也用作内存，用于存放程序或不经常改变且对写入时间要求不高的场合，如微机的 BIOS、显卡的 BIOS 等。

5.4 高速缓冲存储器

影响计算机系统性能的因素有很多，CPU 与内存之间的存取速度是关键。现代微机系统中的内存多采用动态随机存储器 DRAM，集成度高、价格低。DRAM 靠电容存储信息，电容的充电时间很难缩短。因而，虽然多年来采取了多种技术提高 DRAM 的存取速度，但依然难以尽如人意。

静态随机存储器 SRAM，存取速度快，但集成度低，且价格高，不适宜代替 DRAM 在微机系统中大量应用。为了缓解 CPU 和内存之间存取速度的矛盾，在 CPU 和内存之

间插入一小块 SRAM，称为 Cache，将当前正在执行
的指令及相关联的后继指令集从内存读到 Cache，使
CPU 执行下一条指令时，从 Cache 中读取。如图 5-26
所示。Cache 的存在使 CPU 既可以以较快的速度读
取指令和数据，又不至于使微机的价格大幅提高。

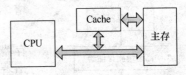

图 5-26　Cache 在微机系统中的位置

　　高速缓冲存储器的工作原理是基于程序和数据
访问的局部性。

　　通过对大量程序运行情况的分析表明，程序在运行期间，在一个较短的时间间隔内，
CPU 对内存的访问往往集中在存储器的一个很小的范围内。这是因为程序指令在内存中
是连续存放的，再加上程序结构中多采用循环程序、子程序，使得 CPU 对内存的访问具
有时间上集中分布的倾向。程序执行时使用的数据，也具有局部特性。由此，把一段时
间内一定范围里的信息成批地从主存读到一个存取速度高的小容量存储器 Cache 中，使
CPU 到 Cache 中读取后继的指令和数据，减少 CPU 访问主存的次数，从整体上提高 CPU
访问内存的速度。

　　Cache 和主存储器构成主存储系统。CPU 在读取指令和数据时，总是先在 Cache 中
寻找，若找到则读入，这称为命中；若找不到再到主存中寻找，这称为未命中。CPU 在
读取未命中的指令和数据时，把与其相关联的指令和数据一并读入 Cache 中，保证下次
命中；同时将现在在 Cache 中的指令和数据调出 Cache，存入主存中。所以 Cache 中的
信息总是在不断更新。

　　CPU 读取程序和数据时的命中率与 Cache 的容量大小有关，Cache 容量越大，命中
率越高，而且 Cache 和主存之间的信息交换次数也会减少。但 Cache 的容量也不可太大，
太大会影响微机的价格，而且 Cache 的命中率也不是与容量成正比。当 Cache 的容量大
到一定程度，命中率就不再随着容量的增加而明显的增长，所以 Cache 的容量与主存容
量应保持一定比例，使 CPU 保持较高的命中率，同时微机的成本没有大幅增加。一般情
况下，32M 的内存容量设置 256K 的 Cache，就可以使命中率在 90%以上。

　　Cache 的存在加快了 CPU 访问存储器的速度，但是增加了硬件的复杂度，而且 Cache
与内存之间的数据交换也增加了系统开销。所以 Cache 对系统整体性能的提高大约在
10%～20%之间。在 Pentium 微处理器系统中，采取了多级 Cache 的结构。一级 Cache
集成在 CPU 芯片内，分为两部分，指令 Cache 和数据 Cache，容量基本在 4KB 到 64KB
之间，二级 Cache 在 CPU 芯片之外，容量分为 128KB、256KB、512KB、1MB、2MB
等。二级 Cache 对计算机整体性能影响更大。

　　Cache 技术完全由硬件实现，对程序员来说，Cache 就像是不存在。

5.5　多级存储体系

　　现代微机系统中的存储器是一个多级存储体系，如图 5-27 所示，由通用寄存器、高
速缓冲存储器、主存储器和辅助存储器构成。图中从上至下存取速度递减，存储容量递

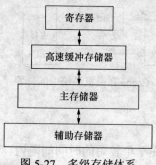

图 5-27　多级存储体系

增，每位存储成本依次降低。

通用寄存器在 CPU 内部，是 CPU 的基本构成。通用寄存器的数量有限，一般在几个到几百个之间，如 Pentium CPU 中有 8 个 32 位的通用寄存器。

高速缓冲存储器（Cache）在 CPU 和主存之间，也可以放在 CPU 内部。其作用是解决主存与 CPU 的速度匹配问题。Cache 一般是由高速 SRAM 组成，其速度要比主存高 1 到 2 个数量级。Cache 与主存构成微机的内存储系统，它既有接近于 Cache 的速度又有接近于主存的容量，并有接近于主存的价格。

含有 Cache 的内存储系统仅解决了 CPU 和主存之间的速度匹配问题，存储系统的容量仍受到内存容量的制约。因此，在多级存储体系中又增设了辅助存储器。随着操作系统和硬件技术的完善，主存与辅助存储器之间的信息传送可由操作系统中的存储管理部件和相应的硬件自动完成，最终构成超大容量的主存，并且具有辅存的价格，从而弥补了主存容量的不足。

练 习 题

1. 半导体存储器按照工作方式可分为哪两大类？它们的主要区别是什么？

2. 静态 RAM 和动态 RAM 的存储元的工作原理是什么？动态 RAM 为什么需要定时刷新？

3. 存储器的地址译码方法有哪两种方式？

4. 什么是位扩展？什么是字扩展？

5. 设计一个 4KB ROM 与 4KB RAM 组成的存储器系统，芯片分别选用 2716（2K×8）和 6116（2K×8），其地址范围分别为 4000H～4FFFH 和 6000H～6FFFH，CPU 地址空间为 64K，画出存储系统与 CPU 连接图。

6. 试利用全地址译码将 6264 芯片接到 8088 系统总线上，使其所占地址范围为 32000H～33FFFH。

7. 若采用 6264 芯片构成内存地址从 20000H～8BFFFH 的内存空间，需要多少片 6264 芯片？

8. 设某微型机的内存 RAM 区的容量为 128KB，若用 2164 芯片构成这样的存储器，需多少 2164 芯片？至少需多少根地址线？其中多少根用于片内寻址？多少根用于片选译码？

9. 高速缓冲存储器的工作原理是什么？为什么设置高速缓冲存储器？

10. 现有两片 6116 芯片，所占地址范围为 61000H～61FFFH，试将它们连接到 8088 系统中。并编写测试程序，向所有单元输入一个数据，然后再读出与之比较，若出错则显示"Wrong!"，全部正确则显示"OK!"。

第 6 章　输入/输出与中断技术

教学目的
- 了解输入输出系统的基本知识
- 了解系统总线与输入输出设备的连接方式
- 掌握简单设备接口的设计方法
- 了解中断的基本概念
- 了解中断的处理过程
- 熟悉 8088/8086 中断系统

6.1　I/O 接口概述

通常把处理器和主存储器之外的部分归为输入输出系统，包括输入输出设备，输入输出接口和输入输出软件。计算机运行的程序、处理的数据，需要通过输入设备输入，计算结果需要通过输出设备输出，输入输出设备是计算机的重要组成部分。接口（Interface）通常是指两个不同系统（或设备）的交接部分。微型计算机中的输入输出接口由硬件电路和控制软件组成。

输入输出设备也称为外部设备。计算机的外部设备种类繁多、类型复杂，常见设备如：键盘、鼠标、显示器、打印机、磁盘、摄像头、音箱等，这些设备有的是数字量，有的是模拟量，工作方式有机械的、电子的、机电的、磁电相结合的，它们的工作速度慢而且差异大，有一秒钟只能提供几个数据的传感器，也有每秒几百兆位的磁盘。因此，主机与外部设备之间要想协调工作，需要一个桥梁将外部设备的信息进行缓冲、定时和变换，这就是接口。接口是 CPU 与外部设备进行信息交换时，必需的一组逻辑电路及控制软件。如图 6-1 所示。

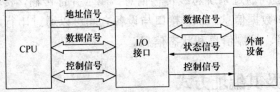

图 6-1　CPU 与外部设备之间的接口

1. I/O 接口功能

为了适应不同外部设备在不同速度、不同方式下协调工作的要求，接口应具有以下的功能：

（1）信号电平转换

外部设备多是复杂的机电设备，其信号电平多数与 TTL 或者 MOS 电路不兼容，需要接口来完成信号的电平转换。

（2）数据格式转换

计算机主机通过总线进行数据传输，一次可以传送 8、16、32 甚至 64 位二进制数据，为并行传输方式。外部设备常采用串行数据传输，一次传输一位二进制信息，这就需要接口完成串并转换，很多时候接口还要具有模拟量与数字量之间的转换能力。

（3）速度匹配

外部设备的工作速度往往远低于 CPU 的处理速度，CPU 发送的数据不能被外设及时读取，造成数据丢失。因此接口需要有数据锁存器或者一定容量的随机存取存储器作为数据缓冲区，暂存输入输出数据，缓解 CPU 和外部设备之间因速度差异造成的矛盾。

（4）数据传送

通过接口，CPU 可以从外部设备输入各种信息，也可以将处理结果输出到外设；CPU 可以控制接口的工作，也可以通过接口检测外设的工作状态。CPU 与外部设备交换数据，必须采用一定的控制方式进行。例如，CPU 发送数据时首先要确定外部设备能够接收；CPU 接收数据时首先要检测外部设备是否准备好数据。接口必须能够提供外部设备的状态信息，同时能够根据 CPU 的命令输出控制信号，对外设实施控制。

（5）寻址能力

与识别内存单元的方法一致，CPU 通过地址识别接口。一般一种接口会有一连续的地址区间，接口必须能对地址信号进行译码。

（6）错误检测功能

接口和设备间的数据传输经常受到干扰，导致信息出错，接口应具备一定的错误检测能力，对传输信息进行校验。

2．I/O 接口的分类

按数据传送方式分，有并行接口和串行接口两类。

● 　并行接口，一次传送一个字节或字的所有位。

● 　串行接口，一位一位地传送，接口内部必须有串—并转换部件。

CPU 与接口之间通过系统总线传输信息，属于并行传输，传输的信息有接口的地址信息、控制信息和数据信息。I/O 接口与设备之间可以通过串行和并行两种方式交换信息，包括数据信息、控制信息和状态信息。

6.2　I/O 端口及其编址方式

CPU 与外设进行数据传输，接口电路需要设置若干专用寄存器，缓冲输入输出数据，设定控制方式，保存输入输出状态信息，这些寄存器常称为端口。CPU 通过对端口分配地址识别它们，称为编址。

1. I/O 端口的概念

接口中可被 CPU 直接访问的专用寄存器称为端口。与管理内存的方法一样，CPU 给每个端口分配一个地址，称为端口地址或端口号，一个接口中的多个端口分配连续地址。

根据数据传输方向，端口可分为输入端口和输出端口。CPU 从输入端口输入数据时，要求外部设备事先将数据准备好，CPU 根据自己的需要读取数据，所以要求输入端口必须具有对数据的控制能力。若外设本身具有数据保持能力，通常可以仅用一个三态门缓冲器作为输入接口，三态门具有"通断"控制能力。CPU 从输出端口输出数据时，由于外设的速度慢，数据必须在输出端口保持一定的时间，使外设能够正确接收。所以输出接口应具备数据的保持能力，即锁存功能。输入端口和输出端口统称 I/O 端口。

根据端口传输的信息，端口可分为数据端口、状态端口和控制端口，用以传输数据信息、状态信息和控制信息。状态信息是由外设提供，CPU 适时读取，因此状态端口为输入端口；数据端口可以是输入端口、也可以是输出端口或者是既可以输入又可以输出的双向端口。

2. I/O 端口的编址方式

I/O 端口编址方式是计算机系统为 I/O 端口分配端口号的方式。常见的 I/O 编址方式有两种：与内存单元统一编址方式和独立编址方式。

（1）与内存单元统一编址方式

这种方式又称为存储器映射编址方式。它是将 I/O 端口作为内存的一部分，统一分配地址。通常在 CPU 的地址空间中划出一部分作为输入输出系统的端口地址范围，不能再作为内存地址使用。

这种方式的优点：访问 I/O 端口和访问内存单元一样，所以访问内存的指令都可以访问 I/O 端口，不用设置专门的 I/O 指令。利用数据传送指令就可以实现 CPU 与 I/O 端口的数据交换；用测试指令可以测试状态端口的数据，了解外设的状态，判断输入输出操作的执行情况。这种方式也不需要专用的 I/O 端口控制信号，简化了系统控制总线。

缺点：由于 I/O 端口地址占用了 CPU 地址空间的一部分，所以减少了内存地址空间。

（2）独立编址方式

I/O 端口独立编址方式又称单独编址方式，给外部设备分配专用的端口地址，提供专用的控制信号，使它们成为一个独立的 I/O 地址空间，与内存编址无关。例如，在 8088/8086 系统中，I/O 端口地址范围从 0000H～FFFFH，共 64K 的地址空间，使用地址总线中 A_0～A_{15}，有专用的输入输出控制信号 $\overline{IOR}$ 和 $\overline{IOW}$，和专用的输入输出指令 IN 和 OUT。

优点：不占用内存空间；输入输出地址线根数少，I/O 端口译码电路简单。

缺点：需要专用的 I/O 指令、专用控制线。

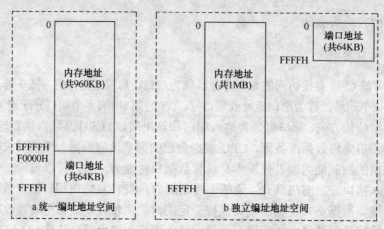

图 6-2　两种不同编址方式的地址空间

6.3　CPU 与外部设备之间的数据传送方式

主机与外设之间通过一定的控制方式进行信息交换，常用的控制的方式包括无条件传送方式、程序查询传送方式、中断传送方式、直接存储器存取（DMA）方式。

6.3.1　无条件传送方式

无条件传送方式又称为同步方式，适合简单外设的数据输入输出，例如开关、继电器、步进电机、发光二极管等。在这种方式下进行信息交换时，外设必须总是准备好的，随时可以接收数据，或随时可以提供数据，所以不必查询外设的状态。这种工作方式的优点是控制程序简单，软、硬件开销都少。

图 6-3 所示是无条件传送方式数据输入的示意图，外设的数据总是准备好的，CPU 随时可以读取，数据输入缓冲器作为设备的输入接口。图 6-4 所示是无条件传送方式数据输出的示意图。当 CPU 向设备发送数据时，数据输出锁存器将数据锁存在输出端口，以匹配慢速的外设。

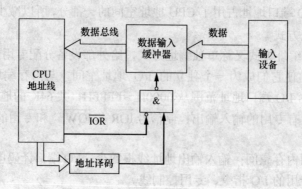

图 6-3　无条件传送数据输入示意图

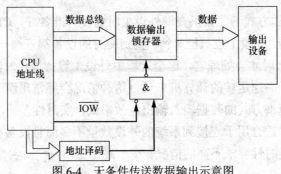

图 6-4　无条件传送数据输出示意图

6.3.2　程序查询传送方式

在实际的应用中，多数外部设备具有复杂的工作状态，CPU 与它们交换信息时，首先要查询设备目前的工作状态，当设备准备好，CPU 就与其交换信息，否则就等待，这种工作方式称为程序查询传送方式。采用这种方式交换信息，I/O 接口中有一个状态端口，CPU 通过读取状态端口的信息了解设备目前的状态。程序查询传送方式又称为条件传送方式。如图 6-5 所示，程序查询方式的工作过程为：

① 检查外设的状态，判断外设是否"准备好"。

② 若没有准备好，则继续查询其状态。

③ 外设已准备好，CPU 与外设进行数据传送。

在这种传送方式下，CPU 每传送一次数据，都要查询外设状态，外设工作速度慢，CPU 只好反复查询，或者延时等待，CPU 花费很多时间完成与外设的时序匹配，因此 CPU 的工作效率很低。

如果计算机系统中有多个外设采用程序查询方式输入输出数据，CPU 需要逐个查询外设状态。如图 6-6 所示，首先查询外设 1，如果它准备好就交换数据，否则查询外设

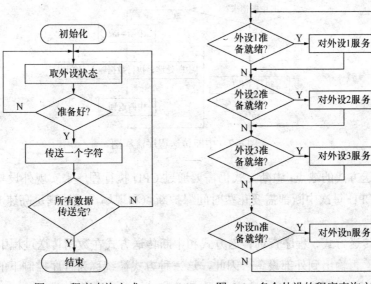

图 6-5　程序查询方式　　　　　　图 6-6　多个外设的程序查询方式

2，……。在这种工作方式下，如果查询外设 1 时它没有准备好，CPU 转去查询外设 2，这时外设 1 准备就绪，外设 1 也只能等待，直到所有的设备都查询一遍并且都处理结束，CPU 再次查询外设 1 时才会处理它，这个过程中外设 1 等待很长时间。虽然这是个比较极端的案例，但对于高速运转的计算机来说，这种情况会经常出现。所以，在有多个外设的环境中，程序查询方式的数据输入输出，效率低，实时性差。

程序查询方式，适合用于连接到系统的外设数量不多而且设备相对简单、慢速的且速度差异不大、对实时性要求不高的情况。

6.3.3　中断传送方式

程序查询方式的数据输入输出，CPU 要不断地查询外设的状态，浪费了 CPU 的大量时间，降低了 CPU 的利用率。为了解决这个矛盾，提出了中断传送方式。

当设备处于空闲状态或者外设数据准备好时，接口向 CPU 发出中断请求信号，CPU 收到申请后及时响应接口的中断请求，暂停执行主程序，转入执行 I/O 操作程序，即中断服务子程序，完成数据传输之后再返回到主程序继续执行。CPU 不再检测或查询外设的状态，这种数据传送方式称为中断方式。这种方式下，设备具有了主动反映其状态的能力，消除了程序查询方式的盲式测试。与程序查询方式相比，中断传送方式实时性好、节省 CPU 时间、外设具有申请服务的主动权，并且在一定程度上实现设备与 CPU 并行工作。

中断是一种异步机构，图 6-7 所示为中断传送程序流程图。

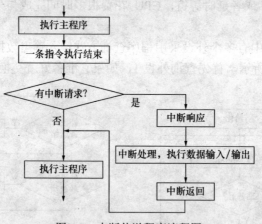

图 6-7　中断传送程序流程图

中断传送方式的缺点：中断方式仍需要通过 CPU 执行程序来实现外设与主机之间的信息传送；CPU 每次中断都需要花费时间保护断点和现场，无法满足高速 I/O 设备的速度要求。

无条件传送方式、程序查询传送方式和中断传送方式在数据传送过程中，CPU 从内存读出数据，再输出到外部设备，因此，这三种方式被统称为程序控制下的输入输出方式（Programmed input and output），简称 PIO 方式。

6.3.4 DMA 方式

直接存储器存取（Direct Memory Access）方式简称为 DMA 方式，是在内存储器和 I/O 设备之间建立数据通路，让 I/O 设备和内存通过该数据通路直接交换数据，不经过 CPU 的干预，实现内存与外设之间的快速数据传送。实现 DMA 方式需要专门的硬件装置 DMA 控制器（DMAC），它负责控制外设与内存之间的数据传输。

1. DMA 控制器的功能

DMA 控制器应具有以下功能：

① 当外设准备就绪，希望进行 DMA 操作时，会向 DMA 控制器发出 DMA 请求信号，DMA 控制器收到此信号后，应能向 CPU 发出总线请求信号。

② CPU 同意让出总线，放弃对总线的控制权，DMA 控制器应能对总线实施控制。

③ DMA 控制器应能向地址总线发送地址信号，能够生成读写控制信号。

④ DMA 控制器应能够控制数据传送的字节数。

⑤ DMA 过程结束时，能向 CPU 发出 DMA 结束信号，并将控制器权交还给 CPU。

2. DMAC 的工作过程

DMAC 的工作流程如下图 6-8 所示。

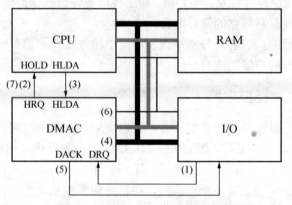

图 6-8　DMAC 的工作流程示意图

① 当外设准备好，可以进行 DMA 传送时，外设向 DMA 控制器发出 "DMA 传送请求" 信号（DRQ）。

② DMA 控制器收到请求后，向 CPU 发出 "总线请求" 信号 HOLD，表示希望占用总线。

③ CPU 在完成当前总线周期后会立即对 HOLD 信号进行响应。响应包括两个动作：一是 CPU 将数据总线、地址总线和相应的控制信号线均置为高阻态，由此放弃对总线的控制权；另一个是 CPU 向 DMA 控制器发出 "总线响应" 信号（HLDA）。

④ DMA 控制器收到 HLDA 信号后，就开始控制总线，并向外设发出 DMA 响应信号 DACK。

⑤ DMA 控制器送出地址信号和相应的控制信号，实现外设与内存或内存与内存之间的直接数据传送。

⑥ DMA 控制器自动修改地址和字节计数器，并判断是否需要重复传送操作。当规定的数据传送完后，DMA 控制器就撤销发往 CPU 的 HOLD 信号。CPU 检测到 HOLD 失效后，紧接着撤销 HLDA 信号，并在下一时钟周期重新开始控制总线。

6.4 简单接口电路的应用

微型计算机上所有部件都挂接在总线上，I/O 接口就是将外部设备挂接在总线上的一组逻辑电路的总称。接口电路结构包括：

1）和系统总线的连接部分；

2）和外设的连接部分；

3）信号转换电路；

4）上述三部分的控制逻辑。

由于外设输入输出数据和处理数据的时间比 CPU 长得多，造成接口的两端的数据传输速度上的不一致，接口要对两端的数据进行协调。当外设向 CPU 传输数据时，输入接口要在恰当的时间，把外设的数据放到数据总线上，因此要求输入接口要有对数据的"通断"控制能力；当 CPU 向外设发送数据时，输出接口要将数据保持到外部设备取走为止，因此要求输出接口要有对数据的锁存能力。

本节将围绕典型的接口芯片分别举例说明简单输入接口和简单输出接口与系统的连接方式，并分析接口的一般组成。

6.4.1 简单的输入接口电路

如果外设具有数据保持能力，如开关，可以仅用一片三态门缓冲器作输入接口，常用的芯片有 74LS244、74LS245。图 6-9 是 74LS244 的引脚及内部结构图。74LS244 含有

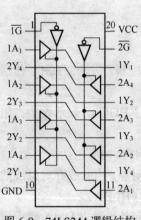

8 个三态门，有两个控制端：1G 和 2G，低电平有效，各控制 4 个三态门，通常将两个控制端连接在一起使用，可以同时控制 8 个三态门的通断。74LS244 的 A 端为数据输入端，Y 端为数据输出端，通过在控制端设置高低电平对数据的传输进行"通断"控制。当控制端为低电平时，数据从 A 端输入，Y 端输出；当控制端为高电平时，三态门呈高阻状态，A 端与 Y 端断开。利用三态门设计输入接口时要求输入设备具有数据保持能力。

图 6-10 是一个简单的输入接口电路，图中利用 74LS244 将 8 个开关挂接在系统总线上，74LS244 作为数据输入端口，8 个开关作为外部设备。74LS244 的 A 端接 8 个开关，Y 端依次接系统数据线 $D_0 \sim D_7$，系统地址总线中 $A_1 \sim A_{15}$ 和输入

图 6-9　74LS244 逻辑结构

输出读控制信号 $\overline{IOR}$ 经过译码电路译码后作为 74LS244 的控制信号。

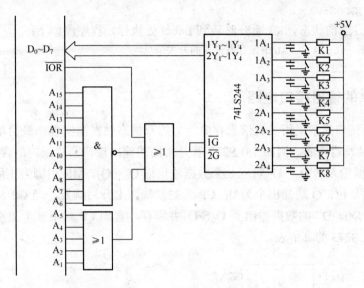

图 6-10 简单输入接口

【例 6-1】 分析图 6-10 所示的电路，说明输入端口的地址范围，编写程序判断 8 个开关的状态，如果 8 个开关都闭合执行 GOON 程序段，否则执行 NEXT 程序段。

解题分析：

图中的译码电路采用了部分地址译码方式，16 根 I/O 地址线中 A_0 未使用，由此确定这个输入端口的地址应该有两个，分别为 FFC0H 与 FFC1H。读取开关状态的程序段为：

```
MOV DX, 0FFC0H      ;将 16 位端口地址送入 DX 寄存器
IN  AL, DX          ;将开关状态存入 AL 寄存器中
```

或者：

```
MOV DX, 0FFC1H
IN  AL, DX
```

CPU 执行 IN 指令时，将 DX 中的 16 位地址送到地址线 $A_1 \sim A_{15}$ 上，同时 $\overline{IOR}$ 信号有效，随后 CPU 通过数据总线取走数据保存在累加器 AL 中。

开关的状态有两种：高电平和低电平。图 6-10 中，当开关闭合时，A 端为低电平，CPU 读入的数据位为 0；当开关断开时，A 端为高电平，CPU 读入的数据位为 1。当 8 个开关都闭合时，AL=0；当 8 个不全闭合时，AL≥0，通过测试 AL 中各个位的值可以了解各个开关的状态。

例 6-1 要求的程序段如下：

```
MOV DX, 0FFC1H
IN  AL, DX
TEST AL, 0FFH
   JZ GOON
   NEXT:   ...
      MOV AX, BX
```

```
        ADD  AX, CX
    GOON:  ...
```

● 测试 K3 的状态，K3 断开时转到 Label 处执行，程序段如下：

```
TEST  AL, 4  ;AL 中保存着读入的开关信息
JNZ   Label
```

6.4.2 简单的输出接口电路

数据输出接口通常采用具有信息存储能力的双稳态触发器实现。最简单的数据输出接口可用 D 触发器构成，例如 74LS273 就是常用的输出接口芯片，内部含有 8 位 D 锁存器，8 个数据输入端 $D_0 \sim D_7$ 对应 8 个数据输出端 $Q_0 \sim Q_7$，MR 引脚为主清除端，为低电平时，芯片复位，Q 端输出全为 0；CP 为触发端，上升沿触发，当 CP 从低电平到高电平跳变时，D0～D7 的数据输出到 $Q_0 \sim Q_7$ 并锁存，直到 CP 端下一个上沿信号出现。图 6-12 为 74LS273 的真值表。

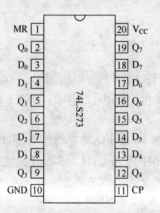

MR	CP	D_x	Qx
L	X	X	L
H	↑	H	H
H	↑	L	L

图 6-11　74LS273 引脚图　　　　图 6-12　74LS273 真值表

在实际应用中，常用 LED 数码显示器来显示各种数字或符号。八段 LED 显示器由 8 个发光二极管组成，如图 6-13 中（a）所示，7 个长条形的发光管排列成一个"8"字形，另一个圆点形的发光管在显示器的右下角。LED 显示器有两种，一种是 8 个发光二极管的负极连在一起，称为共阴极 LED 显示器，如图 6-13 中（b）所示；另一种是 8 个发光二极管的正极连在一起，称为共阳极 LED 显示器，如图 6-13 中（c）所示。共阳极显示器每个笔画段用低电平点亮，要求的驱动功率很小；而共阴极显示器笔画段用高电平点亮，要求的驱动功率较大。通常每个笔画段要串接一个数百欧姆的降压电阻。

共阳极和共阴极结构的 LED 显示器各笔划段的设置相同：hgfedcba，共 8 个笔划段，对应一个字节的 D7～D0。以共阴极 LED 显示器为例，数字 0123456789 的字形编码为 3FH,06H,5BH,4FH,66H,6DH,7DH,07H,7FH,6FH。共阳极 LED 显示器的字形编码为上述编码的各位取反。在表 6-1 中列出了共阴极与共阳极八段 LED 显示器的字形编码，小数点未点亮。

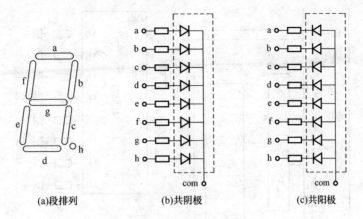

(a)段排列　　　　(b)共阴极　　　　(c)共阳极

图 6-13　八段 LED 显示器

表 6-1　八段 LED 显示字形代码表

字型	共阳极代码	共阴极代码	字型	共阳极代码	共阴极代码
0	C0H	3FH	9	90H	6FH
1	F9H	06H	A	88H	77H
2	A4H	5BH	b	83H	7CH
3	B0H	4FH	C	C6H	39H
4	99H	66H	d	A1H	5EH
5	92H	6DH	E	86H	79H
6	82H	7DH	F	8EH	71H
7	F8H	07H	灭	FFH	00H
8	80H	7FH			

【例 6-2】　如图 6-14 所示，74LS273 作为输出接口电路驱动一个共阴极 8 段 LED 显示器。请在 LED 显示器上循环显示数字 0～F。

从图中可以分析出，74LS273 的端口地址为 FE00H。$\overline{\text{IOW}}$ 与 $\overline{Y_0}$ 信号有一个为高电平时，CP 端为低电平；当 CPU 执行下面指令时：

```
OUT    DX, AL
```

$\overline{\text{IOW}}$ 与 $\overline{Y_0}$ 信号同时为低电平，CP 获得上跳沿信号，AL 中的数据锁存到 74LS273 的 Q 端，驱动 LED 显示器。

程序代码如下：

```
DSEG    SEGMENT
SEG8    DB 3FH,06H,5BH,4FH,66H,6DH,7DH,07H    ;显示字形编码表
        DB 6FH,77H,7CH,39H,5EH,79H,71H,00H
DSEG    ENDS
CSEG    SEGMENT
```

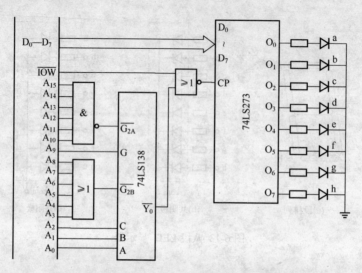

图 6-14　74LS273 做输出接口连接 8 段数码管

```
        ASSUME  DS: DSEG , CS:CSEG
        START:  MOV AX, DSEG
                MOV DS, AX
                LEA    BX, SEG8        ;取 8 段码显示字形表基地址
                MOV    DX, 0FE00H
        AA1:    MOV   SI, 0
        AA2:    MOV   AL, [BX+SI]      ;取显示字形码
                OUT   DX, AL
                CALL    DELAY  ;调用延时子程序
                INC     SI
                CMP    SI,16
                JZ     AA1
                JMP    AA2
                MOV   AH, 4CH
                INT  21H
        CSEG    ENDS
                END START
```

6.5　中断技术

中断是计算机系统中广泛使用的一项重要技术，它不仅用于数据传输、系统功能调用，还利用中断实现了分时处理、实时处理、故障处理。

中断，是指在程序执行过程中，出现某种紧急事件，CPU 暂停执行现行程序，转去执行处理该事件的程序——中断服务程序，执行完后再返回到被暂停的程序继续执行，这一过程称为中断。

引起中断的设备或事件称为中断源，计算机的中断源可能是某个硬件部件，也可能是软件。常见的中断源有：

- 由外围设备引起的中断：低速外围设备数据输入输出；DMA 方式数据传送；外围设备的启动和停止；
- 由 CPU 本身产生的中断：算术运算操作溢出、除数为零、数据校验错、非法数据格式等。
- 由存储器产生的中断：非法地址（包括地址越界、地址不存在、写 ROM 地址）、动态随机存储器（DRAM）刷新、主存储器页面失效、数据或地址校验错、访问主存储器超时错等。
- 由控制器产生的中断：非法指令、未定义的操作码、用户程序执行了特权指令、堆栈溢出、分时系统中时间片到、操作系统用户态与特权态的切换等。
- 由总线产生的中断：总线超时错误、总线故障错误等。
- 实时过程控制产生的中断：数据采样中断。
- 实时钟的定时中断；
- 程序指令引起的中断；
- 硬件故障中断；

在现代计算机系统中，中断源的数目很多，一般有几十个至几百个。通常将中断源笼统地分为两类：CPU 内产生的，称为内部中断；其他的称为外部中断。

内部中断包括：由 CPU 本身产生的中断、由控制器产生的中断、由程序员安排的中断指令引起的中断。

外部中断又根据中断事件的紧迫程度将中断源划分为可屏蔽中断和不可屏蔽中断。

可屏蔽中断是指可以延时处理的事件，例如打印机的输入输出中断请求，如果 CPU 正在处理更加紧急的事件，打印机的中断请求就会被暂时屏蔽。被屏蔽的中断请求保存在中断寄存器中，当屏蔽解除后，仍然能够得到响应和处理。

不可屏蔽中断是指事件异常紧急，必须马上处理，例如掉电、内存奇偶校验错引起的中断。

6.6 中断处理的基本过程

中断处理的基本过程包括中断请求、中断判优、中断响应、中断服务和中断返回。

6.6.1 中断请求

发生在 CPU 内部的中断，不需要中断请求，CPU 内部的中断控制逻辑直接接收处理。

外部中断请求由中断源提出。外部中断源利用 CPU 的两个中断输入引脚 INTR 和 NMI 输入中断请求信号。INTR 为可屏蔽中断请求输入引脚，NMI 为不可屏蔽中断请求输入引脚。打印机提出的中断请求应从 INTR 引脚输入，电源掉电中断信号应从 NMI 引脚输入。

可屏蔽中断请求信号一般为高电平。CPU 收到申请后检查标志寄存器中的中断允许标志位 IF，当 IF=1 时，CPU 接受中断请求；当 IF=0 时，CPU 不予响应，该请求被屏蔽。被屏蔽的中断源可以一直保持中断申请，直到 CPU 接收。不可屏蔽中断源的中断请求信号一般为边沿信号，上升沿或下降沿，CPU 必须立刻响应，否则信号丢失。CPU 在响应不可屏蔽中断时，不检查中断允许标志位 IF 的状态，所以，不可屏蔽中断不受中断允许标志位 IF 的控制。

6.6.2　中断判优

CPU 一次只能接受一个中断源的请求，当多个中断源同时向 CPU 提出中断请求时，CPU 必须找出中断优先级最高的中断源，这一过程称为中断判优。

中断判优可以采用硬件方法，也可采用软件方法。

1. 软件判优

软件判优也需要一定的电路支持，如图 6-15 所示。CPU 检测到中断请求后，响应中断进入中断服务程序，首先读取中断寄存器的内容，逐位检测它们的状态，检测到某一位为 1，就确定对应的中断源有中断请求，转去执行它的中断服务程序。先检测哪一个，哪一个的优先级就高，后检测哪一个，哪一个优先级就低，检测的顺序就是各中断源的优先级顺序。

图 6-15 中输入端口地址为 87FFH。

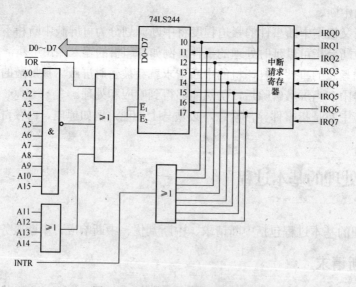

图 6-15　软件判优的电路原理图

查询程序：

```
MOV  DX, 87FFH
IN   AL, DX      ;读中断请求寄存器内容
RCR  AL, 1
JC   IR0         ;IRQ0 有请求，转 IR0
```

```
RCR    AL,1
JC     IR1           ;IRQ1 有请求，转 IR1
RCR    AL,1
JC     IR2           ;IRQ2 有请求，转 IR2
......
```

软件判优的硬件电路简单，优先权安排灵活，但软件判优所花的时间长，如果中断源很多，中断的实时性就很差。

2. 硬件判优

利用专门的硬件电路确定中断源的优先级，有两种常见的方式：菊花链判优电路和中断控制器判优。

（1）菊花链判优电路

基本设计思想：每个中断源都有一个中断逻辑电路，所有的中断逻辑电路连成一条链，如图 6-18 所示，形如菊花链。排在链前端的中断源优先级最高，越靠后的设备优先级越低。CPU 收到中断请求，如果允许中断，CPU 发出中断应答信号 INTA，INTA 信号首先到达菊花链的前端。从图中可以看出，如果中断源 1 提出了中断请求，它就会截获 INTA 信号，封锁它，使它不能向下一个中断源传送。不论下面的中断源有没有提出中断请求，都不可能接收到 INTA 信号，因此它们的中断请求不能被响应。截获了 INTA 信号的中断源，向 CPU 传送自己的识别码，常称为中断向量码。CPU 收到中断向量码，根据中断向量码找到中断服务程序的入口地址，响应中断。

从图 6-16 可以看出，优先级低的中断源不能封锁优先级高的中断源，所以，如果 CPU 正在执行某个中断服务程序时，又有优先级高的中断源提出中断请求，CPU 将接受该中断，暂停处理原有的中断，形成中断嵌套。

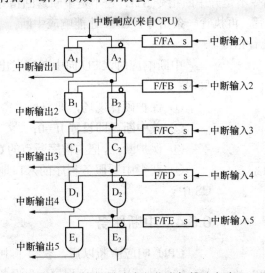

图 6-16　菊花链式中断优先权排队电路

（2）中断控制器判优

采用可编程的中断控制器芯片判优，如 Intel8259A。中断控制器中有一个中断优先级判别器,用来判别目前提出中断请求的中断源哪一个优先级最高。中断控制器中存有每一个中断源的中断向量码。

如图 6-17 所示,CPU 的 INTR 和#INTA 引脚不再与接口直接相连,而是与中断控制器相连,外设的中断请求信号通过 $IR_0 \sim IR_7$ 进入中断控制器。中断控制器向 CPU 发 INTR 请求信号,CPU 接受中断申请后发出#INTA 信号后,中断控制器将中断向量码送出。

中断控制器是可编程的智能芯片,可以很方便地设置中断源的中断优先级。

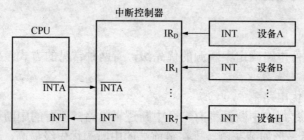

图 6-17　中断控制器的系统连接

6.6.3　中断响应

经过中断判优,中断处理就进入中断响应阶段。CPU 在每条指令的最后一个时钟周期检测中断请求信号,若为非屏蔽中断请求,则 CPU 执行完现行指令后,就立即响应中断。如果是可屏蔽中断请求,CPU 响应中断需要满足 4 个条件:

① CPU 处于开中断状态,即 IF=1;

② 当前没有发生复位、没有总线请求、没有内部中断、没有不可屏蔽中断;

③ 当前执行的指令不是开中断指令 STI,也不是中断返回指令 IRET。如果刚巧是,CPU 将它们执行结束后,再执行一条指令,CPU 才能响应中断;

④ CPU 执行完现行指令。

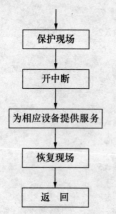

图 6-18　中断服务程序的
一般结构

中断响应时,CPU 向中断源发出中断响应信号 INTA,同时:

① 保护硬件现场,即将标志寄存器 FLAGS 入栈;

② 关中断,即设置 IF=0;

③ 保护断点,把主程序断点的 CS 和 IP 值压入堆栈;

④ 获得中断服务程序的入口地址,分别送入 IP 和 CS 中。

6.6.4　中断服务

CPU 响应中断以后,获得了中断服务程序的入口地址,转去执行中断服务程序,为设备服务。中断服务程序的一般结构如图 6-18 所示。

● 保护现场,是保存通用寄存器和状态寄存器的内容。在中断服务程序的起始部分安排若干条入栈指令,将各寄存器的内容压入堆栈保存。

- 开中断，开中断的目的是为了能实现中断的嵌套。在中断服务程序调用时可以允许级别更高的中断打断正在运行的低级别的中断服务程序。
- 中断服务，这是中断服务程序的主体部分，不同的中断源要求的中断服务不同。
- 恢复现场，这是中断服务程序的结尾部分，要求在退出服务程序前，将源程序中断时的"现场"恢复到原来的寄存器中。通常可用出栈指令将保存在堆栈中的信息送回到原来的寄存器中。恢复现场是与保护现场相对应，注意数据恢复的次序，避免混乱。
- 返回，使用中断返回指令 IRET，使其返回到原程序的断点处，继续执行原程序。

6.6.5　中断返回

在中断服务程序的最后一条语句 IRET 的功能就是中断返回的操作。中断返回操作是中断响应操作的逆过程，CPU 从堆栈中弹出 IP、CS 和 FLAGS，恢复被中断程序的基本信息，使被中断程序继续运行。

6.7　8086/8088 中断系统

8086/8088CPU 的中断系统具有很强的中断处理能力，可以处理 256 种中断。每种中断对应一个编号，范围 0～255，这个编号称为中断源的中断类型码或中断向量码。中断分为两类：内部中断和外部中断。外部中断又分为可屏蔽中断和不可屏蔽中断两类，如图 6-19 所示。

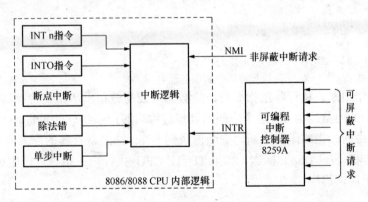

图 6-19　8088/8086 中断源类型

1. 外部中断

8086 CPU 芯片有 NMI 和 INTR 两个中断请求信号输入引脚，用来接收外部中断源产生的中断请求。

（1）不可屏蔽中断

不可屏蔽中断是指 CPU 一定要响应的中断。NMI 是不可屏蔽中断请求信号的输入端，采用边沿触发方式，优先级高于可屏蔽中断。不可屏蔽中断的编号为 2，代码在 CPU 芯片内部设置，CPU 不需要执行中断响应总线周期获取中断向量码，不发送中断响应信号 INTA，直接查中断向量表转去执行中断服务程序。不可屏蔽中断用于处理紧急事件，如存储器读/写出错、电源掉电等。

（2）可屏蔽中断

CPU 可以延时接受的中断请求为可屏蔽中断。INTR 是可屏蔽中断请求信号的输入端，采用电平触发方式，高电平有效。CPU 收到中断请求信号后，检测中断允许标志位 IF，若 IF=1，CPU 准备响应 INTR 请求；若 IF=0 时，CPU 屏蔽 INTR 请求。可屏蔽中断的优先级低于不可屏蔽中断。中断标志位 IF 可以用指令 STI 和 CLI 进行设置。

2. 内部中断

内部中断包括：由 CPU 本身产生的中断、由程序员安排的中断指令引起的中断。具体包括 INT n、INT3、INTO 指令引起的中断，除法错中断，单步操作引起的中断。

① CPU 执行 INT n 指令，产生中断向量码为 n 的中断。n 的取值范围 0～255。不管是内部中断还是外部中断都可以通过 INT n 指令调用其中断服务程序。

② CPU 执行 INT3 指令引起的中断，称为断点中断，中断向量码为 3。这是个单字节指令，代码为 0CCH。在调试程序时用这条指令设置断点。

③ CPU 执行 INTO 指令时，检测溢出标志位 OF，如果 OF=1，则产生中断向量码为 4 的中断。INTO 指令通常安排在算术运算指令之后，一旦产生溢出错误及时进行处理。若 OF=0，INTO 指令不起作用。

例如：

```
MOV  BL, 126
MOV  AL, 5
ADD  AL, BL    ;OF=1
INTO           ;执行溢出中断服务程序
```

④ 除法错中断。执行除法指令时，除数为 0 或商数超出了结果寄存器的取值范围，产生中断，中断向量码为 0。这个中断的处理过程一般由系统软件负责。

⑤ 单步中断，也叫陷阱中断，中断向量码为 1。标志寄存器的标志位 TF=1 产生的中断，TF 也叫陷阱（Trap）标志。如果 TF=1，CPU 执行一条指令后产生单步中断。单步中断常用于调试程序。

注意：

① 所有类型的中断，在中断响应阶段 CPU 会自动地把 FLAGS 压入堆栈，然后清除 TF 和 IF；

② 在 8086 中，没有专门设置 TF 清 0 或置 1 的指令，要使 TF 清 0 或置 1，需要通过执行一段程序实现。例如，通过执行下面的程序段，可以使 TF 标志置 1：

```
PUSHF           ;FLAG 压栈
POP  AX         ;FLAG 内容弹出到 AX
OR  AX, 0100H   ;使 AX 中对应 TF 的位置 1
```

```
    PUSH  AX
    POPF
```

执行下面程序段可以使 TF 标志清 0，禁止单步中断：

```
    PUSHF
    POP  AX
    AND  AX, 0FEFFH
    PUSH  AX
    POPF
```

3. 中断优先级与中断嵌套

8088/8086 系统的中断优先级如下：

除法错中断←INT n←INTO←不可屏蔽中断←可屏蔽中断←单步中断；

可屏蔽中断的优先级排队是由 8259A 实现的，由 8259A 的中断请求输入引脚的编号决定，IR0 上的中断请求优先级最高，IR7 上的中断请求优先级最低。

中断嵌套：CPU 暂时中断正在执行的中断服务程序，转去处理优先级更高的中断源，处理完以后，再返回到被中断的中断服务程序继续执行。中断嵌套使那些更紧急的优先级更高的中断源及时得到服务。

4. 中断向量和中断向量表

8086 为每个中断源分配了一个编号，称为中断类型码或中断向量码。

中断向量：中断服务程序的入口地址。

中断向量表：将中断向量按一定的规律排列成表。

8088/8086 系统可以处理 256 种中断，每个中断的中断服务程序的入口地址都包括两部分，段基址和偏移地址，因此，存放每个入口地址需要 4 个内存单元，256 种中断共需要 1K 个内存单元。

8088/8086 系统中的中断向量表位于内存低地址 00000～003FFH 的存储区内。从地址 00000H 开始，每相邻 4 个单元存放一个中断向量，其中前两个单元存放中断向量的偏移量 IP，后两个单元存放中断向量的段基址 CS。256 种中断按中断向量码从 0 到 255 的顺序依次存入中断向量表中。如图 6-20 所示。

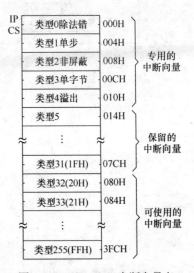

图 6-20 8088/8086 中断向量表

当 CPU 调用中断向量号为 n 的中断服务程序时，首先把 n 乘以 4，得到它位于中断向量表中的首地址 4n，然后把以 4n 为首地址的连续两个单元的内容装入 IP 寄存器，即 IP=（4n：4n+1）；再把（4n+2：4n+3）两个单元的内容装入 CS 寄存器，CPU 就转去执行 n 的中断服务程序。

DOS 系统中断的类型号为 21H，在中断向量表中的首地址：n×4=84H。

【**例 6-3**】 如中断类型号为 20H，则中断向量的存放首地址为 20H×4=80H，（设中断向量表中 0000：0080H～0000：0083H 的区域顺序存放着 10H,20H,00H,40H）。当系统响应 20H 号中断，从中断向量表中取出该中断服务程序的入口地址为：CS:IP=4000H:2010H。

5. 8086/8088CPU 的中断处理流程

8086 对内部中断和外部中断响应的过程是不同的，主要区别在于如何获取中断类型码。如图 6-21 所示。

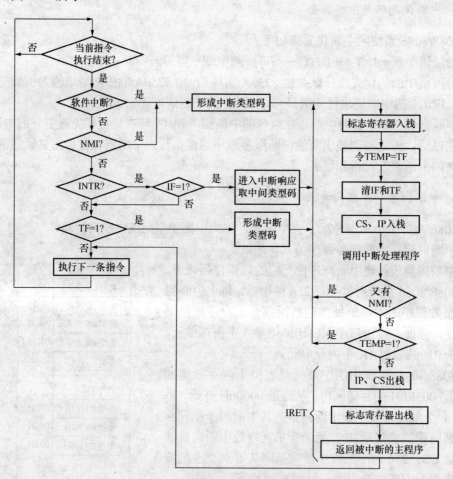

图 6-21　8088/8086 中断处理流程图

CPU 在每条指令的最后一个时钟周期检测有无中断请求，按照优先级顺序，检测到内部中断，自动形成中断类型码；如果检测到不可屏蔽中断请求，CPU 内部自动产生中断类型码；如果检测到可屏蔽中断请求，CPU 进一步测试 IF 标志位，如果 IF=1，CPU 就进入中断响应总线周期，从中断控制器获取中断类型码。

获得中断类型码之后，各种中断的处理过程相同：

① 将中断类型码放入暂存器保存；

② 将标志寄存器内容压入堆栈，以保护中断时的状态；

③ 将 IF 和 TF 标志清 0；

④ 保护断点，当前的 IP 和 CS 的内容入栈；

⑤ 根据中断类型码，在中断向量表中找出中断服务程序的入口地址，装入 IP 和 CS，转向中断服务程序；

⑥ 执行中断服务程序；

⑦ 中断返回。

6.8 可编程中断控制器 8259A

Intel 8259A 是 8086 微机系统的中断控制器件，它对外部中断源进行管理，并向 CPU 转达中断请求。

6.8.1 内部结构

8259A 的性能概述：

① 具有 8 级中断优先控制，通过级联可以扩展至 64 级优先权控制；

② 每一级中断都可以通过初始设置为允许或屏蔽状态；

③ 8259A 的工作方式，可以通过编程进行设置，使用灵活方便；

④ 8259A 采用 NMOS 制造工艺，只需要单一的+5V 电源。

1. 8259A 的内部逻辑

如图 6-22 所示，8259A 的内部逻辑由以下部分构成。

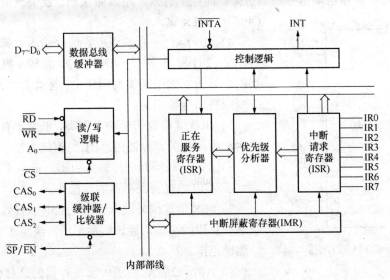

图 6-22 8259A 的内部逻辑结构

1）数据总线缓冲器，它是 8259A 与系统数据总线的接口，8 位双向三态缓冲器。CPU 与 8259A 之间的控制命令信息、状态信息以及中断类型信息，都通过该缓冲器传送。

2）读/写控制逻辑，CPU 通过它实现对 8259A 的读/写操作。

3）级连缓冲器，用以实现 8259A 芯片之间的级连，使得中断源可以由 8 级扩展至 64 级。

4）控制逻辑电路，对整个芯片内部各部件的工作进行协调和控制。

5）中断请求寄存器 IRR，8 位，用以分别保存 8 个中断请求信号，当相应的中断请求输入引脚有中断请求时，该寄存器的相应位置 1。

6）中断屏蔽寄存器 IMR，8 位，相应位用以对 8 个中断源的中断请求信号进行屏蔽控制。当其中某位置"0"时，则相应的中断请求可以向 CPU 提出；否则，相应的中断请求被屏蔽，即不允许向 CPU 提出中断请求。该寄存器的内容为 8259A 的操作命令字 OCW_1，可以由程序设置或改变。

7）正在服务寄存器 ISR，8 位，当 CPU 正在处理某个中断源的中断请求时，ISR 寄存器中的相应位置 1。

8）优先级分析器，用以比较正在处理的中断和刚刚进入的中断请求之间的优先级别，以决定是否产生多重中断或中断嵌套。

2. 8259A 的外部引脚

8259A 是具有 28 个引脚的集成电路芯片，如图 6-23 所示，这 28 个引脚分别是：

1）D_7-D_0，双向数据输入/输出引脚，用以与 CPU 进行信息交换。

2）IR7-IR0，8 级中断请求信号输入引脚，规定的优先级为 IR0＞IR1＞…＞IR7，当有多片 8259A 形成级联时，从片的 INT 与主片的 IRi 相连。

3）INT，中断请求信号输出引脚，高电平有效，用以向 CPU 发中断请求，应接在 CPU 的 INTR 输入端。

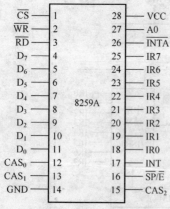

图 6-23　8259A 芯片引脚

4）#INTA，中断响应应答信号输入引脚，低电平有效，在 CPU 发出第二个#INTA 时，8259A 将其中最高级别的中断请求的中断类型码送出；应接在 CPU 的#INTA 中断应答信号输出端。

5）#RD 读控制信号输入引脚，低电平有效，实现对 8259A 内部有关寄存器内容的读操作。

6）#WR 写控制信号输入引脚，低电平有效，实现对 8259A 内部有关寄存器的写操作。

7）#CS 片选信号输入引脚，低电平有效，一般由系统地址总线的高位，经译码后形成，决定了 8259A 的端口地址范围。

8）A0，8259A 两组内部寄存器的选择信号输入引脚，决定 8259A 的端口地址。

A0=0　ICW1、OCW2、OCW3；

A0=1　ICW2～ICW4、OCW1

9）CAS2-CAS0，级联信号引脚，当 8259A 为主片时，为输出；否则为输入，与 #SP/#EN 信号配合，实现芯片的级连，这三个引脚信号的不同组合 000～111，刚好对应于 8 个从片。

10）#SP/#EN，为级联管理信号输入引脚，在非缓冲方式下，若 8259A 在系统中作从片使用，则#SP=0，否则#SP=1；在缓冲方式下，#EN 用作 8259A 外部数据总线缓冲器的启动信号。

11）+5V、GND，电源和接地引脚。

6.8.2　中断处理过程

8259A 的工作过程：

1）当有一条或若干条中断请求输入（IR7～IR0）有效时，则使中断请求寄存器的 IRR 的相应位置位。

2）若 CPU 处于开中断状态，则在当前指令执行完之后，响应中断，并且从#INTA 发应答信号（两个连续的#INTA 负脉冲）。

3）第一个#INTA 负脉冲到达时，IRR 的锁存功能失效，对于 IR7～IR0 上发来的中断请求信号不予理睬。

4）使正服务寄存器 ISR 的相应位置 1，以便为中断优先级比较器的工作做好准备。

5）使寄存器的相应位复位，即清除中断请求。

6）第二个#INTA 负脉冲到达时，将中断类型寄存器中的内容 ICW2，送到数据总线的 D_7～D_0 上，CPU 以此作为相应中断的类型码。

7）若 ICW4 中的中断结束位为 1，那么，第二个#INTA 负脉冲结束时，8259A 将 ISR 寄存器的相应位清零。否则，直至中断服务程序执行完毕，才能通过输出操作命令字 EOI，使该位复位。

6.8.3　工作方式

8259A 有多种工作方式，这些工作方式，可以通过编程设置或改变。下面，我们进行分类介绍。

1. 优先权的管理方式

（1）全嵌套方式

这是 8259A 默认的优先权设置方式，在全嵌套方式下，8259A 所管理的 8 级中断优先权是固定不变的，其中 IR0 的中断优先级最高，IR7 的中断优先级最低。

CPU 响应中断后，请求中断的中断源中，优先级最高的中断源，在中断服务寄存器 ISR 中的相应位置位，而且把它的中断矢量送至系统数据总线，在此中断源的中断服务完成之前，与它同级或优先级低的中断源的中断请求被屏蔽，只有优先级比它高的中断源的中断请求才是允许的，从而出现中断嵌套。

（2）特殊全嵌套方式

特殊全嵌套方式与全嵌套方式基本相同，所不同的是，当 CPU 处理某一级中断时，如果有同级中断请求，那么 CPU 也会作出响应，从而形成了对同一级中断的特殊嵌套。

特殊全嵌套方式通常应用在有 8259A 级联的系统中，在这种情况下，对主 8259A 编程时，通常使它工作在特殊全嵌套方式下。这样，一方面，CPU 对于优先级别较高的主片的中断输入是允许的，另一方面，CPU 对于来自同一从片的优先级别较高（但对于主片来讲，优先级别是相同的）的中断也是允许、能够响应的。

（3）优先级自动循环方式

在实际应用中，中断源优先级的情况是比较复杂的，要求 8 级中断的优先级在系统工作过程中，可以动态改变。即一个中断源的中断请求被响应之后，其优先级自动降为最低。系统启动时，8 级中断优先级默认为 IR7～IR0，这时，刚好 IR4 发出了中断请求，CPU 响应之后，若 8259A 工作在优先级自动循环方式下，则中断优先级自动变为 IR5、IR6、IR7、IR0、IR1、IR2、IR3、IR4。

（4）优先级特殊循环方式

优先级特殊循环方式与自动循环方式相比，只有一点不同，即初始化的优先级是由程序控制的，而不是默认的 IR7～IR0。

2. 中断源的屏蔽方式

CPU 对于 8259A 提出的中断请求，都可以加以屏蔽控制，屏蔽控制有下列几种方式：

（1）普通屏蔽方式

8259A 的每个中断请求输入，都要受到屏蔽寄存器中相应位的控制。若相应位为"1"，则中断请求不能送 CPU。屏蔽是通过对屏蔽寄存器 IMR 的编程（操作命令字 OCW1），来加以设置和改变的。

（2）特殊屏蔽方式

有些场合下，希望一个中断服务程序的运行过程中，能动态地改变系统中的中断优先级结构，即在中断处理的一部分，禁止低级中断，而在中断处理的另一部分，又能够允许低级中断，于是引入了对中断的特殊屏蔽方式。

设置了特殊屏蔽方式后，用 OCW1 对屏蔽寄存器中的某一位复位时，同时也会是正在服务寄存器 ISR 中的相应位复位，这样就不只屏蔽了正在处理的等级中断，而且真正开放了其他优先级别较低的中断请求。

特殊屏蔽是在中断处理程序中使用的，用了这种方式之后，尽管系统正在处理高级中断，但对外界来讲，只有同级中断被屏蔽，而允许其他任何级别的中断请求。

3. 结束中断处理的方式

按照对中断结束（复位中断响应寄存器 ISR 中相应位）的不同处理，8259A 有两种工作方式，即自动结束方式（AEI）和非自动结束方式。而非自动结束方式又可进一步分为一般的中断结束方式和特殊的中断结束方式。

（1）中断自动结束方式

这种方式仅适用于只有单片 8259A 的场合，在这种方式下，系统一旦响应中断，那么 CPU 在发第二个#INTA 脉冲时，就会使正在服务寄存器 ISR 中相应位复位，这样一来，虽然系统在进行中断处理，但对于 8259A 来讲，ISR 没有相应的指示，就像中断处理结束，返回主程序之后一样。CPU 可以再次响应任何级别的中断请求。

（2）一般的中断结束方式

一般的中断结束方式适用用在全嵌套的情况下，当 CPU 用输出指令向 8259A 发一般中断中断结束命令 OCW2 时，8259A 才会使正在服务寄存器 ISR 中优先级别最高的位复位。

（3）特殊的中断结束方式

在特殊全嵌套模式下，系统无法确定哪一级中断为最后相应和处理的中断，也就是说，CPU 无法确定当前所处理的是哪级中断，这时就要采用特殊的中断结束方式。

特殊的中断结束方式是指在 CPU 结束中断处理之后，向 8259A 发送一个特殊的 EOI 中断结束命令，这个特殊的中断结束 EOI 命令，明确指出了正在服务寄存器 ISR 中需要复位的位。

这里，我们还要指出一点，在级联方式下，一般不用自动中断结束方式，而需要用非自动结束中断方式，一个中断处理程序结束时，都必须发两个中断结束 EOI 命令，一个发往主片，一个发往从片。

4. 系统总线的连接方式

按照 8259A 与系统总线的连接方式来分，有下列两种方式：

（1）缓冲方式

在多片 8259A 级联的大系统中，8259A 通过外部总线驱动器和数据总线相连，这就是缓冲方式。在缓冲方式下，8259 的#SP 输出信号作为缓冲器的启动信号，用来启动总线驱动器，在 8259A 与 CPU 之间进行信息交换。

（2）非缓冲方式

当系统中只有一片或几片 8259A 芯片时，可以将数据总线直接与系统数据总线相连，这时 8259A 处于非缓冲方式下。

在这种方式下，8259A 的#EN 作为输入端设置，主片应接高电平，从片应接低电平。

5. 引入中断请求的方式

按照引入中断请求的方式，8259A 有下列几种工作方式：

（1）边沿触发方式

8259A 将中断请求输入端出现的上升沿，作为中断请求信号，上升沿后相应引脚，可以一直保持高电平。

（2）电平触发方式

8259A 将中断请求输入端出现的高电平作为中断请求信号，在这种方式下，必须注意：中断响应之后，高电平必须及时撤除，否则，在 CPU 响应中断，开中断之后，会引起第二次不应该有的中断。

（3）中断查询方式

当系统中的中断源很多，超过 64 个时，则可以使 8259A 工作在查询方式下，中断查询方式的特点是：

- 中断源仍往 8259A 发中断请求，但 8259A 却不使用 INT 信号向 CPU 发中断请求信号。
- CPU 内部的中断允许标志复位，所以 CPU 对 INT 引脚上出现的中断请求呈禁止状态。
- CPU 用软件查询的方法来确定中断源，从而实现对设备的中断服务，可见，中断查询方式，既有中断的特点，又有查询的特点，从外设的角度来看，是靠中断的方式来请求服务，但从 CPU 的角度来看，是用查询方式来确定发中断请求的中断源。

查询是通过 CPU 向 8259A 发查询命令来实现的，查询命令字由 OCW3 构成的，其格式如下：

$$D_7 \quad D_6 \quad D_5 \quad D_4 \quad D_3 \quad D_2 \quad D_1 \quad D_0$$
$$X \quad 0 \quad 0 \quad 0 \quad 1 \quad 1 \quad 0 \quad 0$$

其中 D2=1，是查询命令的特征位。

8259A 在接到 CPU 发来的上述格式的查询命令之后，立即组成状态字，等待 CPU 来读取，状态字的格式如下：

$$D_7 \quad D_6 \quad D_5 \quad D_4 \quad D_3 \quad D_2 \quad D_1 \quad D_0$$
$$I \quad X \quad X \quad X \quad X \quad W_2 \quad W_1 \quad W_0$$

若 I=0，则表示该 8259A 芯片没有中断请求，若 I=1，则表示有中断请求，W_2、W_1、W_0 即为本片中中断请求优先级别最高的中断源的编码。

6.8.4　控制字和初始化编程

在使用 8259A 之前，必须对其进行初始化编程，以规定它的各种工作方式，并明确其所处的硬件环境。

若 CPU 用一条输出指令向 8259A 的偶地址端口写入一个命令字，而且 D4=1，则被解释为初始化命令字 ICW1，输出 ICW1 启动了 8259A 的初始化操作，8259A 的内、外部自动产生下列操作：

① 边沿敏感电路复位，中断请求的上升沿有效。

② 中断屏蔽器 IMR 清零，即对所有的中断呈现允许状态。

③ 中断优先级自动按 IR0—IR7 排列。

④ 清除特殊屏蔽方式。

1. 8259A 的初始化命令字

8259A 的初始化编程，需要 CPU 向它输出一个 2～4 字节的初始化命令字，输出初始化命令字的流程如图 6-24 所示，其中 ICW1 和 ICW2 是必需的，而 ICW3 和 ICW4 需

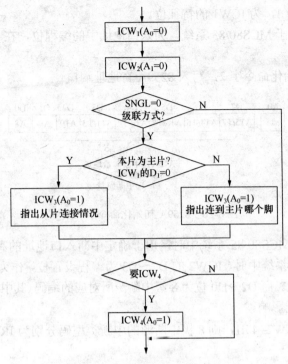

图 6-24　8259A 初始化流程图

根据具体的情况来加以选择。各初始化命令字的安排与作用分叙如下：

1）ICW1：初始化命令字 1，写入 8259A 偶地址端口，其各位的功能及含义如下：

① D0：IC4 位，用以决定是否跟 ICW4，若 D0=1，则说明必须输出 ICW4；若 D0=0，则说明不需输出 ICW4。若 ICW4 的各位都为 0，则说明不需要输出 ICW4。

② D1：SNGL 位，取决于 8259A 芯片是单片工作，还是多片级联工作。若 8259A 单片工作，则 D1=1；若 8259A 多片级联工作，则 D1=0。

③ D2：ADI 位，只用于 MCS80/85 系统中，规定 CALL 地址的间隔，在 8088/8086 系统中，该位无意义。

④ D3：LTIM 位，规定中断请求信号的引入方式。若 D3=1，则表示中断请求信号为高电平有效；若 D3=0，则表示中断请求信号为上升沿有效。

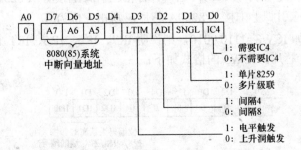

图 6-25　8259A 初始化命令字 ICW$_1$

⑤ D4：恒定为 1，为 ICW1 的特征位。

⑥ D5-7：应用于 MCS80/85 系统，为入口地址中的编程位，在 8088/8086 系统中，无意义。

2）ICW2：初始化命令字 2，写入 8259A 奇地址端口。

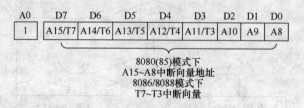

图 6-26　8259A\初始化命令字 ICW$_2$

当 8259A 用于 MCS80/85 系统中时，用于确定中断入口地址的高 8 位（A15-A8）；当 8259A 用于 8086 系统中时，ICW2 的 D7～D3 为编程设置位，作为本芯片所管理 8 级中断类型码的高 5 位。而 D2～D0 位为 8 级中断源所对应的编码(其中：000—IR0，111—IR7)编程设置对其无影响。

【例 6-4】　若 ICW2=45H，则 8 极中断源的中断类型码分别为 IR0 为 40H，…，IR7 为 47H。

3）ICW3：初始化命令字 3，写入相应 8259A 的奇地址端口。

ICW3 用于 8259A 的级连，8259A 最多允许有一片主片和 8 片从片级联，使能够管理的中断源可以扩充至 64 个。若系统中只有一片 8259A，则不用 ICW3，若由多片 8259A 级连，则主、从 8259A 芯片，都必须使用 ICW3。主、从 8259A 芯片中的 ICW3 的使用方式不同。

对于主 8259A 芯片，ICW$_3$ 的格式如下：

A0	D7	D6	D5	D4	D3	D2	D1	D0
1	S7	S6	S5	S4	S3	S2	S1	S0

1：相应的IR$_N$端接有从属8259
0：不接8259

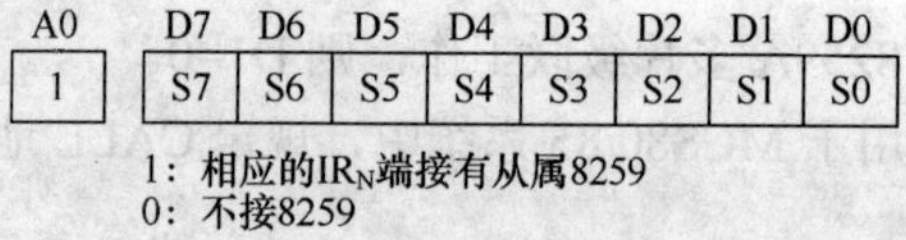

图 6-27　8259A\初始化命令字主片 ICW$_3$

其中每一位对应于一片从 8259A 芯片，若相应引脚上接有从 8259A 芯片，则相应位为 1；否则，若相应引脚上未接从 8259A 芯片，则相应位为 0。

【例 6-5】　例如 ICW3=1110 0010，则说明 IR7、IR6、IR5、IR1 上连有从片。

对于从 8259A 芯片，ICW3 的格式如下：

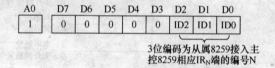

3位编码为从属8259接入主
控8259相应IR$_N$端的编号N

图 6-28　8259A\初始化命令字从片 ICW$_3$

从 8259A 芯片中的 ICW3，只用其中的低 3 来设置该芯片的标识符，高 5 位全为 0。在中断响应时，主 8259A 通过级连线 CS2～CS0，依次向各个从 8259A 芯片输送中断请求的源中，优先级最高的源所对应的标识符，每个从 8259A 拿到这个标识符之后，与自己在初始化编程时，由 ICW3 设置的标识符进行比较，当两者相符合时，则该从 8259A 芯片在第二个中断响应周期，向 CPU 提供由 ICW2 设置的 8 位中断类型码。

【例 6-6】　若本从片的 INT 接在主片的 IR1 引脚上，则 ICW3=0000 0001。

4）ICW4：初始化命令字 4，写入 8259A 奇地址端口，只有当 ICW1 中的 D0=1 时才需要设置，其各位的功能及含义如下：

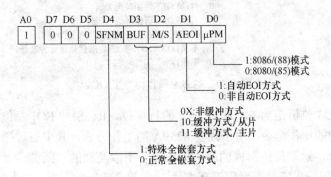

图 6-29　8259A\初始化命令字 ICW₄

① D0：μPM 位，取决于系统中所采用微处理器的类型，若系统中的微处理器为 MCS80/85，则 D0=0；反之，若系统中的微处理器为 8086，则 D0=1。

② D1：AEOI 位，规定结束中断的方式，若 D_1=1，则为自动中断结束方式；若 D_1=0，则需要用中断结束命令来结束中断。

③ D2：M/S 位，缓冲方式下使用，若 D2=1，则表示为主 8259A；若 D2=0，则表示为从 8259A。

④ D3：BUF 位，若 8259A 工作于缓冲方式，则 D3=1；否则，D3=0。

⑤ D3：SFNM 位：若 D4=1，则规定特殊的全嵌套模式；否则，若 D3=0 则规定普通的全嵌套模式。

⑥ D5-7：恒定为 000。

2. 8259A 的操作命令字

对 8259A 按照上述流程进行初始化编程之后，相应芯片就做好了接收中断的准备，若中断源发生了中断请求，则 8259A 按照初始化编程所规定的各种方式来处理这种请求。在 8259A 的工作期间，CPU 也可以通过操作命令字，实现对 8259A 的操作控制，或者改变工作方式，或者实时读取 8259A 中某些寄存器的内容。8259A 有三个操作命令字，我们分别讨论如下：

1）OCW1：中断屏蔽字，必须写入相应 8259A 芯片的奇地址端口，它的每一位，可以对相应的中断请求输入进行屏蔽，若 OCW1 的某一位为 1，则相应的中断请求输入被屏蔽；反之，则相应的中断请求输入呈现允许状态。

即若 Mi=1，则表示 8259A 对 IRi 的中断请求呈屏蔽状态；否则若 Mi=0，则表示 8259A 对 IRi 的中断请求呈允许状态。

2）OCW2：必须写入相应 8259A 芯片的偶地址端口，其格式如下：

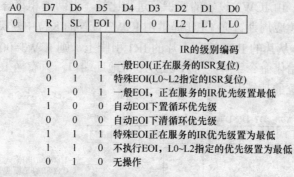

图 6-30　8259A\操作命令字 OCW$_2$

其中 D4、D3 位恒定为 0，是 OCW2 的特征位，R、SL、EOI 三位的不同组合，可以组成 7 种不同的操作命令，用于改变 8259A 的工作方式。其中三种操作命令字要用到 OCW2 的低三位，这三位所形成的编码指出操作所涉及到的中断源。

R：用于表示优先级是否采用循环方式；

SL：用于确定是否需要使用 L2、L1、L0 来明确中断源；

EOI：用于指示 OCW$_2$ 是否作为中断结束命令。

L2、L1、L0：当 SL=1 时，三位的编码用以指示 8 个中断源之一。

R、SL、EOI 共有 8 种不同的组合形式，其中有 7 种是相应的控制命令，分别介绍如下：

① 0、0、0：为取消自动 EOI 循环命令；

② 1、0、0：为设置自动 EOI 循环命令；

③ 0、0、1：为普通的 EOI 命令，它适用于完全嵌套方式，在中断服务程序结束时，用于清除 ISR 中最后被置位的相应位。显然，只有在 ICW4 中的 AEOI=0 时，才需要在中断服务子程序中向 8259A 发普通的 EOI 命令。

④ 0、1、1：为特殊的 EOI 命令，与普通的 EOI 命令的差别在于，它需要利用 L2、L1、L0 位明确指出 ISR 寄存器中需要被复位的位；

⑤ 1、0、1：为普通循环的 EOI 命令，它在中断服务程序结束时使用，它使已置位的 ISR 寄存器中优先级最高的那一位复位，同时赋予刚刚结束中断处理的中断源的中断优先级最低。

⑥ 1、1、1：为特殊的 EOI 循环命令，它一方面复位 ISR 寄存器中由 L2、L1、L0 位明确指出的那一位；另一方面，使 L2、L1、L0 位明确指出的那一个中断源的中断优先级最低。

⑦ 1、1、0：为置位优先权命令，它用以设置优先级特殊循环方式，即利用 L2、L1、L0 位明确指出中断优先级最低的中断源。

⑧ 0、1、0：非操作命令，无实际意义。

3）OCW3：必须写入相应 8259A 芯片的偶地址端口。其格式如下：

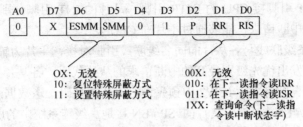

图 6-31 8259A\操作命令字 OCW$_3$

① D0：RIS 位，用以决定下一个读操作所对应的寄存器，若 D0=1，则下一个读操作读取中断服务寄存器 ISR 的内容；否则，读取中断请求寄存器 IRR 的内容。

② D1：RR 位，决定下一个操作是否读操作，若 D1=1，则下一个操作是读操作；否则，下一个操作不是读操作。

③ D2：P 位，用于 8259 的查询中断方式下，若 D2=1，表示为查询命令；否则，表示不是查询命令。

④ D3～D4：恒定为 10，是 OCW3 的特征位。

⑤ D5～D6：决定 8259A 是否为设置特殊屏蔽模式命令，若 D6、D5 为 11，则为设置特殊屏蔽模式命令；若 D6、D5 为 01，则为撤销特殊屏蔽模式、返回普通屏蔽模式命令；若 D6=0，则 D5 无意义。

⑥ D7：无关。

6.8.5 8259A 的级联

所谓级联，就是在微型计算机系统中，以 1 片 8259A 的 INT 引脚与 CPU 的 INTR 引脚相连，称为主片；再将最多 8 片 8259A 的 INT 引脚，分别与主 8259A 的 IR0-IR7 相连，称为从片。显然，在主-从式 8259 级联的微机系统中，系统能够管理的中断源可由 8 级扩展至 64 级。

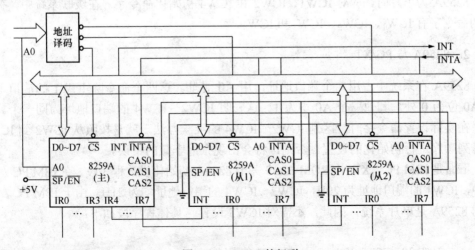

图 6-32 8259A 的级联

主-从式 8259 级联系统的连接，需要注意的要点如下：

1）主片的 INT 引脚接 CPU 的 INTR 引脚，从片的 INT 引脚分别主片的 IRi 引脚，使得由从片输入的中断请求，能够通过主片向 CPU 发出；

2）主片的 3 条级联线与各从片的同名级联线引脚对接，主片为输出，从片为输入。主片用以向各从片发出优先级别最高的中断请求的从片代码，各从片用该代码与本片的代码进行比较，符合则将本片 ICW2 中预先设定中断类型码，送数据总线。

3）主片的#SP/#EN 接+5v，从片的#SP/#EN 接地。级连系统中的所有 8259A 都必须进行各自独立的编程，作为主片的 8259A 必须设置为特殊的全嵌套方式，可以避免相同从片中，优先级较高的中断请求被屏蔽的情况发生。与一般的全嵌套方式相比，有两点需要注意：

① 当来自某个从设备的中断请求被响应之后，主片的优先权逻辑不封锁这个从片，从而可以使来自从设备的较高优先级的中断请求能被主片正常接受，并向 CPU 发出。

② 中断服务结束时，必须用软件来检查被服务的中断是否为该从片中，唯一的中断请求。为此，须先向从片发一个一般的中断结束命令，清除已完成服务的 ISR 中的相应位，然后，再读出 ISR 的内容，检查是否全 0，若为全 0，则向主片发一个中断结束命令，清除与从设备相应的 ISR 中的位；反之，则不向主片发中断结束命令，因为同一从片中还有其他中断请求正在处理。

6.8.6 8259A 应用举例

1. 初始化流程

初始化命令字共有四个 ICW1～ICW4，通常是在系统开始运行时，由程序写入到 8259A 的各个命令寄存器中，以保证在整个系统运行时，能够工作在所希望的状态中。

在四个命令字中，ICW1 和 ICW2 适合于任何需要使用 8259A 的系统，而 ICW3 和 ICW4 则是有选择地使用。

8259A 为单片时，应对 ICW1、ICW2 和 ICW4 初始化命令字。在级联系统中，初始化的命令字有 ICW_1、ICW_2、ICW_3 和 ICW_4。

2. 8259A 与 PC/XT

8259A 在系统中占用二个端口地址，用 A0 寻址。这四个命令除 ICW1 的端口地址的 A0 位为 0 外，其他三个 A0 均为 1。这表明 ICW2～ICW4 的端口地址为同一个。因此，在实际设置命令字时，区别 ICW2～ICW4 的唯一办法，就是按照从 ICW2 到 ICW4 的排列顺序进行初始化的设置。否则，将会出现张冠李戴的错误。

下面是 IBM PC / XT 中 ROM BIOS 关于 8259A 初始化设置程序段。在 IBM PC / XT 机中，ICW1 的端口地址为 20H，ICW2～ICW4 的端口地址均为 21H。由于 IBM PC / XT 中的 8259A 是单片系统，因此，不需对 ICW3 设置。具体程序段如下：

```
……
INTA00  EQU  20H      ; 8259A 的端口
```

```
INTA01  EQU  21H            ; 地址
......
MOV   AL,13H               ; 上升沿，单片，设置 ICW4
OUT   INTA00,AL            ; 写 ICW1
MOV   AL, 08H              ; 中断类型机智基值
OUT   INTA01, AL           ; 写 ICW2
MOV   AL, 09H              ; 全嵌套，带缓冲，非自动结束
OUT   INTA01, AL           ; 写 ICW4
......
```

在中断处理程序中，向 8259A 发出中断结束命令（普通 EOI 命令）的程序段为：

```
MOV AL, 20H
OUT 20H, AL
```

【例 6-7】　IBMPC 机中，只有一片 8259A，可接受外部 8 级中断。在 I/O 地址中，分配 8259A 的端口地址为 20H 和 21H，初始化为：边沿触发、缓冲连接、中断结束采用 EOI 命令、中断优先级采用完全嵌套方式，8 级中断源的中断类型分别为 08H—0FH，初始化程序为：

```
MOV DX, 20H
MOV AL, 00010011B
OUT DX, AL                 ; 写入 ICW1
MOV DX, 21H
MOV AL, 08H
OUT DX, AL                 ; 写入 ICW2
MOV AL, 00001101B
OUT DX, AL                 ; 写入 ICW4
XOR AL, AL
OUT DX, AL                 ; 写入 OCW1
......
STI
......
```

【例 6-8】　假定，初始化之后，8259A 工作于完全嵌套方式，要求对于 IR3 的中断级，能够允许任何级别的中断来中断其中断服务程序，即 8259A 按特殊屏蔽方式工作。因而在响应 IR3 而执行 IR3 的中断服务程序时，在 A 处，写入 OCW1 以屏蔽 IR3，然后写入 OCW3 使 ESMM=SMM=1，于是从 A 处开始，8259A 进而特殊屏蔽方式，此后继续执行 IR3 的中断服务程序。在中断服务结束之前，再向 8259A 写入 OCW3 使 ESMM=1，SMM=0，结束特殊屏蔽方式，返回到完全嵌套方式，接着写入 OCW1，撤销对 IR3 的屏蔽，最后写入 OCW2，向 8259A 发出 EOI 命令。此例，说明在 IR3 的中断服务程序的 A 处至 B 处，允许任何级别的中断源中断 IR3 的服务程序。（除本身之外）

```
......                      ; IR₃ 中断服务程序入口
STI                        ; 保护现场
......                      ; STI 开中断
MOV AL, 00001000B          ; 服务程序
```

```
        OUT  21H, AL                    ; 写入 OCW₁, 使 IM₃=1
        MOV  AL, 01101000B              ; 写入 OCW₃, 使 ESMM=SMM=1
        OUT  20H, AL                    ; OCW₃, 继续服务
        ……                             ; 写入 OCW₃, 使 ESMM=1, SMM=0
        MOV  AL, 01001000B              ; 写入 OCW₁, 使 IM₃=0
        OUT  20H, AL                    ; 写入 OCW₂, 普通的 EOI 命令
        MOV  AL, 00H                    ; 中断返回
        OUT  21H, AL                    ; OCW₁
        MOV  AL, 00100111B
        OUT  20H, AL                    ; OCW₃
        OUT  21H, AL                    ; OCW₃  EOI 命令
```

【例 6-9】 读 8259A 相关寄存器的内容。

设 8259A 的端口地址为 20H、21H，请读入 IRR、ISR、IMR 寄存器的内容，并相继保存在数据段 2000H 开始的内存单元中；若该 8259A 为主片，请用查询方式，查询哪个从片有中断请求。

```
        MOV  AL, xxx01010B              ; 发 OCW₃, 欲读取 IRR 的内容
        OUT  20H, AL
        IN   AL, 20H                    ; 读入并保存 IRR 的内容
        MOV  (2000H), AL
        MOV  AL,xxx01011B               ; 发 OCW₃, 欲读取 ISR 的内容
        OUT  20H, AL
        IN   AL, 20H                    ; 读入并保存 ISR 的内容
        MOV  (2001H), AL
        IN   AL, 21H                    ; 读入并保存 ISR 的内容
        MOV  (2002H), AL
        MOV  AL, xxx0110xB              ; 发 OCW₃, 欲查询是否有中断请求
        OUT  20H
        IN   AL, 20H                    ; 读入相应状态, 并判断最高位是否为 1
        TEST AL, 80H
        JZ   DONE
        AND  AL,07H                     ; 判断中断源的编码
        …………
        DONE: HLT
```

练 习 题

1. 什么是接口？其作用是什么？
2. 输入输出接口电路有哪些寄存器，各自的作用是什么？
3. 什么叫端口？I/O 端口的编址方式有哪几种？各有何特点？
4. CPU 和外设之间的数据传送方式有哪几种？无条件传送方式通常用在哪些场合？

5. 相对于程序查询传送方式，中断方式有什么优点？和 DMA 方式比较，中断传送方式又有什么不足之处？

6. 为什么 74LS244 只能作为输入接口？为什么 74LS273 只能作为输出接口？

7. 利用 74LS244 作为输入接口（端口号为 C8H）连接 4 个开关 $K_0 \sim K_3$（开关断开时对应输入的二进制位为 0），利用 74LS273 作为输出接口（端口号为 2710H）连接一个 8 段 LED 显示器，完成下列要求：

（1）利用 74LS138 译码器设计地址译码电路，画出芯片与 8088 系统总线的连接图。

（2）编写程序段，实现功能：读入 4 个开关的状态，对开关的状态进行编码，即 4 个开关的 16 种状态要用 16 个数字表示出来。如开关都断开时对应编码为 0，开关都闭合时对应编码为 FH，开关 K_0 闭合但 $K_1 \sim K_3$ 都断开时对应编码为 1，以此类推。（编码信息直接保存在 AL 中）

（3）编写程序段，实现功能：将（2）中编码的开关状态在 8 段 LED 显示器上显示出来，如开关的编码信息为 0 时，8 段 LED 显示器上显示 0，当开关状态改变为 FH 时，8 段 LED 显示器上显示 F，以此类推。

8. 什么是中断？常见的中断源有哪几类？CPU 响应中断的条件是什么？

9. 简述微机系统的中断处理过程。

10. 软件中断和硬件中断有何特点？两者的主要区别是什么？

11. 中断优先级的排队有哪些方法？采用软件优先级排队和硬件优先级排队各有什么特点？

12. 8086 的中断分哪两大类？各自有什么特点？中断矢量和中断矢量表的含义是什么？8086 一共可处理多少级中断？

13. 简述 8086 的中断类型，非屏蔽中断和可屏蔽中断有哪些不同之处？CPU 通过什么响应条件来处理这两种不同的中断？

14. 已知 8086 系统中采用单片 8259A 来控制中断，中断类型码为 20H，中断源请求线与 8259A 的 IR4 相连，计算中断向量表的入口地址。如果中断服务程序入口地址为 2A310H，则对应该中断源的中断向量表的内容是什么？

15. 已知对应于中断类型码为 18H 的中断服务程序存放在 0020H：6314H 开始的内存区域中，求对应于 18H 类型码的中断向量存放位置和内容。

16. 在编写程序时，为什么通常总要用 STI 和 CLI 中断指令来设置中断允许标志？8259A 的中断屏蔽寄存器 IMR 和中断允许标志 IF 有什么区别？

17. 8259A 对中断优先权的管理和对中断结束的管理有几种处理的方式？各自应用在什么场合？

18. 8259A 仅有两个端口地址，它们如何识别 ICW 命令和 OCW 命令？

19. 在两片 8259A 级联的中断系统中，主片的 IR_6 接从片的中断请求输出，请写出初始化主片、从片时，相应的 ICW_3 的格式。

20. 已知 8086 系统采用单片 8259A，中断请求信号使用电平触发方式，完全嵌套中断优先级，数据总线无缓冲，采用自动中断结束方式，中断类型码为 20H～27H，8259A 的端口地址为 B0H 和 B1H，试编程对 8259A 设定初始化命令字。

第 7 章　可编程接口芯片

教学目的

- 掌握 8253 定时器控制器的用法
- 掌握 8255 并行接口芯片的用法
- 了解并行通信和串行通信的基本知识
- 掌握 8251 串行通信接口芯片的用法

7.1　可编程定时/计数器 8253

在实际应用中，经常需要实时时钟实现定时或延时控制、统计计数等，如日历时钟、计算机系统中动态随机存储器的定时刷新、测控系统中的定时采样和控制等，可以采用软件定时，也可以硬件定时。软件定时是利用 CPU 执行一段没有实际功能的程序段，空耗 CPU 时间达到延时的目的。这种方法定时不精确。硬件定时可以自行搭建电路，如用 555 芯片和 R、C 电路构成单稳延时电路。这种方式若要修改延时时间，则必须改变电路参数（如 R 值或 C 值），调整起来很不方便，且精度不高。目前硬件定时常采用可编程定时控制器，如可编程定时/控制器芯片 8253，实现定时或计数，它与 CPU 并行工作，通过编程可以灵活方便地设定定时或计数值。

所谓定时就是指通过对脉冲信号计数，如果是对周期恒定的脉冲信号计数，计数值就恒定地对应于一定的时间，即为定时；如果计数的脉冲信号周期不稳或不确定，即为计数。

在数字电路中，把定时器、计数器看作是同一种电路。这种电路每接到一个脉冲输入，就使自己的状态改变一次。对脉冲进行计数的电路称为计数器。以时钟信号作为计数脉冲的计数器，可以用作定时器，时钟信号是它的时间基准。

定时器/计数器从计数方式上可以分为加法计数器和减法计数器。每收到一个输入脉冲就加 1，加到预先设定的计数值时，产生一个定时信号，这种定时器/计数器称为加法计数器。每收到一个输入脉冲就减 1，预先设定的计数值减为 0 时，产生一个定时信号，这种定时器/计数器称为减法计数器。可编程定时器/计数器芯片 8253 是一个减法计数器。

7.1.1　8253 的功能结构

Intel8253 是 Intel 公司生产的一种外围电路芯片，它可以通过编程设定不同的工作方式，满足各种不同的时间需求。

8253 含有三个功能完全独立的 16 位减法计数器。每个计数器的内部结构完全相同，都含有一个 16 位的计数初值寄存器、一个计数执行单元和一个输出锁存器，计数执行单元在脉冲的下降沿计数。每个计数器都有一个脉冲信号输入端 CLK、门控信号输入端 GATE 和一个脉冲信号输出端 OUT。每个计数器可以采用二进制计数，也可以采用十进制计数（BCD 码）。可以通过门控信号控制计数器启动、停止或复位，当计数值减到零时，输出端发出特定信号。8253 的基本功能总结如下：

- 8253 芯片含有 3 个完全独立的 16 位减法计数器；
- 每个计数器都可以按照二进制或十进制（BCD 码）进行计数；
- 每个计数器的最大计数频率 2MHz；
- 每个计数器有 6 种工作方式，可以通过编程设定；
- 所有的输入、输出电平都与 TTL 电平兼容。

1．8253 的外部引脚及功能

8253 芯片具有 24 个引脚，双列直插式封装，单一+5V 电源。如图 7-1 所示，各个引脚的功能如下：

- $D_0 \sim D_7$：8 位双向三态数据线引脚，可与系统的数据线直接连接，传送计数值、控制字信息。
- $\overline{RD}$：读控制信号，低电平有效。
- $\overline{WR}$：写控制信号，低电平有效。
- $\overline{CS}$：片选信号，低电平有效。
- A_1、A_0：地址信号，用以选择 8253 芯片内的端口寄存器。8253 芯片有 4 个端口寄存器：

A_1	A_0	
0	0	计数器 0
0	1	计数器 1
1	0	计数器 2
1	1	控制寄存器

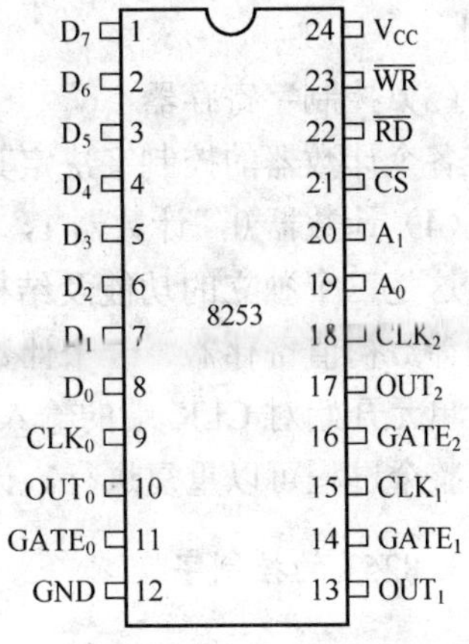

图 7-1　8253 的外部引线

- CLK_0、CLK_1、CLK_2：各计数器的计数脉冲输入或定时时钟信号输入引脚，是定时器的时间基准，要求时钟信号的频率很精确。
- $GATE_0$、$GATE_1$、$GATE_2$：各计数器的门控信号输入引脚，控制计数器的启动与停止。
- OUT_0、OUT_1、OUT_2：定时器时间到或计数停止时的信号输出引脚。

2．8253 的内部结构

8253 的内部结构如图 7-2 所示，主要包括以下几部分：

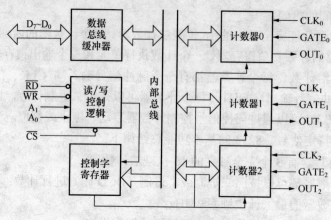

图 7-2　8253 的内部结构框图

（1）数据总线缓冲器

实现 8253 与 CPU 数据总线连接的 8 位双向三态缓冲器，用以传送控制信息、数据信息。

（2）读/写控制逻辑

接收 CPU 发来的地址信号、控制信号，与片选信号一起对 8253 的读/写操作进行控制。

（3）控制字寄存器

各个计数器的控制字决定其工作方式，控制字寄存器只能写入不能读出。

（4）计数器 0，计数器 1，计数器 2

这是三个独立的功能及结构完全相同的定时器/计数器。每个计数器都含有一个 16 位的计数初值寄存器、一个计数执行单元和一个输出锁存器。当置入计数初值后，计数执行单元开始对 CLK 端的输入脉冲进行减 1 计数，减到 0 时，OUT 端输出一个脉冲信号，整个过程可以重复进行。计数初值也叫时间常数。

3. 8253 的控制字

8253 的有 6 种计数方式，可采用两种数制计数，16 位计数初值可以采用 3 种方法写入，这些都由控制字控制。所以，在使用 8253 之前，必须向 8253 控制寄存器写入控制字，通常也把控制字称为方式控制字。在计数器计数过程中，如果要读取计数器的当前值，也需要先向 8253 写一个适当的控制字，再进行读/写操作。在计数器计数过程中，可以修改计数值。8253 控制字的含义如图 7-3 所示。

说明：CPU 与 8253 之间的一次只能交换一个字节，8253 的计数初值可以是 16 位的数据，因此，D_5D_4 用于选择计数初值的写入方法。当 $D_5D_4=00$ 时，用于 CPU 读取计数值。当 8253 收到的控制字 $D_5D_4=00$ 时，计数器的当前值就被锁存到一个 16 位的输出锁存器中，此时计数器照常计数，但锁存器的值不再变化，待 CPU 将锁存器中的两个字节值读走后，锁存器的内容又随计数器变化。

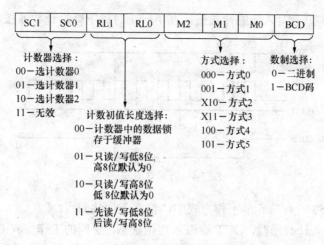

图 7-3　8253 控制字

D_0：计数数制选择。$D_0=0$ 时，二进制计数，计数范围 0000～65536，0 为最大计数初值；当 $D_0=1$ 时，十进制计数，计数初值以 BCD 码的形式写入，计数范围 0000～10000，0 为最大计数初值。

【例 7-1】　8253 控制字举例。

设 8253 的端口地址为：40H～43H，设置计数器 0 工作在方式 0，二进制计数，计数初值 1000。则控制字为：00110000B。

设置计数器 1 的工作方式 2，二进制计数，计数初值 800，则控制字为：01110100B。

7.1.2　8253 的工作方式

8253 计数器有 6 种工作方式。在不同的工作方式下，计数的启动过程不同，OUT 端的输出波形不同，计数结束后能不能自动重复计数、GATE 的控制作用以及更新计数初值的影响也不完全相同。同一芯片的三个计数器，可以通过编程分别选择不同的工作方式。

计数器可以通过 CPU 执行指令启动工作，称为软启动；也可以由 GATE 端的外部信号启动，称为硬启动。方式 0、2、3、4 采用软启动，1、2、3、5 采用硬启动。方式 2、3 两种启动方式都可用，硬启动采用门控信号的上升沿触发。

1. 方式 0——计数结束中断

这是一种软件启动，不能自动重复的计数方式。写入方式 0 控制字 CW（Control Word）后，其输出端 OUT 立即变低，写入计数初值后的第一个 CLK 下降沿，计数初值进入计数执行单元，从下一个 CLK 下降沿开始计数。计数其间 OUT 端输出一直保持低电平，当计数值减为 0 时，OUT 端变为高电平，并且一直保持到重新计数。此信号常用作中断请求信号。在方式 0 下计数初值为 4 的波形如图 7-4 所示。

在计数过程中，GATE 端保持高电平，GATE=0 则暂停计数，待 GATE=1 后，从暂停时的计数值开始继续计数。

在计数过程中，若写入新的计数值，在下一个时钟下降沿计数器按新值开始计数。

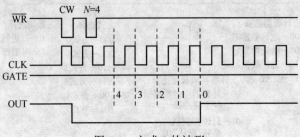

图 7-4　方式 0 的波形

注意，在 8253 所有的 6 个工作方式中，都有下列共同点：

1）控制字写入计数器时，OUT 端进入初始状态，不同的工作方式 OUT 端初始状态不一定相同。

2）计数初值写入计数器之后，暂存在初值寄存器中，要经过一个时钟周期的上升沿和下降沿，计数初值才进入计数执行单元，开始计数。

3）通常在每个时钟脉冲的上升沿，采样门控信号 GATE。不同的工作方式下，门控信号的作用不同。

4）在时钟脉冲的下降沿，计数器减 1。

2. 方式 1——可重复触发的单脉冲发生器

这是一种硬件启动，不自动重复的计数方式。在写入方式 1 的控制字后，OUT 端输出高电平，写入计数初值并不启动计数过程，需要等待 GATE 信号出现上升沿才启动计数。一旦启动计数过程 OUT 端立即输出低电平，直至计数器减到零才输出高电平，其低电平的时间为计数初值 N 乘以 CLK 的周期 T_{CLK}。即方式 1 中 OUT 端产生一个宽度为 $N \times T_{CLK}$ 的负脉冲。

计数过程一旦启动，GATE 即使变成低电平也不影响计数过程。一次计数结束后，若 GATE 再来一个上升沿，计数过程就重复一次。如图 7-5 所示。

如果计数过程启动之后，GATE 端又产生上升沿，则计数过程重新从初值开始，OUT 端的低电平不变，两次的计数合在一起，输出的负脉冲宽度加宽了。在计数过程中若写入新的计数初值，则新的计数初值只是写到初值寄存器中，并不马上影响当前计数过程，要等到下一个有效的 GATE 启动信号，计数器才接收新的计数初值工作。

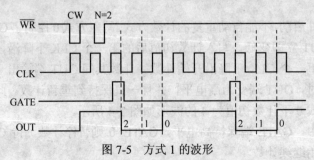

图 7-5　方式 1 的波形

3. 方式2——频率发生器

这是一种既可用软件启动、也可用硬件启动、自动重复计数的计数方式。若 GATE=1，则写入计数初值 N 后启动计数；若 GATE=0 为低电平，则 GATE 信号由低变高时启动计数。计数器一旦起动，将自动重复，在 OUT 端输出连续的脉冲信号。

写入控制字后，OUT 端变高电平，如果这时 GATE=1，则写入计数初值后，计数器开始计数；当计数值减到 1 时，OUT 端降为低电平，再经过一个 CLK 信号，计数器减为 0，OUT 端输出高电平。紧接着计数器自动从初值开始新一轮计数，因此 OUT 端在每 N 个 CLK 信号中输出一个宽度等于 1 个 CLK 周期的负脉冲。如图 7-6 所示。

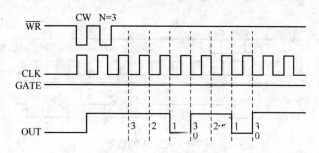

图 7-6 方式 2 的波形

其脉冲周期为：$T_{OUT}=N \times T_{CLK}$

脉冲频率：$F_{OUT} = F_{CLK}/N$

输出脉冲频率是输入脉冲频率的 1/N，因此，N 也常称为分频系数。

在计数过程中 GATE 信号应该保持为高电平，若 GATE=0，则计数中止，在 GATE 变为高电平后，计数器又被置入初值重新计数。在计数过程中，若写入新的计数初值，也只是写入初值寄存器中，不影响当前计数过程。本次计数结束后，下一周期开始时使用新的初值。

【例 7-2】 设 8253 的端口地址为：40H～43H，用计数器 2 作频率发生器，二进制计数，输入脉冲信号为 2M，计数初值为 800，输出脉冲信号的频率是多少？编程初始化计数器。

控制字为：10110100B=0B4H

输出脉冲信号的频率为：$F_{OUT}=F_{CLK}/N=2 \times 10^6/800=2500Hz$

初始化程序：

```
MOV AL, 0B4H
OUT 43H, AL      ;控制字送入控制寄存器
MOV AX, 800
OUT 42H, AL      ;计数初值低 8 位送入计数器 2
MOV AL, AH
OUT 42H, AL      ;计数初值高 8 位送入计数器 2，计数器启动
```

4. 方式 3——方波发生器

方式 3 也有两种启动方式,也能自动重复计数,但其 OUT 端输出的波形不是负脉冲,而是方波,如图 7-7 所示。在写入控制字后,计数器 OUT 端立即变高电平,如果 GATE 信号为高,在写入计数初值 N 后,开始计数。当计数值减到 N/2 时,OUT 端变低,计数器继续计数直到减为 0,OUT 端又变回到高电平。因此 OUT 端输出一个周期为 N 个 CLK 信号的方波。紧接着计数器自动从初值开始新一轮计数,于是在 OUT 端得到连续的方波信号,如果 N 为奇数,计数值减到（N+1）/2 时,OUT 端变为低电平,计数器继续减完余下的（N-1）/2,OUT 端回到高电平;如此自动重复,在 OUT 端产生周期为 $N×T_{CLK}$ 的方波。

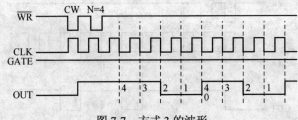

图 7-7　方式 3 的波形

在写入计数初值时,如果 GATE 为低电平,计数器不开始计数,等到 GATE 变高后才启动计数。在计数过程中,应保持 GATE=1。若 GATE=0,不仅中止计数,而且 OUT 端马上变高。再到恢复 GATE=1 时,计数器从头开始计数。

在计数过程中对计数器写入新的计数初值,如果此时 GATE=1,当前的计数过程不受影响,从下一个计数周期开始按新的初值开始计数。如果 GATE=0 时写入新的计数初值,则在门控信号 GATE 有效后,按新的初值开始计数。

【例 7-3】　设 8253 的端口地址为：FCF8H～FCFFH,利用计数器 1 作方波发生器,给定 CLK1 为 2MHz,要求产生频率为 1KHz 的方波,BCD 码计数。编程初始化 8253。

计数器 1 工作在方式 3：01110111B

分频系数：$N=F_{CLK}/ F_{OUT} =2×10^6/1000=2000$

程序设计如下：

```
MOV  DX, 0FCFBH
MOV  AL, 01110111B ;
OUT  DX, AL
MOV  DX, 0FCF9H
MOV  AX, 2000H        ;BCD 码计数初值
OUT  DX, AL          ;写入计数初值低字节
MOV  AL, AH
OUT  DX, AL          ;写入计数初值高字节,计数器启动
```

5. 方式 4——软件触发选通

这是一种软件启动,不自动重复的计数方式。在写入控制字后,OUT 变高。如果这

时 GATE=1，装入计数初值后，立即开始计数。当计数值减为 0 时，OUT 输出一个宽度等于一个时钟周期的负脉冲，计数器停止计数。计数过程中应保持 GATE=1，若出现 GATE=0，则立即中止计数，待恢复 GATE=1 后，又继续原来的计数过程直至结束。如图 7-8 所示。

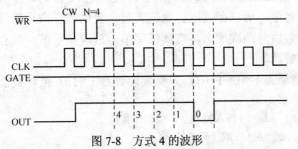

图 7-8　方式 4 的波形

方式 4 与方式 1 的计数过程相似，但 OUT 端的输出波形不同。

6. 方式 5——硬件触发选通

这是一种硬件启动，不自动重复的计数方式。当采用该方式工作时，GATE 信号的上升沿启动计数器开始计数，此时 OUT 一直保持高电平，当计数结束时，输出一个宽度等于一个时钟周期的负脉冲。由于方式 5 是由 GATE 的上升沿启动计数，启动后，即使 GATE 变成低电平，也不影响计数过程的进行。但如果 GATE 信号又产生了上跳变，则不论计数是否完成，计数器重新置入初值，重复开始一轮计数。在计数过程中向计数器写入新初值，只写入初值寄存器中，不影响当前计数，待 GATE 信号有效重新启动之后才使用新的计数初值计数。方式 5 的波形如图 7-9 所示。

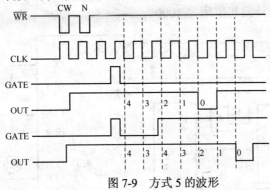

图 7-9　方式 5 的波形

7.1.3　8253 的应用

8253 的初始化编程，主要设置两方面的内容，一是写入控制字，二是写入计数初值。

- 控制字写入 8253 的控制寄存器。控制字中带有计数器的识别码，3 个控制字可以连续写入控制寄存器。
- 写入计数初值时注意两个问题：一是 3 个计数初值应写入相应的计数器中，不可混乱，二是要符合控制字的要求。8253 计数器的预设值是 0000H。若控制字规定计数初值只写低 8 位，高 8 位则自动置 0；若控制字规定只写高 8 位，则低 8 位自动置 0。如果控制字设定计数初值的高、低字节都要写入，先写低 8 位，后写高 8 位。

- 读取 8253 计数器中的计数值。由于计数值是 16 位的，要分两次读取。因为读取的是瞬时值，所以在读取计数值之前，要用锁存命令将计数值锁存在读出锁存器中，然后分两次读出，先读低字节，后读高字节。锁存计数值读取完成之后，自动解锁。

设 8253 端口地址为 F8H~FBH，如要读计数器 1 的 16 位计数值，编程如下：

```
MOV AL, 40H;
OUT 0FBH, AL   ;写入控制字，锁存计数值
IN  AL, 0F9H   ;取计数值低八位
MOV CL, AL
IN  AL, 0F9H   ;取计数值高八位
MOV CH, AL     ;CX 中存有计数值
```

【例 7-4】 8253 与计算机系统的连接如图 7-10 所示，三个计数器使用情况如下：

CNT0：对外部事件计数，计满 100 次向 CPU 发出中断请求。

CNT1：产生 1kHz 方波。

CNT2：标准定时，定时时间为 1s。

根据图 7-10 可知 8253 的端口地址为 01FC~01FFH。根据系统要求，计数器 0 应设置为方式 0，完成计数功能。计数器 1 应设置为方式 3，CLK1 输入的时钟脉冲频率为 2MHz，输出频率为 1kHz 的方波，周期为 1ms；因此，计数器 1 的计数初值为 2000。计数器 2 设置为方式 0，完成定时功能，每秒利用 OUT2 向 CPU 发出一次中断请求，其输入时钟频率为 1kHz，计数初值应为 1000。

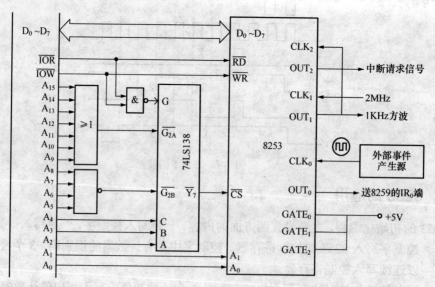

图 7-10 8253 定时器/计数器与 CPU 连接

由分析可知：

计数器 0 的控制字：00010000B，时间常数为：100

计数器 1 的控制字：01110110B，时间常数为：2000

计数器 2 的控制字：10110000B，时间常数为：1000

以下是完成上述功能初始化程序：

```
START: MOV  DX, 01FFH
       MOV  AL, 10H
       OUT  DX, AL              ;计数器 0 工作在方式 0
       MOV  DX, 01FCH
       MOV  AL, 100
       OUT  DX, AL              ;计数器 0 置初值
       MOV  DX, 01FFH
       MOV  AL, 76H
       OUT  DX, AL              ;计数器 1 工作在方式 3
       MOV  DX, 01FDH
       MOV  AX, 2000
       OUT  DX, AL
       MOV  AL, AH
       OUT  DX, AL              ;计数器 1 置初值
       MOV  DX, 01FFH
       MOV  AL, 0B0H
       OUT  DX, AL              ;计数器 2 工作在方式 0
       MOV  DX, 01FEH
       MOV  AX, 1000
       OUT  DX, AL
       MOV  AL, AH
       OUT  DX, AL              ;计数器 2 置初值
```

【例 7-5】 在 IBM PC/XT 中定时器/计数器芯片 8253，其计数器 0（CNT0）工作在方式 3，GATE0 固定为高电平，OUT0 作为中断请求信号接至 8259A 中断控制器的 IRQ0，作为定时中断，用于时钟的时间基准。

计数器 1 工作在方式 2，GATE1 固定为高电平，OUT1 的输出作为定时（约 15us）信号，用于刷新动态 RAM，在 2ms 内可以有 132 次刷新（128 次是系统的最低要求）。

计数器 2 工作在方式 3，输出 1KHZ 的方波，作为扬声器的音频信号源，GATE2 由 8255 的 PB0 控制，OUT2 与 8255 的 PB1 相与，这样利用 8255 的 PB0、PB1 同时为高电平的时间来控制喇叭发长音还是发短音。

三个计数器的输入时钟频率一样，为 F=1.19MHZ

8253 的端口地址为 040H～043H，8255 的端口地址为 60H～63H，ROM－BIOS 对 8253 的编程如下：

计数器 0 用于定时中断：

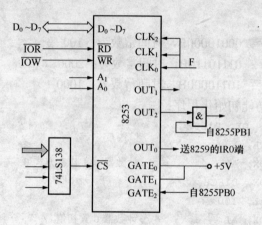

图 7-11 PC 中 8253 连接图

```
        MOV  AL, 00110110B
        OUT  43H, AL
        MOV  AL, 0              ;计数初值为 0000
        OUT  40H, AL
        OUT  40H, AL
```

计数器 1 用于动态 RAM 的刷新：

```
        MOV  AL, 01010100B
        OUT  43H, AL
        MOV  AL, 18             ;计数初值为 18
        OUT  41H, AL
```

计数器 2 用于产生 1KHZ 的方波送至扬声器发声，声响子程序为 BEEP，入口地址
为 FFA08H：

```
BEEP  PROC  NEAR
        MOV  AL, 10110110B
        OUT  43H, AL
        MOV  AX, 1331          ;计数初值为 1331
        OUT  42H, AL
        MOV  AL, AH
        OUT  42H, AL
        IN   AL, 61H           ;读取 8255B 端口
        MOV  AH, AL            ;存在 AH
        OR   AL, 03H
        OUT  61H, AL           ;输出至 8255 的 B 端口，使扬声器发声
        SUB  CX, CX            ;设置延时参数
G7:     LOOP G7
        MOV  BH, 0
        DEC  BX               ;BL 的值为控制长短声，BL=6（长），BL=1（短）
        JNZ  G7
        MOV  AL, AH            ;恢复 8255B 端口值，停止发声
```

```
        OUT  61H, AL
        RET
  BEEP  ENDP
```

7.2 可编程并行 I/O 接口芯片 8255A

并行 I/O 接口是实现并行通信的接口。并行通信就是把一个字符的各位同时传输，传输速度快，信息率高。Intel 8255A 是一个通用的可编程并行 I/O 接口芯片，它有三个并行 I/O 口，可通过编程设置多种工作方式，价格低廉，使用方便，得到广泛的应用。

7.2.1 8255 的功能结构

1. 8255 的内部结构

8255 是一种通用的可编程并行接口芯片。它的内部结构框图如图 7-12 所示，包含数据总线缓冲器，端口 A、B、C，A 组和 B 组控制部件以及读/写控制逻辑四个部分。

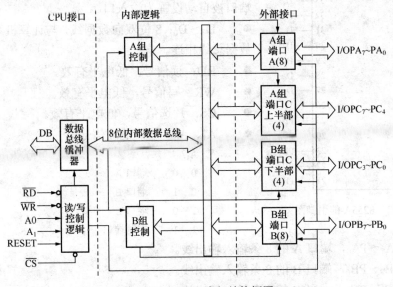

图 7-12 8255A 内部结构框图

（1）数据总线缓冲器

这是一个双向三态 8 位数据缓冲器，是 8255 与系统数据总线的接口。负责输入输出数据、向 8255 写入控制字、从 8255 读出外设状态信息等。

（2）端口 A、B、C

三个 8 位端口：端口 A，端口 B 和端口 C，都可以通过编程设定为输入端口或输出端口。

端口 A 和端口 B 都有一个 8 位的输入锁存器和一个 8 位的输出锁存器，输入输出都具有数据锁存能力。

端口 C 有一个 8 位的输入缓冲器和一个 8 位的输出锁存器，端口 C 作为输入口时不能锁存数据；作为输出口时具有数据锁存能力。端口 C 可以按位操作。

（3）A 组控制和 B 组控制

这两组控制逻辑电路接收来自 CPU 的控制字，控制两组端口的工作方式及读/写操作。A 组控制端口 A 和端口 C 的高 4 位，B 组控制端口 B 和端口 C 的低 4 位。

（4）读/写控制逻辑

读/写控制逻辑接收片选信号 $\overline{CS}$、地址信号 A_1、A_0 和控制信号 RESET、$\overline{WR}$ 和 $\overline{RD}$，控制 8255 的数据传送过程。

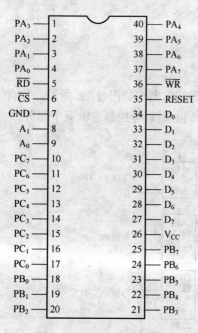

图 7-13 8255A 的引脚图

2. 外部引脚

8255 采用 40 脚双列直插封装，单一 +5V 电源。它的引脚功能如图 7-13 所示。

● RESET：复位信号，高电平有效。当 RESET 信号有效时，所有内部寄存器都被清零，同时 3 个数据端口被自动设置为输入口。

● $D_7 \sim D_0$：8 位双向数据线，与计算机系统的 8 位数据总线相连。

● RD：读信号，低电平有效。

● WR：写信号，低电平有效。

● CS：片选信号，低电平有效。

● A_1、A_0：端口地址信号。

$A_1 A_0$	
0　0	端口 A
0　1	端口 B
1　0	端口 C
1　1	控制端口

● $PA_7 \sim PA_0$，端口 A 的 8 条输入输出线。

$PB_7 \sim PB_0$，端口 B 的 8 条输入输出线。

$PC_7 \sim PC_0$，端口 C 的 8 条输入输出线。

7.2.2 8255 的工作方式

8255 有方式 0、方式 1 和方式 2 三种工作方式，由方式控制字选择。

1. 方式 0

方式 0 也叫做基本输入/输出方式。3 个端口都可以工作在方式 0，都可以作为一个 8 位的输入口或输出口，C 口还可以作为两个 4 位的输入输出口。这样，在实际的应用中，8255 可以按照 4 个端口使用，可构成 16 种不同的输入/输出组合方式。

在方式 0 下，C 口可以按位进行置位或复位。

方式 0 是一种简单的输入/输出方式，没有规定固定的应答联络信号，最适合无条件数据输入输出方式。8255 工作在方式 0 下时，外设应该是简单外设，例如可以是开关、继电器、灯等，这些外设随时可以接收数据，随时可以被读出数据。CPU 通过 8255 与这样的外设交换信息时，既不需要查询外设的状态也不需要发送控制信号。

方式 0 也可以用于查询工作方式，这时常将 C 口的高 4 位（或低 4 位）定义为输入口，输入外设状态；C 口的低 4 位（或高 4 位）定义为输出，输出控制信号。A 口和 B 口作为数据输入输出口和外设相连。

2. 方式 1

方式 1 也叫做选通输入/输出方式。A 口和 B 口可以工作在方式 1 下，作为数据输入或输出口。C 口提供选通控制信号，这些联络信号由 C 口的固定位提供。方式 1 又可以分为"方式 1 输入"和"方式 1 输出"两种工作情况。

（1）方式 1 输入

当端口 A 和端口 B 工作在方式 1 下作为数据输入口时，选通控制信号的定义如图 7-14 所示。

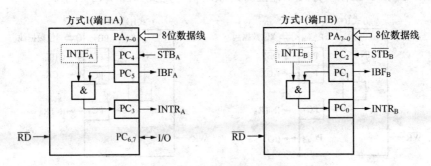

图 7-14　方式 1 输入时选通控制信号定义

$\overline{STB}_A$、$\overline{STB}_B$：选通输入信号，低电平有效。它是由外设送给 8255 的输入信号，8255 利用它接收外设送来的一个 8 位数据。

IBF_A、IBF_B："输入缓冲器满"信号，高电平有效，是 8255 送给外设的信号。当 IBF 为高电平时，表示外设的数据已进入 8255A 的输入缓冲器，但还未被 CPU 取走，8255 不能接受新数据；当 IBF 为低电平时，说明 CPU 已取走数据，输入缓冲器为空，才允许外设送新数据。IBF 信号是在 STB 有效期间变为高电平，在读信号 RD 的上升沿变为低电平。

$INTR_A$、$INTR_B$：中断请求信号，高电平有效。8255 用它向 CPU 发出中断请求。当 STB 信号为 1、IBF 为 1 且 INTE（中断允许）也为 1 时，INTR 信号被置成高电平。也就是说，当选通信号结束，输入缓冲器满，并且端口处于中断允许状态（INTE=1）时，8255 的 INTR 端被置为高电平，向 CPU 发出中断请求信号。当 CPU 响应中断取走数据后，读信号 RD 的下降沿将 INTR 置为低电平。

$INTE_A$：端口 A 中断允许信号。$INTE_A$ 没有外部引出端，由 PC4 的置位/复位来控制，PC4=1 时，端口 A 处于中断允许状态；PC4=0 时，端口 A 处于禁止中断状态。

$INTE_B$：端口 B 中断允许信号。$INTE_B$ 没有外部引出端，由 PC2 的置位/复位来控制，PC2=1 时，端口 B 处于中断允许状态；PC2=0 时，端口 B 处于中断禁止状态。

以端口 A 为例，在允许中断情况下，方式 1 的输入数据的工作过程为：

① CPU 通过执行 OUT 指令写"方式选择控制字"到 8255，设定端口 A 为"方式 1 输入"，然后设置 PC4=1，于是 $INTE_A$=1，允许端口 A 处于中断允许状态。

② 当外设的选通信号 STB_A 有效时，外设的数据装入 8255 的端口 A 的输入数据缓冲器，IBF_A=1。

③ 这时 $INTE_A$=1、IBF_A=1、STB_A=1，所以 $INTR_A$ 由 0 变 1，端口 A 向 CPU 发出中断请求信号 $INTR_A$。

④ CPU 响应中断，进入中断服务程序，通过执行 IN 指令从 A 口输入数据，并在 RD 的下降沿使 $INTR_A$=0，撤销中断请求，由 RD 的上升沿使 IBF_A=0，此时 8255 的 A 口又可以接收外设送来的新数据。

（2）方式 1 输出

当端口 A 和 B 工作于方式 1 输出时，联络信号定义如图 7-15 所示。

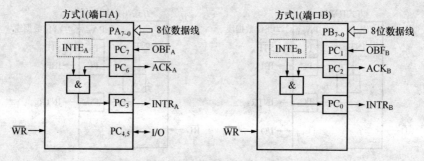

图 7-15　方式 1 输出时联络信号定义

$\overline{OBF_A}$、$\overline{OBF_B}$："输出缓冲器满"信号，低电平有效。表示 8255 的输出口有数据，通知外设取数据。它由 WR 信号的上升沿置成低电平，而由 ACK 信号的低电平使其恢复为高电平。

$\overline{ACK_A}$、$\overline{ACK_B}$：外设响应信号，低电平有效。当其有效时，表明外设已经把数据取走。它是 OBF 信号的应答。

$INTR_A$、$INTR_B$：中断请求信号，高电平有效。INTR 是当 ACK、OBF、INTE 都为"1"时才被置成高电平，由 $\overline{WR}$ 的上升沿使其变为低电平。

$INTE_A$：端口 A 中断允许信号，由 PC6 的置位/复位来控制，当 PC6=1 时，端口 A 处于中断允许状态；当 PC6=0 时，端口 A 处于中断禁止状态。

$INTE_B$：端口 B 中断允许信号，由 PC2 的置位/复位来控制，当 PC2=1 时，端口 B 处于中断允许状态；当 PC2=0 时，端口 B 处于中断禁止状态。

以端口 A 为例，在允许中断情况下方式 1 输出的工作过程为：

　　① 设定端口 A 的工作方式为"方式 1 输出"，然后使 PC6=1，于是 INTE$_A$=1，端口 A 处于中断允许状态。由于此时 CPU 还未向端口 A 写入数据，因此 $\overline{OBF_A}$=1 且外设响应信号 $\overline{ACK_A}$=1。在此种条件下之下，INTR$_A$ 输出端由 0 变 1，端口 A 向 CPU 发出中断请求信号。

　　② CPU 响应端口 A 的中断请求，通过执行 $\overline{OUT}$ 指令将数据写入端口 A。在写信号的上升沿作用下，INTR$_A$ 信号变成低电平，同时 $\overline{OBF_A}$=0，表明 CPU 已经把数据送至指定端口，外设可以取走数据。外设取走数据后，发出应答信号 ACK$_A$=0。

　　③ 在 $\overline{ACK_A}$ 有效信号结束后，一方面使 OBF$_A$=1，又一方面使 INTR$_A$ 输出端由 0 变 1，端口 A 再次向 CPU 发出中断请求，要求 CPU 输出新的数据，从而又开始一次新的数据输出过程。

3. 方式 2

　　方式 2 也叫做双向传输方式，三个端口中只有端口 A 才能工作于方式 2。当端口 A 工作于方式 2 时，联络信号的定义如图 7-16 所示。在方式 2 下，外设通过 8 位数据线可以向 CPU 发送数据，也可以接收 CPU 的数据。当

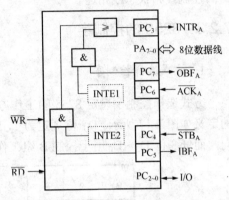

图 7-16　方式 2 下联络信号定义

端口 A 工作在方式 2 时，端口 C 的 PC7～PC3 用于提供相应的联络信号，配合端口 A 工作。此时端口 B 可以工作于方式 0 或方式 1，如果端口 B 工作于方式 0，端口 C 的 PC2～PC0 可用作基本的输入/输出；如果端口 B 工作方式 1，端口 C 的 PC2～PC0 用作端口 B 的联络信号。

　　● 与方式 2 输出有关的联络信号。

　　$\overline{OBF_A}$：端口 A 输出缓冲器满信号，低电平有效，表示 CPU 已经将一个数据写入 8255 的端口 A，通知外设取走数据。

　　$\overline{ACK_A}$：外设对 $\overline{OBF_A}$ 信号的应答，低电平有效，表示外设已经收到端口 A 的数据。

　　INTE1：输出中断允许信号。当 INTE1 为 1 时，允许 8255 通过 INTR$_A$ 向 CPU 发出中断请求信号；当 INTE1 为 0 时，则屏蔽了该中断请求信号。INTE1 的状态由 PC6 通过位操作控制字设定。

　　● 与方式 2 输入有关的联络信号。

　　$\overline{STB_A}$：端口 A 选通输入信号，低电平有效。当它有效时，端口 A 接收外设送来的一个 8 位数据。

　　IBF$_A$：端口 A 输入缓冲器满信号，高电平有效。当 IBF$_A$=1 时，表明外设的数据已进入输入缓冲器，在 CPU 未取走数据前，此信号始终为高电平，阻止输入设备送来新的数据；当 IBF$_A$=0 时，外设可以将一个新的数据送入端口 A。

　　INTE2：输入中断允许信号。当 INTE2 为 1 时，若有输入中断请求发生，允许 8255

通过 $INTR_A$ 向 CPU 发出中断请求信号；当 INTE2 为 0 时，则屏蔽了该中断请求信号。INTE2 的状态由 PC4 通过位操作控制字设定。

方式 2 是一种双向传输工作方式。如果一个并行外设既可以作为输入设备，又可以作为输出设备，并且输入/输出动作不会同时进行，这个外设和 8255 端口 A 相连，A 口工作在方式 2 很合适。如：软盘系统就是这样一种外设，主机可以往软盘控制器输出数据，也可以从软盘控制器输入数据，但数据输出与输入过程不会同时进行。因此，可以把软盘控制器的数据线与 8255A 的 PA7～PA0 相连，把 8255A 的 PC7～PC3 与软盘控制器的控制线和状态线相连。

7.2.3 8255 的控制字

1. 方式选择控制字

方式选择控制字设定 8255 的工作方式。方式选择控制字由 8 位二进制数构成，每位的定义如图 7-17 所示。D7 位规定为 1，D6～D3 用于控制 A 组的工作方式和输入/输出方向，而低 3 位 $D_2～D_0$ 用于控制 B 组工作方式和输入/输出方向。

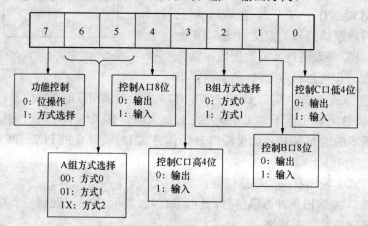

图 7-17 8255A 的方式选择控制字

【例 7-6】 设 8255 的端口地址为 FBC0～FBC3H，A 口设置方式 0 输入，B 口方式 0 输出，C 口高 4 位方式 0 输出，C 口低 4 位方式 0 输入。

控制字为：10010001B

8255 初始化程序为：

```
MOV  DX, 0FBC3H
MOV  AL, 91H
OUT  DX, AL
```

2. 位操作控制字

位操作控制字端口 C 的指定位进行置位/复位操作。位操作控制字定义如图 7-18 所示。

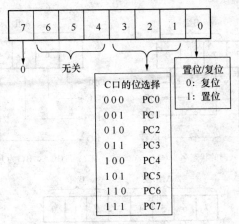

图 7-18　位操作控制字定义

【例 7-7】　设 8255 的端口地址为 FBC0~FBC3H，A 口设置方式 0 输出，B 口方式 0 输入，C 口高 4 位方式 0 输出，C 口低 4 位方式 0 输入，利用 C 口 PC5 产生连续的方波信号，信号的高、低电平宽度可调用延时子程序 DELAY 实现。

控制字为：10000011B

8255 初始化程序为：

```
        MOV  DX, 0FBC3H
        MOV  AL, 83H
        OUT  DX, AL
FB :    MOV  AL, 0BH
        OUT  DX, AL          ;PC5 置位
        CALL DELAY           ;维持高电平
        MOV  AL, 0AH
        OUT  DX, AL          ;PC5=0
        CALL DELAY           ;维持低电平
        JMP  FB              ;连续输出方波信号
```

3. 状态字

8255 的状态字为查询方式提供了状态标志位，如输入缓冲器满 IBF 信号，输出缓冲器满 OBF 信号等。当端口 A 工作于方式 2 时，若有中断请求发生，CPU 还要通过查询状态字来确定具体的中断源，如 IBF_A 位为 1 表示端口 A 有输入中断请求；$\overline{OBF_A}$ 位为 1 表示端口 A 有输出中断请求。当 8255 的端口 A、端口 B 工作在方式 1 或端口 A 工作在方式 2 下，通过读取端口 C 的内容，可以检查端口 A 和端口 B 的状态。

当 8255 的端口 A 和端口 B 均工作在方式 1 输入时，从端口 C 读入 8 位数据，每位的含义如图 7-19（a）所示；当 8255 的端口 A 和端口 B 均工作在方式 1 输出时，从端口 C 读入 8 位数据，每位的含义如图 7-19（b）所示；当 8255 的端口 A 工作在方式 2 时，从端口 C 读入 8 位数据，每位的含义如图 7-19（c）所示。

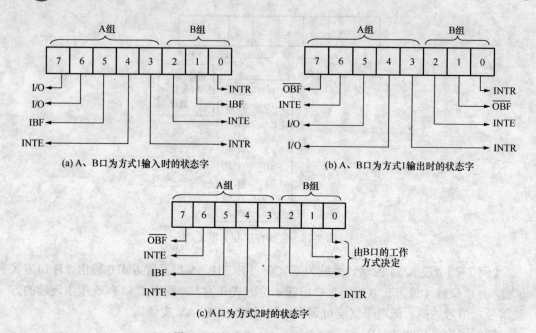

(a) A、B口为方式1输入时的状态字　　　(b) A、B口为方式1输出时的状态字

(c) A口为方式2时的状态字

图 7-19　状态字在不同情况下的定义

需要注意的是，端口 C 状态字各位含义与相应的外部引脚信号并不完全相同，如方式 1 输入状态字中的 D_4 和 D_2 表示 $INTE_A$ 和 $INTE_B$，而这两位的外部引脚信号分别是 STB_A 和 $\overline{STB_B}$。$\overline{INTE_A}$ 和 $INTE_B$ 是一种内部控制信号，它是通过位操作控制字设定，一经设定就会在状态字中反映出来。方式 1 输入状态字中的 D_7 和 D_6 位、方式 1 输出状态字中的 D_5 和 D_4 位分别标为 I/O，是指这些位可用于基本的数据输入/输出。

4. 8255 与 CPU 的连接

如图 7-20 是 8255 与计算机系统的一种连接。8255 的 $D_7 \sim D_0$ 分别与系统总线的 $D_7 \sim D_0$ 相连，$\overline{RD}$、$\overline{WR}$ 分别与系统总线的 $\overline{IOR}$ 和 $\overline{IOW}$ 相连，A_1、A_0 与系统地址线 A_1、A_0 相连，CS 由系统地址总线 $A_2 \sim A_{15}$ 译码生成。8255 的端口地址为 F080～F083H。

5. 8255 初始化

使用 8255 之前，必须先对它进行初始化，设定端口的工作方式和输入/输出方向。对图 7-20 中的 8255 初始化，要求设置 8255A 的 A 组和 B 组都为方式 0，端口 C 的高 4 位作输出，低 4 位作输入。初始化程序段如下：

```
MOV  DX, 0F083H        ;8255A 的控制口地址送 DX
MOV  AL, 10000001B     ;按要求的方式选择控制字内容送 AL
OUT  DX, AL            ;写入控制口，完成初始化
```

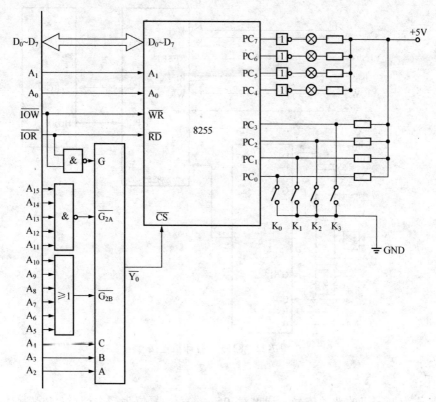

图 7-20　8255A 与 CPU 的一种连接

7.2.4　8255 的应用举例

【例 7-8】 利用 8255 的 A 口与打印机相连，将内存缓冲区 BUFF 中的 2K 个字符打印输出。试完成相应的软硬件设计。

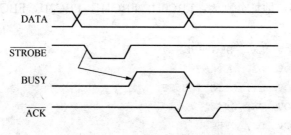

图 7-21　打印机数据传输时序

打印机的工作流程：CPU 将要打印的数据送到 8255 的 A 口并锁存，然后发选通信号。打印机利用选通信号将数据读入，马上开始打印，同时使 BUSY 线为高电平，通知 CPU 停止输出数据。打印机打印完成后使 ACK 有效，同时使 BUSY 无效，通知 CPU 可以发下一个数据。硬件连线如图 7-22 所示。

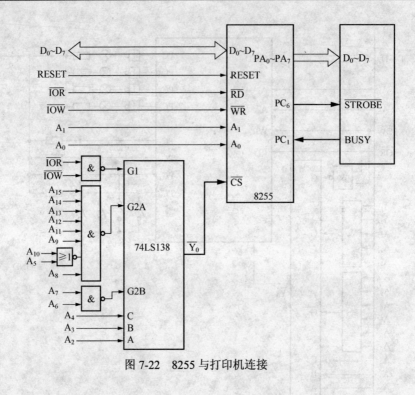

图 7-22　8255 与打印机连接

说明：

PC₆ 作为打印机的选通信号，通过对 PC₆ 的置位/复位来产生选通；PC_1 接收打印机发出的"BUSY"信号，作为 CPU 的查询对象。

8255 的控制字为：10000001B　　即 81H

A 口方式 0 输出；C 口高 4 位作输出，低 4 位作输入，B 口未用，定义为输出。

PC_6 置位位操作控制字：　00001101B　　即 0DH

PC_6 复位位操作控制字：　00001100　　即 0CH

8255 的 4 个端口地址分别为：FBC0H，FBC1H，FBC2H，FBC3H。

编制程序如下：

```
START: MOV AX,  SEG BUFF
       MOV DS,  AX
       MOV SI,  OFFSET BUFF
       MOV CX,  2048
       MOV DX,  0FBC3H
       MOV AL,  81H              ;8255A 初始化
       OUT DX,  AL               ;C 口高位方式 0 输出，低位方式 0 输入
       MOV AL,  0DH
       OUT DX,  AL               ;使 PC₆ 置位，即使选通无效
WAIT:  MOV DX,  0FBC2H
       IN  AL,  DX               ;输入打印机的状态
       TEST AL, 02H              ;检测 PC₁ 是否为 1
```

```
        JNZ  WAIT                    ;为忙则等待
        MOV  DX, 0FBC0H
        OUT  DX, AL                  ;不是结束符，则从 A 口输出
        MOV  DX, 0FBC3H
        MOV  AL, 0CH
        OUT  DX, AL                  ;STROBE 信号为低电平
        MOV  AL, 0DH
        OUT  DX, AL                  ;STROBE 信号为高电平
        INC  SI                      ;修改指针，指向下一个字符
        LOOP WAIT
  DONE: MOV  AH, 4CH
        INT  21H
```

【例 7-9】 将上例中 8255 的工作方式改为方式 1，采用中断方式将 BUFF 开始的缓冲区中的 2K 个字符从打印机输出，设打印机接口采用 Centronics 标准。

分析：用 PC_7 作为输出给打印机的选通信号，PC6 作为打印机的 ACK 应答信号，8255 的中断请求信号（PC_3）接至系统中断控制器 8259A 的 IR_3，如图 7-23 所示。

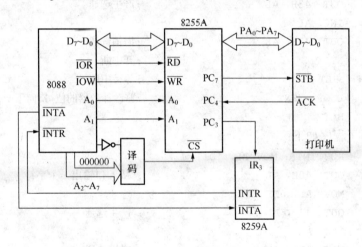

图 7-23　中断方式硬件连线

8255 的控制字为：1010XXX0

PC_7 置位：00001111　　即 0FH

PC_7 复位：00001110　　即 0EH

PC_6 置位：00001101　　即 0DH，允许 8255A 的 A 口输出中断。

设 8255 的 4 个口地址分别为：40H，41H，42H，43H。

假设 8259A 初始化时送 ICW2 为 08H，则 8255 的 A 口中断类型码是 0BH，此中断类型码对应的中断向量应放到中断向量表从 2CH 开始的 4 个单元中。

主程序：

```
    MAIN: MOV  AL, 0A0H
          OUT  43H, AL                      ;设置 8255A 的控制字
```

```
        MOV  AL, 0FH                    ;使选通无效
        OUT  43H, AL
        XOR  AX, AX
        MOV  DS, AX
        MOV  AX, OFFSET  ROUTINTR
        MOV  WORD PTR [002CH], AX
        MOV  AX, SEG ROUTINTR
        MOV  WORD PTR [002EH], AX        ;送中断向量
        MOV  AL, 0DH
        OUT  43H, AL                    ;使 8255A A 口输出允许中断
        MOV  DI, OFFSET  BUFF           ;设置地址指针
        MOV  CX, 99                     ;设置计数器初值
        MOV  AL, [DI]
        OUT  40H, AL                    ;输出一个字符
        INC  DI
        MOV  AL, 0EH
        OUT  43H, AL                    ;产生选通
        INC  AL
        OUT  43H, AL                    ;撤销选通
        STI                             ;开中断
  NEXT: HLT                             ;等待中断
        LOOP  NEXT                      ;修改计数器的值,指向下一个要输出的字符
        HLT
```

中断服务子程序如下:

```
        ROUTINTR: MOV AL, [DI]
        OUT  40H, AL                    ;从 A 口输出一个字符
        MOV  AL, 0EH
        OUT  43H, AL                    ;产生选通
        INC  AL
        MOV  43H, AL                    ;撤销选通
        INC  DI                         ;修改地址指针
        IRET                            ;中断返回
```

【例 7-10】 微机与键盘的接口。

在微型机系统中,键盘是一种最常用的外设,它由多个开关组合而成。键盘的按键有多种,常用的有机械式、薄膜式、电容式和霍尔效应式等 4 种。机械式开关较便宜,但压键时会产生触点抖动,而且长期使用后可靠性会降低。薄膜式开关可做成很薄的密封单元,不易受外界潮气或环境污染,常用于微波炉、医疗仪器或电子秤等设备的按键。电容式开关没有抖动问题,但需要特制电路来测电容的变化。霍尔效应按键是一种无机械触点的开关,具有很好的密封性,平均寿命高达 1 亿次甚至更高,但开关机制复杂,价格很贵。计算机上用的键盘一般都用机械式开关。

键盘的布局有两种,线性键盘和矩阵键盘。利用 8255 中 3 个端口的 24 根线,每根

线接一个按键，就构成 24 个按键的线性键盘。读取 3 个端口的数据，逐位检测就可以确定哪一个键被按下。按键数量不多时可以采用线性键盘，按键数量太多，识别按键需要的时间太长，容易引起按键丢失。按键数量大的键盘通常采用矩阵结构，如计算机键盘，利用一片 8255 的 A 口和 C 口的高 4 位作为行线，B 口和 C 口的低 4 位作为列线，可以构成 12X12 的矩阵键盘。下面以机械式开关构成的 16 个键的键盘为例，来讨论键盘接口的工作原理，这种原理对采用其他类型的开关的键盘也是适用的。如图 7-24 所示。

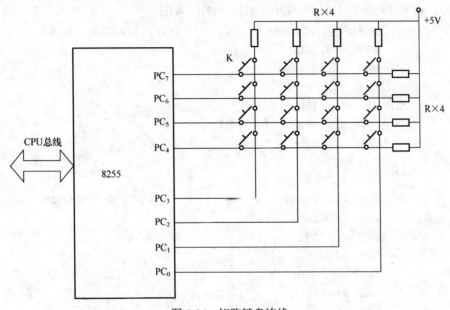

图 7-24 矩阵键盘连线

16 个键排成 4 行×4 列的矩阵，行线接到 8255 的 C 口的 PC7～PC4，对应行号为 3、2、1、0，列线连到 PC3～PC0 对应列号为 3、2、1、0。识别键盘上哪个键被压下的过程称为键盘扫描，扫描方式有两种：

（1）行扫描方式

逐行输出 0，然后读入列值，检查有无为 0 的位；若有，则当前行中的某列键被按下。具体步骤如下：

① 识别是否有键被按下：PC7～PC4 输出全 0，从 PC3～PC0 读入，若读入的数据有一位为 0，表明有键按下。

② 延时 20ms 去抖动，重复第一步动作，若还有键闭合，则认为确实有键闭合；否则返回第一步。

③ 查找被确认的键；从第 0 行开始逐行输出 0，然后读入列值，检查有无为 0 的位；若无，键值加 4，转下一行。

（2）反转法

在键盘扫描过程中，端口的输入输出状态要反转，所以称为反转法。

① 将 PC7～PC4 设定为输出，PC3～PC0 设定为输入。然后 PC7～PC4 输出全 0，

从 PC3～PC0 读入列值，若读入的数据有一位为 0，表明该列有键按下，保存列值。

② 将 PC7～PC4 设定为输入，PC3～PC0 设定为输出。把保存的列值从 PC3～PC0 输出，从 PC7～PC4 读入行值，读入的数据必有一位为 0，保存行值。将行值和列值组合在一起，用查表的方法得到按键的键值。

例如，若第 1 行第 2 列的键按下，则第一步中读取的列值为 1011B，第二步中读取的行值为 1101B，二者组合，得到该键的行列值为 11011011B。

编程：设 8255 的端口地址为 40H、41H、42H、43H

```
        START:  MOV AL,10000001B      ;方式 0，C 口高 4 位输出，低 4 位输入
                OUT 43H, AL
                MOV AL, 0
                OUT 42H, AL
        WAIT1:  IN  AL, 42H
                AND AL, 0FH           ;取低 4 位
                CMP AL, 0FH
                JZ  WALT1
                MOV AH, AL
                MOV AL, 10001000B     ;方式 0，C 口高 4 位输入，低 4 位输出
                OUT 43H, AL
                MOV AL, AH
                OUT 42H, AL
                IN  AL, 42H
                AND AL, 0F0H          ;取高 4 位
                OR  AL, AH
                …                     ;查表求出按键的键号
```

7.3　串行通信的基本概念

数据通信的基本方式可分为两种：并行通信与串行通信。并行通信是指利用多条数据传输线将一个数据的各位同时传送，传输速度快，适用于短距离通信。串行通信是指利用一条数据传输线将数据一位位地顺序传送，通信线路简单，适用于远距离通信，但传输速度慢。串行通信方式分为同步串行通信和异步串行通信两种。

1. 同步串行通信

同步串行通信是将若干个字符组成一个数据块（帧）进行传输，字符间无间隔。同步串行通信要求发送端和接收端的时钟信号保持严格同步。同步通信格式由同步字符、数据字符和校验字符（CRC）组成。其中同步字符位于帧开头，用于确认数据字符的开始。数据字符在同步字符之后，校验字符通常为 1～2 个，是接收端收到的字符序列正确性校验的依据。同步通信有多种数据格式，常用的格式如图 7-25 所示。

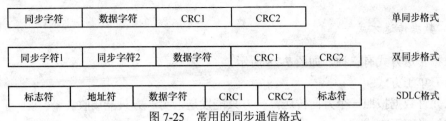

图 7-25　常用的同步通信格式

图 7-25 中除数据字符外其余部分的均为 8 位。单同步格式：每传送一帧数据插入一个同步字符。接收端检测出一个完整的同步字符后，就可以连续接收数据，一帧数据接收结束，进行 CRC（循环冗余校验码）校验。双同步格式，利用 2 个同步字符进行通信同步。同步数据链路控制 SDLC 中规定：所有信息传输必须以一个标志字符（01111110）开始，且以同一个字符结束。接收端可以通过搜索"01111110"来辨别帧的开头和结束，以此建立帧同步。地址符是与之通信的次站地址。

2. 异步串行通信

异步串行通信将一个字符作为一个独立的信息单元（帧）进行通信，字符内位和位的间隔时间固定，字符与字符之间的间隔时间不固定。在相同的波特率下，发送端和接收端的时钟不需要保持同步，发送端和接收端可以使用各自的时钟来控制数据的发送和接收。

异步串行通信中的数据常以字符或者字节为单位组成帧进行传送。如图 7-26 所示，一帧包含起始位、数据位、奇偶校验位和停止位。

图 7-26　异步串行通信格式

异步通信在不发送数据时，数据信号线呈现高电平状态，称为空闲状态（又称为 MARK 状态）。当数据发送时，首先发送起始位，低电平，也称为 SPACE 状态，之后依次发送数据的每一位，按照先低位后高位的顺序逐位发送，每个数据的位数可以在 5~8 位之间。数据位的后面是一位奇偶校验位，也可以没有。最后传送的是停止位，停止位为高电平，一般可以选择 1 位、1.5 位或 2 位。

异步通信每传送一个字符，就需要增加约 20%的附加信息（起始位、奇偶校验位和停止位），明显降低了数据传送的效率。但是，由于异步通信方式实现容易、可靠，对时钟要求低，因此广泛应用于各种通信系统中。

采用 1 位起始位、1 位奇校验和 1 位停止位，发送 7 位数据 0111001 的帧格式，如图 7-27 所示。

图 7-27　帧格式

3. 数据传送方式

数据传送方式有三种，如图 7-28 所示。

（1）单工方式

只允许数据按照一个方向传送，一方只能发送，另一方只能接收。

（2）半双工方式

数据可以从 A 端发送，B 端接受，也可以从 B 端送，A 端接受，但不能同时进行。通信双方可以轮流地进行发送和接收。

（3）全双工方式

允许通信双方同时进行发送和接收。A 端发送的同时也可以接收，B 端接收的同时也可以发送。全双工方式需要两条传输线。

在计算机串行通讯中主要使用半双工和全双工方式。

4. 信号传输方式

（1）基带传输方式

在传输线上直接传输数字信号，如图 7-28 所示。它要求传输线的频带较宽，适宜于近距离通信。

（2）频带传输方式

传输经过调制的模拟信号在长距离通信时，发送方要用调制器把数字信号转换成模拟信号，接收方则用解调器将接收到的模拟信号再转换成数字信号，这就是信号的调制解调。

图 7-28　全双工通信

实现调制和解调任务的装置称为调制解调器（MODEM）。采用频带传输时，通信双方各接一个调制解调器，将数字信号调制在模拟信号（载波）上加以传输。因此，这种传输方式也称为载波传输方式。这时的通信线路可以是电话交换网，也可以是专用线。

常用的调制方式有三种：调幅、调频和调相，如图 7-29 所示。

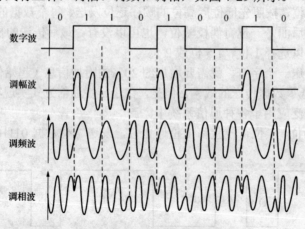

图 7-29　调制解调示意图

- 调频是把数字"1"与"0"调制成两个频率不同的模拟信号；
- 调幅是把数字"1"与"0"调制成不同幅度的模拟信号，频率保持不变；
- 调相是把数字"1"与"0"调制成不同相位的模拟信号，频率和幅度保持不变。

7.4　可编程串行接口芯片 8251

8251A 是通用同步/异步收发器 USART（Universal Synchronous/Asynchronous Receiver/Transmitter），可以作为串行接口的核心芯片。主要性能有：

1）可用于同步传送和异步传送。

2）可产生中止字符，检查假启动位，自动检测和处理中止字符。

3）同步传送的波特率范围为 0～64kb/s，异步传送的波特率范围为 0～19.2kb/s。

4）全双工、双缓冲器发送和接收。

5）出错检测：具有奇偶、溢出和帧错误等检测电路。

6）全部输入/输出与 TTL 电平兼容。

1. 8251A 的内部结构

8251A 的结构框图如图 7-30 所示，引脚如图 7-31 所示。其内部包括数据总线缓冲器、读/写控制逻辑、Modem 控制电路、发送器、接收器以及控制电路几个部分。接收器接收 RXD 脚上的串行数据并按规定的格式把它转换成并行数据，存放在接收数据缓冲器中。发送器接收 CPU 送来的并行数据，加上起始位、奇偶校验位和停止位然后由 TXD 脚发送。读/写控制逻辑对 CPU 输出的控制信号进行译码以实现读/写功能。

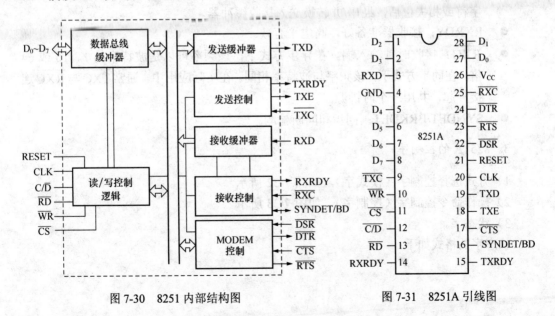

图 7-30　8251 内部结构图　　　　　　图 7-31　8251A 引线图

2. 引脚功能

- $D_7 \sim D_0$：数据总线。用于传送数据、控制字和状态字。
- $\overline{CS}$：片选信号，低电平有效。用于选通 8251A。
- C/$\overline{D}$：控制/数据信号。可以与系统地址总线的最低位 A_0 相连，8251A 占用两个端口地址，偶地址为数据口地址，奇地址为控制口地址。
- $\overline{RD}$、$\overline{WR}$：读、写信号，低电平有效。
- CLK：时钟输入信号。用于内部装置定时。为了保证电路工作可靠，CLK 的频率必须大于接收/发送数据位速率的 30 倍。
- RESET：复位信号，高电平有效。常与系统复位线相连，使其与系统同时复位。
- $\overline{DTR}$（Data Terminal Ready）：数据终端准备好输出信号，低电平有效。
- $\overline{DSR}$（Data Set Ready）：数据装置准备好输入信号，低电平有效。
- $\overline{RTS}$（Request To Send）：请求发送输出信号，低电平有效。
- $\overline{CTS}$（Clear To Send）：清除发送，输入，低电平有效。当有效时，表示 MODEM 或外设允许 8251A 发送数据。
- TXD：发送数据。在 $\overline{TXC}$ 的下降沿，把装配好的数据逐位发送。
- TXRDY：发送器准备好，高电平有效。
- TXE：发送缓冲器空，高电平有效。
- $\overline{TXC}$：发送时钟输入端，用于控制数据发送速率。在异步方式下，该频率可以是波特率的 1、16 或 64 倍；在同步方式下，该频率与波特率相同。
- RXD：接收数据。在接收时钟 $\overline{RXC}$ 的上升沿采样 RXD 信号，按规定检查相关字符或相关位后，经串/并转换送入接收缓冲器。
- RXRDY：接收器准备好，高电平有效。
- $\overline{RXC}$：接收时钟输入端。在异步方式下，该频率可以是波特率的 1、16 或 64 倍；在同步方式下，该频率与波特率相同。在实际应用中，通常 $\overline{TXC}$ 与 $\overline{RXC}$ 连接一起，共用一个时钟源。
- SYNDET/BRKDET：同步和间断检测。

3. 8251A 的控制字

1）方式选择控制字（模式字），如图 7-32 所示。
2）操作命令控制字（控制字），如图 7-33 所示。
3）状态字。
状态字的格式如下：

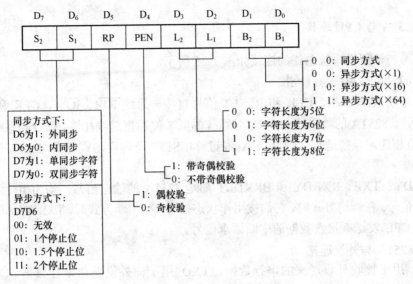

图 7-32 8251A 模式字

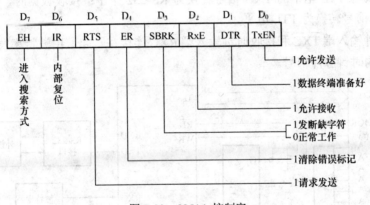

图 7-33 8251A 控制字

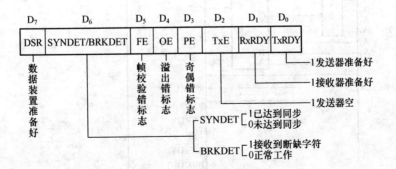

图 7-34 8251A 状态字

4. 8251A 与 CPU 连接

8251A 与计算机系统总线的连接如图 7-35 所示。

（1）8251A 与系统总线连接

8251A 的 $\overline{RD}$、$\overline{WR}$、CLK 和 RESET 信号直接与系统 $\overline{IOR}$、$\overline{IOW}$、CLK 和 RESET 的引脚相连，8251A 的数据线 $D_7 \sim D_0$ 与系统的低 8 位数据总线相连，$C/\overline{D}$ 与系统地址总线的 A_0 位相连，系统地址线的 $A_1 \sim A_7$ 经过 74LS138 译码后，Y_0 接到 8251A 的片选信号 CS 引脚。

TXRDY、TXE、RXRDY 和 BRKDET 都是 8251A 的输出信号，均为串行通信时的收发联络信号。在查询方式时，它们被用作状态信号；在中断方式时，TXRDY 和 RXRDY 可作为向 CPU 发送或接收数据的中断请求信号。

（2）8251A 与外设连接

RXD 用于接收外设送来的串行数据，TXD 用于向外设发送串行数据。为了符合 RS-232 串行接口标准对信号电平的要求，在 RS-232 接口内部设有专门的电平转换电路。发送数据时，将 TTL 电平的 TXD 信号转换为 RS-232 电平；接收数据时，则把 RS-232 电平的 RXD 信号转换为 TTL 电平。

发送时钟输入端 $\overline{TXC}$ 和接收时钟输入端 $\overline{RXC}$ 连接在一起，由波特率发生器为它们提供所需要的时钟脉冲信号。

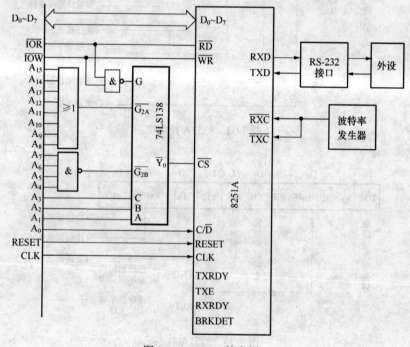

图 7-35　8251A 的应用

5. 8251A 应用举例

（1）异步模式下的初始化程序举例

设 8251A 工作在异步模式，波特率系数（因子）为 16，7 个数据位/字符，偶校验，2 个停止位，发送、接收允许，设端口地址为 00E2H 和 00E4H。

模式字为：11111010B　　即 FAH。

控制字为：00110111B　　即 37H。

初始化程序如下：

```
MOV  AL, 0FAH   ;送模式字
MOV  DX, 0E2H
OUT  DX, AL     ;异步方式，7 位/字符，偶校验，2 个停止位
MOV  AL, 37H    ;设置控制字，使发送、接收允许
OUT  DX, AL
```

（2）同步模式下初始化程序举例

设端口地址为 52H，采用内同步方式，2 个同步字符（设同步字符为 16H），偶校验，7 位数据位/字符。

模式字为：00111000B　　即 38H。

控制字为：10010111B　　即 97H。它使 8251A 对同步字符进行检索，同时使状态寄存器中的 3 个出错标志复位；此外，使 8251A 的发送器启动，接收器也启动；控制字还通知 8251A，CPU 当前已经准备好进行数据传输。

初始化程序如下：

```
MOV  AL, 38H    ;设置模式字，同步模式，用 2 个同步字符
OUT  52H, AL    ;7 个数据位，偶校验
MOV  AL, 16H
OUT  52H, AL    ;送同步字符 16H
OUT  52H, AL
MOV  AL, 97H    ;设置控制字，使发送器和接收器启动
OUT  52H, AL
```

（3）两台微型计算机通过 8251A 相互通信的举例

微型计算机通过 8251A 实现远距离通信的系统连接如图 7-36 如下。这时，利用两片 8251A 通过标准串行接口 RS-232C 实现两台 8086 微机之间的串行通信，可采用异步或同步工作方式。

设系统采用查询方式控制传输过程，异步传送。

初始化程序由两部分组成：

1）是将一方定义为发送器。发送端 CPU 每查询到 TXRDY 有效，则向 8251A 并行输出一个字节数据；

2）是将另一方定义为接收器。接收端 CPU 每查询到 RXRDY 有效，则从 8251A 输入一个字节数据，一直进行到全部数据传送完毕为止。

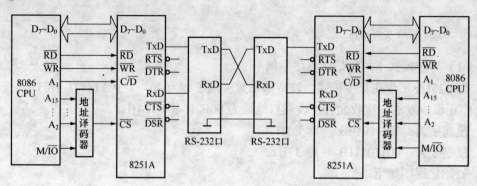

图 7-36　计算机之间的串行通信

发送端初始化程序与发送控制程序如下所示：

```
    STT:   MOV  DX, 8251A            ;控制端口
           MOV  AL, 7FH
           OUT  DX, AL               ;将 8251A 定义为异步方式，8 位数据，1 位停止位
           MOV  AL, 11H              ;偶校验，取波特率系数为 64，允许发送
           OUT  DX, AL
           MOV  DI, OFFSET BUFF      ;BUFF 要发送数据块首地址
           MOV  CX, 200             ;发送 200 个字节
    NEXT:  MOV  DX, 8251A 控制端口
           IN   AL, DX
           AND  AL, 01H             ;查询 TXRDY 有效否？
           JZ   NEXT                ;无效则等待
           MOV  DX, 8251A 数据端口
           MOV  AL, [DI]            ;向 8251A 输出一个字节数据
           OUT  DX, AL
           INC  DI                  ;修改地址指针
           LOOP NEXT                ;未传输完，则继续下一个
           HLT
```

接收端初始化程序和接收控制程序如下所示：

```
    SRR:   MOV  DX, 8251A 控制端口
           MOV  AL, 7FH
           OUT  DX, AL              ;初始化 8251A，异步方式，8 位数据
           MOV  AL, 14H             ;1 位停止位，偶校验，波特率系数 64，允许接收
           OUT  DX, AL
           MOV  DI, 接收数据块首地址   ;设置地址指针
           MOV  CX, 接收数据块字节数   ;设置计数器初值
    COMT:  MOV  DX, 8251A 控制端口
           IN   AL, DX
           ROR  AL, 1               ;查询 RXRDY 有效否？
           ROR  AL, 1
           JNC  COMT                ;无效则等待
```

```
            ROR  AL, 1
            ROR  AL, 1                   ;有效时，进一步查询是否有奇偶校验错
            JC   ERR                     ;有错时，转出错处理
            MOV  DX, 8251A 数据端口
            IN   AL, DX                  ;无错时，输入一个字节到接收数据块
            MOV  [DI], AL
            INC  DI                      ;修改地址指针
            LOOP COMT                    ;未传输完，则继续下一个
            HLT
       ERR: CALL ERR-OUT
```

练 习 题

1. 8253 芯片共有几种工作方式？每种方式各有什么特点？

2. 某系统中 8253 芯片的计数器 0~2 和控制端口地址分别为 FFF0H~FFF3H。定义计数器 0 工作在方式 2，CLK_0=2MHz，要求 OUT_0 输出 1kHz 的脉冲；定义计数器 1 工作在方式 CLK_1 输入外部计数事件，每计满 100 个向 CPU 发出中断请求。试写出 8253 的初始化程序。

3. 试编写一程序，使 IBM PC 机系统板上的发声电路发出 200Hz 至 900Hz 频率连续变化的报警声。

4. 定时/计数器芯片 8253 占用几个端口地址？各个端口分别对应什么？

5. 利用 8253 产生时钟基准信号，现有频率为 2MHz 的脉冲信号，要求 OUT0 提供毫秒级脉冲信号（1000Hz），OUT1 提供秒级脉冲信号（1Hz），OUT2 输出的脉冲信号周期为 60 秒，完成 8253 初始化程序。

6. 试分析 8255A 方式 0、方式 1 和方式 2 的主要区别，并分别说明它们适合于什么应用场合。

7. 当 8255A 的 A 口工作在方式 2 时，其端口 B 适合于什么样的功能？写出此时各种不同组合情况的控制字。

8. 若 8255A 的端口 A 定义为方式 0，输入；端口 B 定义为方式 1，输出；端口 C 的上半部定义为方式 0，输出。试编写初始化程序。（口地址为 80H~83H）

9. 假设一片 8255A 的使用情况如下：A 口为方式 0 输入，B 口为方式 0 输出。此时连接的 CPU 为 8086，地址线的 A1、A2 分别接至 8255A 的 A0、A1，而芯片的 CS 来自 $A_3A_4A_5A_6A_7$=00101，试完成 8255A 的端口地址和初始化程序。

10. 用 8255 与 8253 控制 8 个 LED 发光二极管循环闪烁，如图 7-37 所示。已知 CLK=1MHZ，作为 8253 中 CLK0 的输入，OUT0 作为 8253 中 CLK1 的输入，OUT1 作为 8255 中 PC0 的输入。8253 中计数器 0 的计数初值为 10000，BCD 计数，产生对称方波；计数器 1 为二进制计数，产生 1HZ 的方波。请回答下列问题：

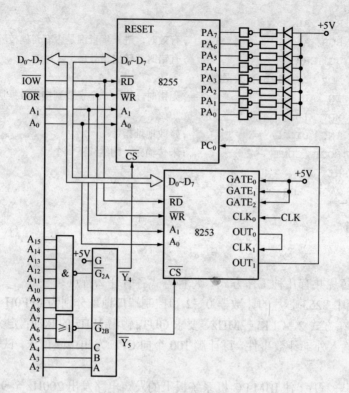

图 7-37　8253 和 8255 应用

（1）8253 端口地址：

（2）8253 的控制字；

（3）编写 8253 的初始化程序。

11. 串行通信和并行通信有什么异同？

12. 调制解调器的功能是什么？如何利用 Modem 的控制信号进行通信的联络控制？

第 8 章　数/模转换及模/数转换技术

教学目的

- 掌握 D/A 转换器的基本原理
- 掌握 DAC0832 芯片的应用
- 掌握典型 ADC 芯片与系统地连接方法及数据采集程序的设计
- 了解工控闭环系统的整体结构
- 了解 A/D 转换的基本过程
- 了解 A/D 转换器与系统的接口设计应考虑的问题

8.1　数/模（D/A）转换器

在计算机过程控制和数据采集系统中，需要测量和控制的对象常常是随时间在一定范围内连续变化的物理量，如温度、速度、位移、流量、压力、电压及电流等，通常称这些物理量为模拟量，而计算机只能识别离散的数字量信息，为了让计算机能够处理和接受模拟量，必须将模拟量转换为计算机能够识别和接受的数字量。模/数（Analog to Digital，简称 A/D）转换是将输入的模拟量转换为数字量，便于计算机处理；数/模（Digital to Analog，简称 D/A）转换是将处理的数字量转换为能够驱动模拟调节执行机构的模拟量。一般将实现 A/D 转换的电路称为 A/D 转换器（简称 ADC）。将实现 D/A 转换的电路称为 D/A 转换器（简称 DAC）。

A/D 和 D/A 技术除了在工业控制方面应用，还广泛用于通讯、雷达、遥控遥测、医疗器件、生物工程等各个需要信息交换、信息处理的领域，实际上在我们的生活中，小到冰箱、音响，大到摩托车、汽车等等，A/D 和 D/A 系统无处不在。我们以汽车发动机为例，如图 8-1 所示。

发动机起动工作情况下，发动机被起动机带动运转，当转速低于某值时，ECU（汽车电脑）识别出发动机处于起动状态，根据转速传感器、凸轮轴位置传感器、节流阀位置传感器、冷却液温度传感器、进气温度传感器等提供的信号，以及 ECU 中存储的最佳控制参数，计算出起动喷油量、点火角度和怠速直流电机的位置，并驱动喷油器和点火动力组件动作，使节气门处于起动位置，保证发动机顺利起动。发动机起动后，当转速超过某值时，则起动状态结束。

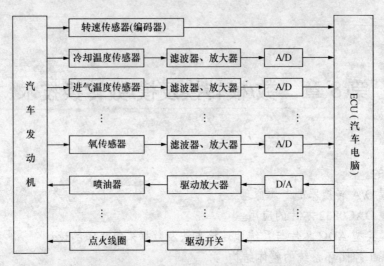

图 8-1　汽车发动机电控系统结构图

图 8-1 中的传感器又称为非电量转换器，用来把非电量的模拟量（如压力、温度、转速等）转换成电压或电流信号（有些传感器直接输出数字信号，如转速传感器通过编码器输出）。传感器产生的信号一般都有噪声及模拟信号幅度不足（信号弱）的问题，必须经过滤波器去掉噪声和放大器放大信号得到标准模拟信号。A/D 转换过程需要一定的时间，而模拟信号是连续不断变化的，所以还需要采样-保持电路把转换的模拟信号经采样后保持一段时间。有时采样-保持电路可以与 A/D 转换器做在同一芯片中。由计算机处理后的数字信息经 D/A 转换器转换为模拟信号输出，来驱动模拟调节执行机构。

所以，就计算机而言，外部物理世界的变量大多是模拟量，要对这些变量进行分析处理和控制，就存在着大量的模拟量输入/输出过程。所以 A/D、D/A 转换器已成为计算机接口技术中最常用的芯片之一，A/D、D/A 接口成为计算机应用系统中使用最为广泛的一类接口。

8.1.1　D/A 转换的原理

D/A 转换是把数字量信号转换为相应的模拟量信号的过程，数字量由二进制位组成每一个二进制位的权为 2^i，只要将这些位按权大小转换成相应的模拟量，然后根据叠加原理将个对应的模拟量相加，总和就是与数字量成正比的模拟量；D/A 转换器就是完成这个功能的，其实 D/A 转换器是将数字量转换模拟电流，再经运算放大器将该模拟电流转换为模拟电压（一般转换后的模拟信号都是以电压的形式输出）。

一般 D/A 转换器主要由运算放大器和电阻网络等组成，电阻网络典型的有加权电阻网络和 R-2R T 型电阻网络。

D/A 转换器工作原理，运算放大器开环放大倍数非常高（一般几千到几十万），所以加在运算放大器的输入电压非常小；由于运算放大器的输入阻抗非常大，流入运算放大器的电流也非常小；输出阻抗非常小，使运算放大器的负载能力很强；这是运算放大器特点。如图 8-2 所示，那么流经输入电阻 R_i 的电流 $I_i = \dfrac{V_i}{R_i}$，输出电压

$V_o = -R_f I_i = -\dfrac{R_f}{R_i} V_i$，故输出电压 V_o 与输入电压 V_i 之间的关系为：$V_o = -\dfrac{R_f}{R_i} V_i$，其中，$R_i$ 为运算放大器的输入电阻，R_f 为反馈电阻。

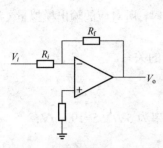

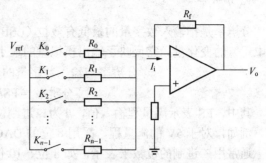

图 8-2　基本运算放大器电路　　　　　　　　图 8-3　简单 D/A 转换电路

若输入端有 n 个支路，如图 8-3 所示，图中各输入支路中的电阻值依次增大 2 倍，设 $R_0 = 2^0 R$，$R_1 = 2^1 R$，$R_2 = 2^2 R$，…，$R_{n-1} = 2^{n-1} R$，每一位电阻值都具有权值 2^j（j 为该电阻所在的位数），有一个开关 K_i 来控制，当 K_i 合上时 $K_i = 1$，K_i 断开时 $K_i = 0$，设 $V_{ref} = \dfrac{R_f}{R} V_i$，则可以得出输出电压 V_o 和输入的关系：

$$V_o = -R_f (K_0 I_0 + K_1 I_1 + K_2 I_2 \cdots K_{n-1} I_{n-1}) = -R_f \sum_{j=0}^{n-1} K_j \frac{1}{R_j} V_i = -\sum_{j=0}^{n-1} \frac{1}{2^j} K_j V_{ref}$$

假设输入端有 4 个支路，这个 4 位数为 $D_3 D_2 D_1 D_0$ 时，

若 K_3、K_2、K_1、K_0 全部闭合，即 $D_3 D_2 D_1 D_0 = 0000$，则 $V_o = 0$；

若 K_3、K_2、K_1、K_0 全部闭合，即 $D_3 D_2 D_1 D_0 = 1111$，则

$$V_o = -\left(\frac{1}{2^0} + \frac{1}{2^1} + \frac{1}{2^2} + \frac{1}{2^3}\right) V_{ref} = -\frac{15}{8} V_{ref}$$

从中可以看出 4 个开关的闭合和断开控制数据会产生 0000～1111 共 16 中组合，即流过电阻网络有 16 中不同电流会引起运算放大器输出 16 种不同的电压，从而实现数字量的变化就转换成了模拟量的变化。这就是 D/A 转换的基本原理。

D/A 转换器的转换精度与基准电压 V_{ref} 和权电阻的精度以及数字量的位数有关，所以要求 V_{ref} 为一个足够精度的标准电压；数字量的位数越多，转换的精度就越高，这样从图 8-3 中可以看出需要权电阻种类就越多，但由于在集成电路中制造高阻值的精密电阻比较难，故常用 R-2R T 型电阻网络来代替权电阻网络，由于这种网络中只有两种阻值，生产工艺上比较容易，精度容易保证，所以得到广泛的应用。

D/A 转换器的种类不同，与 CPU 的连接方法也不同，有的 D/A 转换器结构简单，要通过数据锁存器才能连到 CPU 上（以确保在整个转换过程中数字量的稳定）；有些 D/A 转换器集成了数据锁存器，可以和 CPU 直接相连。

8.1.2　D/A 转换的性能参数

1. 分辨率

分辨率是指输入数字量的最低有效位（LSB）发生变化时，所对应的输出模拟量（常为电压）的变化量。它反映了输出模拟量的最小变化值。

分辨率与输入数字量的位数有确定的关系，

$$分辨率 = FS/（2^n-1）$$

其中，FS 表示满量程输入值，n 为二进制位数。

例如，对于 5V 的满量程，采用 8 位的 DAC 时，分辨率为 5V/255=19.6mV；

通常用二进制的位数来表示，如 8 位、10 位、12 位等。

显然位数越多，分辨率越高。

2. 转换精度

D/A 转换器的精度可分为绝对精度和相对精度，表明 D/A 转换的精确程度，一般用误差大小来表示。

① 绝对精度是指实际的输出值与理论值之间的差距。它是由 D/A 转换器零点调整、增益误差、噪声和非线性误差等引起的。

② 相对精度是指绝对精度与满量程（用 FS 表示）的百分比。例如，一个 D/A 转换器的绝对精度为±10mV，FS 为 5V，则相对精度为±0.2%。

3. 转换时间

转换时间是指输入数字量变化时，输出电压变化到相应稳定电压值所需时间。一般用 D/A 转换器输入数字量满刻度变化（从 0 到全 1）时，从开始转换到输出模拟量达到规定的误差范围（±1/2 LSB）所需的时间。它表征了 D/A 转换器芯片的转换速率。

4. 线性误差

DAC 的理想特性为线性阶梯波（趋近一条直线），实际特性可能偏离理想特性，模拟量实际值与理想值间的最大差值，折合为数字量的最低有效位。

8.1.3　典型 D/A 转换芯片 DAC0832 及其接口电路

D/A 转换器种类非常多，常用的从位数上分有 8 位、10 位、12 位、16 位等，从输出形式上分有电流输出和电压输出。下面就以 DAC0832 为例，说明 D/A 转换器的应用。

DAC0832 是美国国家半导体公司（National Semiconductor 简称 NS）推出的 8 位 D/A 转换器，是 8 位 D/A 转换器中比较常用的芯片。

1. DAC0832 主要技术指标

● 分辨率：8 位。

- 线性误差：0.2%FS。
- 转换时间：1μs。
- 功耗：20mW。
- 逻辑电平输入：与 TTL 兼容。

2. DAC0832 内部结构

DAC0832 转换器是采用 R-2R T 型电阻网络，输出为差动电流信号，改变参考电压 V_{ref} 的极性，可以相应的改变输出电流的流向，从而控制输出电压的极性。另外，要想得到模拟电压输出，必须外接运算放大器。

如图 8-4 所示，DAC0832 由 8 位输入寄存器、8 位 DAC 寄存器和 8 位 D/A 转换电路组成。输入寄存器和 DAC 寄存器作为双缓冲，因为在 CPU 数据线直接接到 DAC0832 的输入端时，数据在输入端保持的时间仅仅是在 CPU 执行输出指令的瞬间内，输入寄存器可用于保存此瞬间出现的数据。LE（LE_1、LE_2）是寄存器锁存控制，当 LE = 1 时，寄存器的输出随输入变化，当 LE = 0 时，数据锁存在寄存器中，输出不随输入变化。

DAC0832 在使用时可以采用直通方式、单缓冲方式或双缓冲方式。因此，使用起来非常方便。

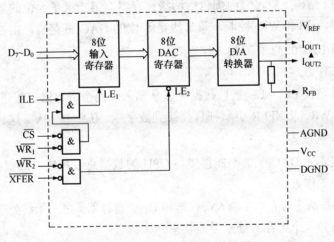

图 8-4　DAC0832 的内部结构图

3. DAC0832 引脚功能

DAC0832 的引脚信号，采用 20 条引脚的双列直插式封装。引脚功能如下：

$D_7 \sim D_0$：8 位数据输入。

ILE：输入寄存器允许信号，高电平有效。

$\overline{CS}$：片选信号，低电平有效。

$\overline{WR_1}$：输入寄存器写信号，低电平有效。输入寄存器的锁存信号 LE_1 由 ILE、$\overline{CS}$ 和 $\overline{WR_1}$ 的逻辑组合产生，LE_1 为高点平时，输入寄存器状态随输入数据变化，LE_1 负跳变将输入数据锁存。

$\overline{WR_2}$：DAC 寄存器的写选通信号。DAC 寄存器的锁存信号 LE_2 由 $\overline{XFER}$ 和 $\overline{WR_2}$ 的逻辑组合产生的。LE_2 为高电平时，DAC 寄存器的输出随输入而变化，LE_2 负跳变时，将输入寄存器的信号锁存到 DAC 寄存器。

$\overline{XFER}$：传送控制信号，低电平有效。

V_{REF}：参考电压，接至内部 R-2R T 型电阻网络，要求电压要非常稳定，电压范围 $-10V \sim +10V$。

I_{OUT1}：电流输出端 1，其值随 DAC 内容线性变化。当 DAC 寄存器的内容全为 1 时，输出电流最大；为全 0 时，输出电流为 0。

I_{OUT2}：电流输出端 2。$I_{OUT1} + I_{OUT2} =$ 常数。

R_{FB}：反馈电阻。由于片内已具有反馈电阻，故可以与外接运算放大器输出端短接。

V_{CC}：电源电压，$+5V \sim +15V$。

AGND：模拟信号地。

DGND：数字信号地。

4. DAC0832 接口电路

从 DAC0832 结构上看，它内部包括两级锁存器，第一级是 8 位的数据输入寄存器，由控制信号 ILE、$\overline{CS}$ 和 $\overline{WR_1}$ 控制，第二级是 8 位的 DAC 寄存器，由控制信号 $\overline{WR_2}$ 和 $\overline{XFER}$ 控制。故 DAC0832 有三种工作方式。

（1）直通工作方式

这种方式就是使 $LE_1 = LE_2 = 1$，数据可以从输入端两个寄存器直接进入 D/A 转换器，即 $\overline{CS}$、$\overline{WR_1}$、$\overline{WR_2}$ 及 $\overline{XFER}$ 引脚都直接接到数字地，ILE 接 +5V。这种方式 DAC0832 始终处于 D/A 转换状态。

这种工作方式下 DAC0832 不能直接与 CPU 的数据总线相连，故很少采用。

（2）单缓冲工作方式

这种方式是使两个寄存器（输入寄存器和 DAC 寄存器）之一始终处于直通，即 $LE_1 = 1$ 或 $LE_2 = 1$，另外一个寄存器处于受控状态。

在不要求多路 D/A 同时输出时，可以采用单缓冲方式，此时只需一次写操作，就开始转换，可以提高 D/A 的数据吞吐量。

【例 8-1】 如图 8-5 所示，设 DAC0832 端口地址为 port1，待转换数据在数据段的 3000H 单元中，完成转换的程序如下：

```
        MOV   AL, [3000H]      ; 取数据
        MOV   DX, port1        ; 取端口地址送 DX
        OUT   DX, AL           ; 输出数据 D/A 转换
        HLT
```

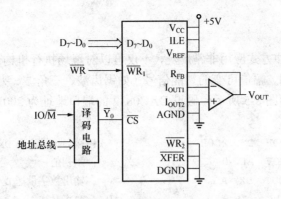

图 8-5　DAC0832 单缓冲方式下的电路

（3）双缓冲工作方式

这种方式是使两个寄存器均处于受控状态，这种工作方式适合于多模拟信号同时输出的应用场合。

双缓冲工作方式下，CPU 要对 DAC0832 进行两步操作：①将数据写入输入寄存器；②再将输入寄存器的内容写入 DAC 寄存器。

这种工作方式好处就是数据接收和启动转换可以一步进行，在 D/A 转换的同时，可以接收下个数据，提高了 D/A 转换的速度。

【例 8-2】　如图 8-6 所示，设 DAC0832 输入寄存器端口地址为 port1，DAC 寄存器端口地址为 port2，待转换数据在数据段 3000H 单元中，完成转换的程序。

由于在这种工作方式下要求先使数据锁存在输入寄存器；再使输入寄存器的内容（数据）进入 DAC 寄存器进行 D/A 转换，故程序中需要两条 OUT 指令。程序如下

```
MOV  AL, [3000H]    ;取数据
MOV  DX, port1      ;输入锁存器端口地址送 DX
OUT  DX, AL         ;数据送输入寄存器
MOV  DX, port2      ;DAC 寄存器端口地址送 DX
OUT  DX, AL         ;数据送 DAC 寄存器并启动 D/A 转换
HLT
```

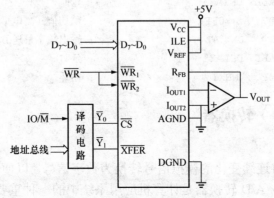

图 8-6　双缓冲方式下的电路

8.1.4　实例

DAC0832 单缓冲方式应用非常广泛，不仅可以对现场执行机构进行控制，还可以用于产生多种周期可调、幅值可变的智能信号（如锯齿波、三角波、方波、正弦波等），可做为信号源使用。如图 8-5 所示，假设 DAC0832 的端口地址为 200H。

锯齿波程序

```
        MOV  DX, 200H        ; 端口地址送至 DX
        MOV  AL, 0           ; 赋初值
NEXT1:  OUT  DX, AL          ; 输出数字量送 D/A 转换器
        INC  AL              ; 数字量加 1
        CALL DELAY           ; 调用延时子程序
        JMP  NEXT1           ; 循环
```

三角波程序

```
        MOV  DX, 200H        ; 端口地址送至 DX
NEXT0:  MOV  CX, 0FFH        ; 赋循环次数
        MOV  AL, 0           ; 赋初值
NEXT1:  OUT  DX, AL          ; 输出数字量送 D/A 转换器
        INC  AL              ; 数字量加 1
        LOOP NEXT1           ; 循环
        MOV  CX, 0FFH        ; 赋循环次数
NEXT2:  DEC  AL              ; 数字量减 1
        OUT  DX, AL          ; 输出数字量送 D/A 转换器
        LOOP NEXT2           ; 循环
        JMP  NEXT0           ; 达到最低重新循环
```

方波程序

```
        MOV  DX, 200H        ; 端口地址送至 DX
NEXT:   MOV  AL, 0           ; 赋初值（低电平）
        OUT  DX, AL          ; 输出数字量送 D/A 转换器
        CALL DEYAY1          ; 延时
        MOV  AL, 0FFH        ; 赋初值（高电平）
        OUT  DX, AL          ; 输出数字量送 D/A 转换器
        CALL DELAY1          ; 延时
        JMP  NEXT            ; 循环
```

8.2　模/数（A/D）转换器

A/D 转换器是将连续变化的模拟信号转换为数字信号，以便于计算机进行处理。和 D/A 转换器一样，A/D 转换器是计算机应用系统中的一种重要接口。A/D 转换的方法较多，有计数式、逐次逼近式、双积分式以及并行比较式/串行比较式等。

A/D 转换包括了采样保持、量化编码过程。

1. 采样保持

又称抽样，是把模拟信号在时间上离散化，如图 8-7 所示，从连续时间信号 $f(t)$（模拟信号）按等时间间隔 T 进行采样保持，可以得到一个阶梯函数 $f(nT)$，其中 $n = 0, 1\ldots$，这样采样后的函数在时间上是离散量。T 称为采样间隔，或采样周期，把 1/T 称为采样频率 f，即 $f = \dfrac{1}{T}$。

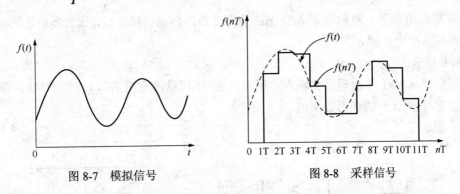

图 8-7　模拟信号　　　　　　　图 8-8　采样信号

对于随时间变化的模拟输入信号，要求瞬时采样值在时间 T 内保持不变，这样才能保证转换的正确性和转换精度，这个过程就是采样保持。正是有了采样保持，实际上采样后的信号是阶梯形的连续函数。显然，采样频率 f 越高，阶梯函数 $f(nT)$ 就越接近模拟输入信号 $f(t)$。

但由于实际电路的限制，采样频率 f 不可能很高，一般如果 $f \geqslant 2f_{max}$，其中 f_{max} 为模拟输入信号的最高频率分量，则可以不失真地恢复出 $f(t)$。

2. 量化编码

即幅值量化，是把输入模拟信号 $f(t)$ 的变化范围划分成若干层，每层间隔长度 R（R=A/m，其中，A 为输入信号可能出现的最大值，令其分为 m 个间隔，如图 8-9 所示，分为 7 个间隔，R=A/7），输入信号，经过四舍五入的方法消去"零头"后，值落到哪一层，就由哪一层的数值来代表，这一过程称为量化。很显然，量化经过四舍五入要产生误差，这种误差是量化过程固有的，最大偏差是 R 的一半。很显然 R 越小（即 m 越大），误差越小，这取决于 A/D 转换器位数，如 8 位 A/D，$m = 2^8 - 1 = 255$，那么，R=A/255。

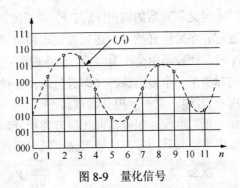

图 8-9　量化信号

将幅值经过量化以后变为二进制数字（编码），输出给计算机。

经上述变化，把 $f(t)$ 变成了时间上离散、幅值上量化的数字信号。

8.2.1 A/D 转换的原理

由于 A/D 转换的方法很多，所以 A/D 转换器的种类也很多，如计数式、逐次逼近型、双积分型、并行比较型/串行比较型、$\sum-\Delta$（Sigma-delta）调制型、电容阵列逐次比较型及压频变换型等。

下面分别介绍双积分型和逐次逼近型 A/D 转换器的工作原理。

1. 双积分型 A/D 转换器

如图 8-10 所示，双积分式 A/D 电路的主要部件包括：积分器、比较器、计数器、控制逻辑和基准电压源。

转换原理：

积分型 A/D 工作原理是将输入电压转换成时间（脉冲宽度信号）或频率（脉冲频率），然后由定时器/计数器获得数字值。

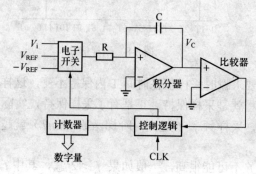

图 8-10 双积分型 A/D 转换器原理图

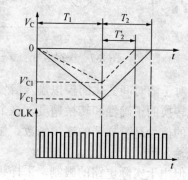

图 8-11 转换波形图

转换开始前，先将计数器清零，并使电容 C 完全放电。开始转换分两个阶段。

第一阶段，令开关置于输入信号 V_i 端。积分器对 V_i 进行固定时间 T_1 的积分。积分结束时积分器的输出电压为：

$$V_{C1} = \frac{1}{C} \int_0^{T_1} (-\frac{V_i}{R}) \mathrm{d}t = -\frac{T_1}{RC} V_i$$

可见积分器的输出 V_C 与 V_i 成正比。这一过程称为转换电路对输入模拟电压的采样过程。在采样开始时，逻辑控制电路将计数门打开，计数器计数。当计数器达到满量程 N 时，计数器由全 1 复位 0，这个时间正好等于固定的积分时间 T_1。计数器复位 0 时，同时给出一个溢出脉冲（即进位脉冲）使控制逻辑电路发出信号，令开关转换至基准电压 $-V_{REF}$ 端，第一次积分结束。

第二阶段，积分器向相反方向积分。计数器由 0 开始计数，经过 T_2 时间，积分器输出电压回升为零，比较器输出低电平，关闭计数门，计数器停止计数。

那么

$$\frac{T_2}{RC} V_{REF} = \frac{T_1}{RC} V_i$$

即
$$T_2 = \frac{T_1}{V_{REF}} V_i$$

表明，反向积分时间 T_2 与输入模拟电压 V_i 成正比。

很显然，V_i 越大，积分器输出电压越大，反向积分时间也越长。计数器在反向积分时间内所计的数值，就是输入模拟电压 V_i 所对应的数字量，由此实现了 A/D 转换。

其优点是用简单电路就能获得高分辨率，抗干扰能力强；但缺点是由于转换精度依赖于积分时间，因此转换速率极低。一般应用在精度高而速度不高的场合，如测量仪表。

2. 逐次逼近型 A/D 转换器

逐次比较型 A/D 由逐次逼近寄存器 SAR、D/A 转换器、电压比较器和控制逻辑电路组成，工作原理和用天平秤重过程类似。如图 8-12

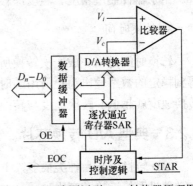

所示，V_i 为待转换的模拟电压输入，转换开始前，要将 SAR 寄存器各位清零，由启动信号控制开始转换，控制逻辑电路将逐次逼近寄存器 SAR 的最高位置 1（以 8 位 A/D 为例，即为 10000000B），逐次逼近寄存器 SAR 中的数字量经 D/A 转换器转换为对应的模拟电压 V_c，并与模拟输入电压 V_i 进行比较，若 $V_i \geqslant V_c$，则逐次逼近寄存器 SAR 中最高位 1 合适，应保留下来；否则将最高位清零。然后再将次高位置 1，进行相同的操作过程，直至

图 8-12 逐次逼近型 A/D 转换器原理图

SAR 寄存器的所有位都被确定。转换过程结束，逐次逼近寄存器 SAR 中的二进制码经数据缓冲器输出（即 A/D 转换结果）。

其优点是转换速度和精度都比较高，功耗低，在低分辨率（<12 位）时价格便宜，但高精度（>12 位）时价格很高。

8.2.2 A/D 转换器的性能参数

1. 分辨力

A/D 转换器的分辨力就是分辨率，是指引起输出二进制数字量最低有效位变动一个数码时，输入模拟量的最小变化量。如 A/D 转换器的二进制位数为 n，输入电压满量程为 FS（亦可称为输入范围），则：

$$分辨率 = FS / (2^n - 1)$$

很显然，位数越多，则量化增量越小，量化误差越小，分辨力也就越高。常用的有 8 位、10 位、12 位、16 位、24 位、32 位等。

例如，某 A/D 转换器输入模拟电压的变化范围为 0V～+5V，转换器为 8 位，那么分辨率就是 19.6mV（5V/255 ≈ 19.6mV）。

2. 转换精度

转换精度是指 A/D 转换器输出的数字量所对应的实际输入电压值与理论上产生该数字量的应有输入电压之差,它反映了实际 A/D 转换器与理想 A/D 转换器的差别,常用误差来表示。产生误差的因素很多,主要是量化误差和器件误差。

(1)量化误差

由于具有某种分辨力的转换器在量化过程中由于采用了四舍五入的方法,因此最大量化误差应为分辨力数值的 1/2。可见,A/D 转换器数字转换的精度由最大量化误差决定。实际上,许多转换器末位数字并不可靠,实际精度还要低一些。

(2)器件误差

由于器件制造精度、温度漂移等造成的,可以通过提高产品质量来降低。

3. 转换时间

转换时间是指完成一次转换所用的时间,即从发出转换控制信号开始,直到输出端得到稳定的数字输出为止所用的时间。转换时间的倒数称为转换速率。转换时间越长,转换速度就越低。转换速度与转换原理及位数有关。

8.2.3 典型 A/D 转换芯片

A/D 转换器产品种类很多,下面以 8 位的 A/D 产品 ADC0809 为例介绍 A/D 转换器与微型机系统连接及应用。

ADC0809 是美国 NS 公司生产的,采用 CMOS 工艺、逐次逼近式、8 通道输入单片 A/D 转换器,可直接与系统连接。

(1)ADC0809 主要特性

- 分辨率:8 位。
- 转换时间:$100\mu S$(在 CLOCK=640KHz 条件下)
- 输入范围:0～+5V,不需零点和满刻度校准。
- 电源:单电源+5V。
- 功耗:15mW

(2)ADC0809 的引线及内部结构

如图 8-13 所示,ADC0809 的引脚功能如下:

$IN_7 \sim IN_0$:8 路模拟量输入端。

$D_7 \sim D_0$:8 位数字量输出端。

ADD_C、ADD_B、ADD_A:3 位地址输入线,用于选通 8 路模拟输入中的 1 路。

ALE:地址锁存允许信号,用于锁存 $ADD_C \sim ADD_A$ 端的地址输入,上升沿有效。

START:A/D 转换启动脉冲输入端,输入一个正脉冲,使其启动(脉冲上升沿使 ADC0809 转换器复位,下降沿启动 A/D 转换)。

EOC:A/D 转换结束信号,当 A/D 转换结束时,此端输出一个高电平(转换期间一直为低电平)。

OE：数据输出允许信号，高电平有效。当 A/D 转换结束时，此端输入一个高电平，才能打开输出三态门，输出数字量。

CLOCK：时钟脉冲输入端。其时钟频率范围为 10～1280KHz。

$V_{REF(+)}$、$V_{REF(-)}$：基准电压输入。一般应用情况下，$V_{REF(+)}$ 接+5V，$V_{REF(-)}$ 接 GND。

Vcc：电源电压，接+5V。

GND：地信号。

ADC0809 的内部结构

如图 8-14 所示，为 ADC0809 的内部结构框图，由三部分构成：

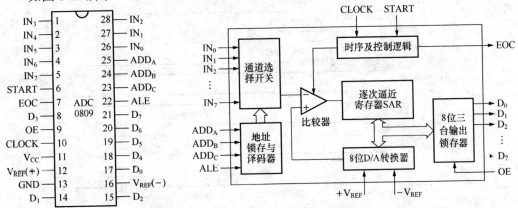

图 8-13　ADC0809 外部引脚图　　　　图 8-14　ADC0809 内部结构图

模拟量输入及选择部分：包括一个 8 路模拟开关和地址锁存与译码电路，8 个输入模拟量可以通过引脚 IN_7～IN_0 输入。多路开关的状态由三位地址信号 ADD_C、ADD_B、ADD_A 译码控制，某一时刻只能有一路模拟信号进行转换，见表 8-1。

表 8-1　输入通道与地址选择

地址线			模拟量输入通道
ADD_C	ADD_B	ADD_A	
0	0	0	IN_0
0	0	1	IN_1
0	1	0	IN_2
0	1	1	IN_3
1	0	0	IN_4
1	0	1	IN_5
1	1	0	IN_6
1	1	1	IN_7

转换器部分：包括比较器，8 位 D/A 转换器，逐次逼近寄存器 SAR 及控制逻辑电路等。由 START 信号控制启动转换，转换完成发出转换结束信号 EOC。

输出部分：包括一个 8 位三态输出锁存器。转换数据由 OE 信号控制下输出。

（3）ADC0809 的工作过程

首先输入 3 位地址（ADD_C、ADD_B、ADD_A）信号，在通道地址信号有效期间，使 ALE 引脚上产生一个由低到高的电压变化，即脉冲上升沿，将地址存入地址锁存器中。此地址经译码选通 8 路模拟输入之一到比较器。START 上升沿将逐次逼近寄存器复位。下降沿启动 A/D 转换，之后 EOC 输出信号变低，指示转换正在进行；直到 A/D 转换完成，EOC 变为高电平，指示 A/D 转换结束，结果数据已存入锁存器（这个信号可用作中断申请）。当 OE 输入正脉冲时，输出三态门打开，转换结果的数字量输出到数据总线上。如图 8-15 所示。

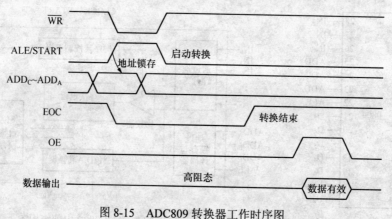

图 8-15　ADC809 转换器工作时序图

8.2.4　实例

1. A/D 转换器与系统的接口设计应该考虑的几个问题

（1）电源及接地

一般 A/D 转换器都需要几种电源。

工作电源：有单电源、有多电源的。

基准电压（参考电压）：有的 ADC 芯片内部带稳压的，就不需要；有的 ADC 芯片内部不带稳压的，须额外提供精准基准电压。

接地：模拟地，数字地，要分别接到系统的模拟地和数字地上。

（2）输入模拟电压的连接

ADC 芯片一般有 Vin(+)、Vin(-) 或 IN(+)、IN(-) 引脚，用于连接模拟输入信号。连接方式有单端输入和差动输入。

单端输入：模拟信号的正极接 Vin(+) 或 IN(+)，模拟信号的负极接 A/D 转换器的模拟地。

差动输入：模拟信号与 A/D 转换器不共地。模拟信号的正极接 Vin(+) 或 IN(+)；模拟信号的负极接 Vin(-) 或 IN(-)。

对于具有差动输入引脚的 A/D 转换器，也可按单端方式连接。例如，正向输入信号连至 Vin(+) 或 IN(+)，而 Vin(-) 或 IN(-) 接地。反向输入信号连至 Vin(-) 或 IN(-)，而 Vin(+) 或 IN(+) 接地。有的 A/D 转换器可以输入双极性信号，有的只能输入单极性信号。

（3）数据输出线与系统总线的连接

A/D 转换芯片一般有两种数据输出方式：有些 ADC 芯片内部带可控的三态门、有些 ADC 芯片内部不带可控的三态门。

带三态门的 ADC，数据输出线可与系统数据总线直接相连，用信号控制三态门。在转换结束后，CPU 用 IN 指令读入数据。

不带三态门的 ADC，接口电路中应设计三态缓冲器。

8 位以上的 A/D 转换器，还需要考虑 A/D 转换器的数据输出线与系统数据总线的位数对应问题。

（4）启动信号的连接

A/D 转换芯片的启动信号主要就是启动转换信号和通道地址锁存信号，如 ADC0809 中的 START 和 ALE 等，要确定需要用脉冲还是电平控制，以便提供相应的信号。

例如，对于用电平启动的 A/D 转换芯片，如果在转换中途撤走启动信号，就会停止转换而得到错误结果。在转换结束后，应该撤销启动信号，以便下次启动转换。

（5）转换结束信号的判断方法

1）查询方式：选通模拟信号输入通道，发出启动 A/D 转换信号，然后系统不断查询转换结束信号的状态，若查到转换结束，把转换完的数字量信息读出，若没查到转换结束，则继续查询。

2）中断方式：将 A/D 转换结束信号作为 CPU 的中断请信号，可以通过中断服务程序来处理 A/D 转换信息的读出。例如可以把 ADC0809 的 EOC 端接到中断控制器 8259A 的中断请求输入端。

3）固定延时方式：首先要确定 A/D 转换的转换时间，启动 A/D 转换后，间隔固定延时时间（大于转换时间），读转换数据。

此外，还可以通过 CPU 的 READY 信号来判断是否转换结束；对于高速 ADC 可以采用 DMA 方式等等。

2.　AD0809 转换器与系统的接口设计

如图 8-16 所示，以查询方式为例，设计了 ADC0809 转换器与系统的接口电路。

图 8-16 中，把数据总线的 D_2、D_1、D_0 直接连到 ADD_C、ADD_B、ADD_A 上（也可以通过一片 74LS273 或 74LS373 连接）；START、ALE 并到一起；EOC 转换状态信号通过三态门连接到数据总线的 D_7 位上；ADC0809 的数据端直接连到数据总线上（因为 ADC0809 片内具有数据三态缓冲器）。

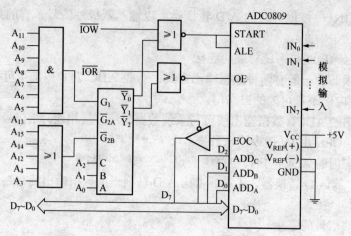

图 8-16　ADC0809 与系统查询方式连接图

工作过程：先通过 ADD_C、ADD_B、ADD_A 赋值，锁存（ALE 上升沿），选通模拟输入量输入通道，启动 A/D 转换（START 下降沿）；然后用程序查询转换状态信号（EOC）的状态，若 EOC 为高电平，则表示 A/D 转换结束，可以读数据；若 EOC 为低电平，则 A/D 转换未结束，继续查询，直至 EOC 为高电平。

图 8-16 所示，锁定、启动（START、ALE）转换端口地址为 0FE0H，数据端口地址为 0FE1H，转换状态（EOC）端口地址为 0FE2H。

程序如下：

```
DATA        SEGMENT
  BUFFER       DB  8 DUP(?)          ; 数据缓冲区
  ALE _START EQU  0FE0H              ; 锁定、启动转换端口地址
  DATA_OE      EQU  0FE1H            ; 数据允许端口地址
  EOC          EQU  0F2H             ; 转换状态端口地址
DATA          ENDS
CODE        SEGMENT
              ASUME  CS:CODE, DS:DATA
START:    MOV  AX, DATA
              MOV  DS, AX
              MOV  SI, OFFSET  BUFFER   ; 设置数据缓冲区
              MOV  BL, 0               ; 赋通道号，从 0 通道开始
              MOV  CX, 8               ; 采集 8 次
LP:       MOV  AL, BL
              MOV  DX, START_ALE       ; 取锁定、启动转换端口地址
              OUT  DX, AL              ; 送通道地址，并启动转换
              NOP                      ; 空操作等待转换
              MOV  DX, EOC             ; 取转换状态端口地址
RD_EOC:  IN   AL, DX                   ; 读转换状态端口
```

```
        TEST  AL, 80H              ; 检测 EOC 的状态, 即 AL 的 D7
        JZ    RD_EOC               ; EOC≠1, 未转换完, 则循环等待
        MOV   DX, DATA_OE
        IN    AL, DX               ; 读数据
        MOV   [SI], AL             ; 存储数据
        INC   SI                   ; 指向下一个数据存储单元
        INC   BL                   ; 指向下一个通道
        LOOP  LP                   ; 采集下一通道
        MOV   AH, 4CH
        INT   21H
   CODE ENDS
        END   START
```

在实际应用中, A/D 转换器与 D/A 转换器可以实现控制系统中实际应用的模拟量与计算机处理的数字量之间的输入/输出。合理地选择 A/D 和 D/A 转换器是关键问题, 这要综合设计的诸项因素, 系统技术指标、成本、功耗、安装等。根据应用要求主要考虑以下几个方面:

1) 选取转换芯片的精度和分辨率, 即转换器的位数;
2) 确定转换器的转换速率;
3) 选择芯片的环境参数;
4) 根据接口设计是否简便及价格等选取转换芯片。

练 习 题

1. 什么是 D/A 转换器? 什么是 A/D 转换器? 它们的主要作用什么?

2. D/A 转换器绝对误差是什么? 相对误差是什么?

3. 如果一个 8 位 D/A 转换器的满量程 (对应于数字量 255) 为 10V, 分别确定模拟量为 2.0V 和 8.0V 所对应的数字量是多少?

4. 一个 12 位 D/A 转换器, 输出满量程电压为 5V, 那么其分辨率是多少?

5. DAC0832 D/A 转换器分哪几部分? 可以工作在哪几种工作模式下?

6. 设 A/D 转换器分别为 8 位、10 位、12 位, 满刻度输入电压为 5V, 那么它们的分辨率分别是多少? 最大量化误差分别是多少?

7. A/D 转换器与 CPU 之间采用查询方式和采用中断方式时, 接口电路有什么不同?

8. ADC0809 转换器有哪些主要特性? 其内部结构由哪几部分组成?

9. 通过 8255A 芯片连接 ADC0809 与 8088 系统, 试画出连接图? 并编写采样程序?

第9章 总线技术

教学目的
- 掌握总线的相关概念及总线的数据传输过程
- 理解总线仲裁控制
- 了解 PCI 总线的系统结构

9.1 总线规范

每一种微处理器（CPU）都要与一定数量的部件和外设相连接，但如果将各部件和每一种外设都分别用一组线路与 CPU 直接连接，那么连线将会错综复杂，甚至难以实现。常用一组线路配置以适当的接口电路与各部件和外设连接，这组共用的连接线路被称为总线。总线是各种信号线的集合，是计算机各部件之间传输数据、地址和控制信息的公共通道。采用标准总线可以简化系统设计、简化系统结构、提高系统可靠性、易于系统的扩充和更新等。

随着微型计算机发展，总线的结构也在不断地发展变化。

每个总线标准都有详细的规范说明文档，用大量的文字及图表来描述。主要包括以下几个部分：

1）机械结构规范：规定模块尺寸、总线插头、边沿连接器等的规格。

2）功能结构规范：引脚名称与功能，以及其相互作用的协议，是总线的核心。通常包括如下内容：

- 数据线、地址线、读/写控制逻辑线、时钟线及电源线、地线等；
- 中断机制；
- 总线主控仲裁；
- 应用逻辑，如握手、复位、自启动、休眠等信号线。

3）电气规范：规定信号逻辑电平、负载能力及最大额定值、动态转换时间等。

9.2 总线的分类及其优点

在微型计算机系统中，总线无处不在，种类繁多，这些总线可以从不同的层次和角度进行分类。

1. **按总线的功能分类**

从信息功能上划分，总线分为数据总线（Data Bus）、地址总线（Address Bus）和控制总线（Control Bus）。

（1）数据总线（DB）

数据总线是用于传送数据信息，一般为双向传输。它既可以把 CPU 的数据传送到存储器或输入/输出端口等其他部件，也可以将其他部件的数据传送到 CPU。数据总线的宽度是微型计算机的一个重要指标，一般与微处理的字长相一致。例如 Intel8086 微处理器字长 16 位，其数据总线宽度也是 16 位；Intel80386 的数据总线宽度为 32 位。

（2）地址总线（AB）

地址总线是专门用来传送地址信息的。由于地址只能从 CPU 传向存储器或输入/输出端口，所以地址总线总是单向的，这与数据总线不同。地址总线的位数决定了 CPU 可直接寻址的内存或输入/输出端口空间大小。例如 Intel8086/8088 微处理器为 20 位地址线，内存可寻址空间为 $2^{20}=1M$，输入/输出端口空间为 $2^{16}=64K$。

（3）控制总线（CB）

控制总线是用于传送控制信号和时序信号。例如有的信号是微处理器对外部存储器进行操作时，要先通过控制总线发出读/写信号、片选信号和中断响应信号等；也有的信号是其他部件传给 CPU 的，比如：中断请求信号、复位信号、总线请求信号等。因此，总线信号从总体上讲，其传送方向是双向的，但具体某一信号，其信息走向都是单向的；控制总线的位数要根据系统的实际控制需要而定。实际上控制总线的具体情况主要取决于 CPU。

2. **按总线的层次结构分类**

从层次结构上划分，总线分为 CPU 总线、系统总线和外部总线。

1）CPU 总线，也称为前端总线。它包括地址线、数据线和控制线，用来连接 CPU 与存储器、CPU 与 I/O 接口、CPU 与控制芯片组等芯片的信息传输，也用于系统中多个微处理器之间的连接。

2）系统总线，也称为 I/O 通道总线。包括地址线、数据线和控制线，用来连接扩充插槽上的各扩充板卡，是主机系统与外围设备之间的通信通道。系统总线有多种统一标准，以适用于各种系统。常见的系统总线标准有：ISA 总线、EISA 总线、PCI 总线等。

3）外部总线。它主机用来连接外部设备接口的总线，包括地址线、数据线和控制线，实际上就是外设的接口标准。例如，目前微型计算机上流行的接口标准有：IDE（EIDE）、SATA、RS232 和 USB 等。

其中，CPU 总线、外部总线在系统板上，不同的系统采用不同的芯片组，这些总线不完全相同，也不存在互换性问题。

而系统总线是与 I/O 扩充插槽相连的，I/O 插槽中可插入各式各样的扩充板卡，作为各种外设的适配器与外设连接。系统总线必须有统一的标准，以便按照这些标准设计各类适配卡。

此外，总线还可以根据相对 CPU 位置分为片内总线和片外总线等。

总线设计的优点：

1）模块结构方式便于系统的扩充和升级。

2）采用模块结构方式可以简化系统设计。

3）模块化总线设计可以降低成本，同时便于诊断和维修。

4）按标准设计出的总线产品具有很好的兼容性。即产品是面向整个行业而非单一的系统。

9.3　总线的性能指标和数据传输及仲裁

1.　总线的性能指标

（1）总线的带宽（总线数据传输速率）

总线的带宽指的是单位时间内总线上传送的数据量，即每秒钟传送多少字节（最大稳态数据传输率）。单位是字节/秒（B/s）或兆字节/秒（MB/s）。与总线密切相关的两个因素是总线的位宽和总线的工作频率。

（2）总线的位宽

总线的位宽指的是总线能同时传送的二进制数据的位数，或数据总线的位数，即 8 位、16 位、32 位、64 位等总线宽度的概念。总线的位宽越宽，每秒钟数据传输率越大，总线的带宽越宽。

（3）总线的工作频率

总线的工作频率也称总线的时钟频率，以 MHz 为单位。工作频率越高，总线工作速度越快，总线带宽越宽。

总线带宽、总线位宽、总线的工作频率之间的关系：

$$总线的带宽=总线的工作频率×（总线的位宽/8）$$

2.　总线的数据传输过程

总线上的设备有两种：主设备和从设备。主设备是能够发起总线传输的设备，即可以通过总线进行数据传送。从设备是只能响应总线传输的设备，即只能按主设备的要求工作，接收传送来的数据。

总线操作的特点：任意时刻，总线上只能允许一对设备（主设备和从设备）进行信息交换。当有多个设备要使用总线时，只能按各设备的优先等级，在总线时间上分时方式使用。

（1）总线上一次信息传送过程

一般来说，总线上完成一次数据传输要经历五个阶段：

总线请求：要使用总线的主设备向总线仲裁机构提出占有总线控制权的申请。

总线仲裁：总线仲裁机构判别确定后，把下一个总线传输周期的总线控制权授给哪个申请者。

寻址阶段：获得总线控制权的主设备，通过地址总线发出本次要访问的从设备的地址及相关命令。通过译码使被访问的从设备被选中，而开始启动工作。

数据传送：实现主设备与从设备进行数据交换。

结束阶段：主、从设备的有关信息均从总线上撤除，让出总线，以便其他设备能继续使用总线。

对于仅有一个主设备的简单系统，就无需申请、分配和撤除了，总线使用权始终归它占有。对于包含中断、DMA 控制或多处理器的系统，还得有某种分配管理机构来参与。

（2）总线传输需要解决的问题

● 总线传输同步。为使信息正确传输，需要对总线通信进行定时，根据定时方式的不同，分为同步定时、异步定时、半同步定时等三种数据传送方式。

● 总线仲裁控制。总线上任意时刻只能有一个总线主设备控制总线，为了避免多个设备同时占用总线的矛盾，要有总线仲裁机构来判别。

● 纠错处理。数据传送过程可能产生错误，因此速度较高的总线通常需要一定的错误检测电路及总线信号来发现或纠正出现的错误。错误检测方法：奇偶校验法、循环冗余校验(CRC)码的错误校验等方式。

● 总线驱动。计算机系统中通常采用三态总线驱动器，但驱动能力是有限的，故在扩充外设接口时要注意。

所以，总线的基本功能为：数据传送，总线仲裁，纠错处理及总线驱动。

下面我们主要讲述总线数据传送及总线仲裁。

3. 总线数据传送

数据在总线上传送时，为了确保传送的可靠性，传送过程必须有定时信号控制，定时信号就是使主设备和从设备之间的操作同步，传输正确。总线定时协议有三种类型：同步定时方式、异步定时方式、半同步定时方式。

（1）同步定时方式

总线上的所有设备共用同一时钟脉冲进行操作过程的同步控制。发送和接收信号都在固定时刻发出。如图 9-1 主设备在数据准备好信号 READY 的控制下将数据发出，从设备在接收信号 ACK 控制下接收数据。

特点：

1）用公共的时钟信号进行同步，具有较高的传输率（吞吐量大）；

2）同步定时不需应答信号；

3）适用于总线长度较短，各设备存取时间比较接近的情况。

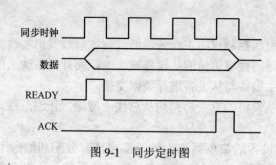

图 9-1   同步定时图

缺点：源部件无法知道目的部件是否已收到数据，目的部件无法知道源部件的数据是否已真正送到总线上。

（2）异步定时方式

异步定时方式允许总线上的各部件有各自的时钟，在部件之间进行通信时没有公共的时间标准，而是在发送数据的时同时靠在原部件和目的部件之间来回传送控制信号来实现。这些控制信号的传送要有相当可观的延时时间。异步定时方式可分为不互锁、半互锁和全互锁三种类型，如图 9-2 所示。

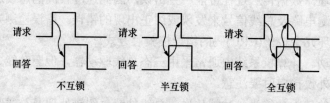

图 9-2   异步定时类型图

1）不互锁方式。主设备发出请求信号后，不等待接到从设备的回答信号，而是经过一段时间。确认从设备已收到请求信号后，便撤销其请求信号；从设备接到请求信号后，在条件允许时发出回答信号，并且经过一段时间，确认主设备已收到回答信号后，自动撤销回答信号。可见通信双方并无互锁关系。

2）半互锁方式。主设备发出请求信号，待接到从设备的回答信号后再撤销其请求信号，存在着简单的互锁关系；而从设备发出回答信号后，不等待主设备回答，在一段时间后便撤销其回答信号，无互锁关系。故称半互锁方式。

3）全互锁方式。主设备发出请求信号，待从设备回答后再撤销其请求信号；从设备发出回答信号，待主设备获知后，再撤销其回答信号。故称全互锁方式。

如图 9-3 所示，以全互锁方式为例说明异步定时方式，发送设备将数据放在总线上，延迟 t 时间后发出 READY 信号，通知对方数据已在总线上。接收设备以 READY 信号作为选通脉冲接收数据，并发出 ACK 作回答，表示数据已接收，发送设备收到 ACK 信号后可以撤除数据和 READY 信号，以便进行下一次传送。

特点：

异步定时适用于存取时间不同的设备之间的通信，对总线的长度也没有严格的要求。

缺点：延迟较长。

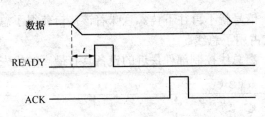

图 9-3　全互锁异步同步定时图

（3）半同步定时方式

半同步总线定时方式是利用时钟脉冲的边沿判断某一信号的状态，或控制某一信号的产生和消失，使传输操作与时钟同步。每个动作只能在固定时钟确定的一定时刻发生。它不像同步定时方式那样传输周期固定，但间隔时间必须是时钟周期的整数倍，信号的出现、采样与结束仍以公共时钟为基准。ISA 总线采用此定时方法。

特点：

定时方式简单，但系统内各设备在统一的系统时钟控制下同步工作，可靠性较高，同步结构较方便。

缺点：对系统时钟频率不能要求太高。

故从整体上来看，半同步通信适用于系统工作速度不高，但又包含了许多工作速度差异较大的各类设备的简单系统。

4. 总线的仲裁

随着应用的发展，主要是工业控制、科学计算的需求，多个主设备共享总线的情况越来越多，这对总线技术提出了新的要求。根据这类系统的特点，需要解决各个主设备之间资源争用等问题，这使得总线的复杂性大为增加。

总线仲裁也叫总线判优。由于总线为多个设备所共享，在总线上某一时刻只能有一个总线主控设备控制总线，为了避免多个设备同时发送信息到总线的冲突，必须要有一个总线仲裁机构，对总线的使用进行合理的分配和管理。

总线上的设备间通信时，首先应发出请求信号。在某一时刻可能有多个设备同时请求使用总线，总线仲裁控制机构根据一定的判优原则，决定先由哪个设备使用总线。按照总线仲裁电路的位置不同，仲裁方式分为集中式仲裁和分布式仲裁两类。

（1）集中式仲裁

集中式仲裁主要有三种方式，即链式查询方式、计算器查询方式、独立请求方式。

1）链式查询方式。如图 9-4 所示，中链式查询方式需要有以下三根控制线：

总线请求信号 BR：此信号有效时，表示至少有一个外设请求使用总线。

总线忙信号 BS：此信号有效时，表示总线正被某外设使用。

总线应答信号 BG：此信号有效时，表示总线控制部件响应了外设的总线请求。

链式查询方式的基本原则是，总线设备要求使用总线时，通过 BR 线发出总线请求，总线控制器接到 BR 信号后，发出总线应答信号 BG，BG 是串行地从一个 I/O 接口送到下一个 I/O 接口。如果 BG 到达的接口无总线请求，则继续往下查询；如果 BG 到达的接口有总线请求，BG 信号就不再往下传。意味着该接口获得了总线使用权，并建立总线忙 BS 信号，表示它占用了总线。

可见在查询链中，离总线控制部件最近的设备具有最高的优先级。

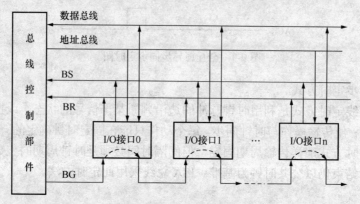

图 9-4 链式查询方式图

链式查询方式的特点：

只用很少几根线就能按一定优先次序实现总线仲裁，很容易扩充设备。但这种方式对询问链的电路故障很敏感，如果第 i 个设备的接口中有关链的电路有故障，那么第 i 个以后的设备都不能进行工作。查询链的优先级是固定的，如果优先级高的设备出现频繁的请求时，优先级较低的设备可能长期不能使用总线。

2）计数器查询方式。如图 9-5 所示，计算器查询方式原理是：总线上的任一设备要求使用总线时，通过 BR 线发出总线请求。总线控制器接到请求信号后，在 BS 线为 0 的情况下让计数器开始计数，计数值通过一组地址线发向各设备。每个设备接口都有一个设备地址判别电路，当地址线上的计数值与请求使用总线的设备地址相一致时，该设备置 BS 线为 1，获得了总线使用权，此时中止计数查询。

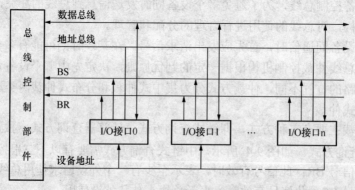

图 9-5 计数器查询方式图

计算器查询方式的特点：

计数可以从 0 开始，此时设备的优先次序是固定的；计数也可以从终止点开始，即是一种循环方法，此时设备使用总线的优先级相等；计数器的初始值还可由程序设置，故优先次序可以改变。此外，对电路故障不如链式查询方式敏感，但增加了主控制线（设备地址）数，控制也较复杂。

3）独立请求方式原理如图 9-6 所示。每一个共享总线的设备均有一对总线请求线 BR_i 和总线应答线 BG_i。当设备要求使用总线时，便发出该设备的请求信号 BR_i。总线控制部件中的排队电路决定首先响应哪个设备的请求，给设备以允许信号 BG_i。

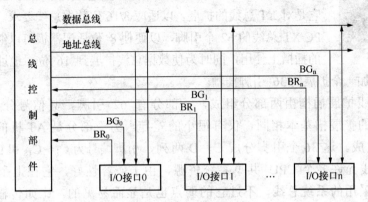

图 9-6　独立请求方式图

独立请求方式的特点：

响应时间快，确定优先响应的设备所花费的时间少，用不着一个设备接一个设备地查询。其次，对优先次序的控制相当灵活，可以预先固定也可以通过程序来改变优先次序；还可以用屏蔽某个请求的办法，不响应来自无效设备的请求。

但独立请求方式控制线数量多，总线控制更复杂。

链式查询中仅用两根线确定总线使用权属于哪个设备，在计数查询中大致用 $\log_2 n$ 根线，其中 n 是允许接纳的最大设备数，而独立请求方式需采用 $2n$ 根线。

（2）分布式仲裁

分布式仲裁不需要中央仲裁器，每个主设备都有自己的仲裁号和仲裁器。

仲裁过程：当它们有总线请求时，把它们唯一的仲裁号发送到共享的仲裁总线上，每个仲裁器将仲裁总线上得到的号与自己的号进行比较。如果仲裁总线上的号比自己的号大，则它的总线请求不予响应，并撤销它的仲裁号。最后，获胜者的仲裁号保留在仲裁总线上。

显然，分布式仲裁是以优先级仲裁策略为基础。

9.4　典型总线

1. PC/XT 总线

主要用在早期 IBM PC/XT 计算机的底板上，共有8 个插槽。常称为IBM PC 总线或PC/XT 总线，62个引脚，按功能可分为8位数据总线、20位地址总线、23根控制/状态线、11根辅助线和电源线。它有62条"金手指"引脚，引脚间隔为2.54mm。这62个引脚分成A、B两列，引脚编号为$A_1 \sim A_{31}$和$B_1 \sim B_{31}$。

2. ISA 总线

ISA（Industrial Standard Architecture）总线标准是 IBM 公司 1984 年为推出 PC/AT 机而建立的系统总线标准，所以也叫 AT 总线。它是对 XT 总线的扩展，以适应 8/16 位数据总线要求。它保持原来 PC/XT 总线的 62 个引脚，以便使 8 位适配器板可以继续在 AT 机的插槽上使用，同时为使数据总线扩展到 16 位，地址总线扩展到 24 位，又增加一个扩展的 36 引脚插槽。

ISA 总线扩展插槽由两部分组成，一部分有 62 引脚，其信号分布及名称与 PC/XT 总线的扩展槽基本相同，仅有很小的差异。另一部分是 AT 机的添加部分，由 36 引脚组成。这 36 个引脚分成 C、D 两列，引脚编号为 $C_1 \sim C_{18}$ 和 $D_1 \sim D_{18}$。

ISA 总线允许多个 CPU 共享系统资源。由于兼容性好，它在上个世纪 80 年代是最广泛采用的系统总线，不过它的弱点也是显而易见的，比如传输速率过低、CPU 占用率高、占用硬件中断资源等。

ISA 总线的主要性能指标如下：

- I/O 地址空间 0100H～03FFH。
- 24 位地址线可直接寻址的内存容量为 16MB。
- 8/16 位数据线。
- 数据传输率是 16Mb/s，最高时钟频率为 8MHz。
- 15 级中断。
- 7 个 DMA 通道功能。
- 开放式总线结构，允许多个 CPU 共享系统资源。

3. EISA 总线

EISA（Extended Industy Standard Architecture:扩展工业标准结构）总线是 1988 年由 Compaq 等 9 家公司联合推出的总线标准。它使用 8MHz 的时钟频率，但总线提供的 DMA（直接存储器访问）速度可达 33Mbps。EISA 总线的输出/输出（I/O）总线和微处理总线是分离的，因此 I/O 总线可保持低时钟速率以支持 ISA 卡，而微处理器总线则可以高速率运行。EISA 微机可以向多个用户提供高速磁盘输出。

EISA 总线的信号可分为地址总线和数据总线组、数据传送控制组、总线仲裁信号组及其他功能总线组。

EISA 总线是全 32 位的，所以这种设计可处理比 ISA 总线更多的引脚。连结器是一个两层槽设计，既能接受 ISA 卡，又能接受 EISA 卡。顶层与 ISA 卡相连，低层则与 EISA 卡相连。尽管 EISA 总线保持与 ISA 兼容的 8MHz 时钟频率，但它们支持一种突发式数据传送方法，可以以三倍于 ISA 总线的速率传送数据。大型网络服务器的设计大多选用 EISA 总线。

4. PCI总线

PCI 总线是1991年由Intel 联合IBM、Compaq、DEC、Apple 等公司推出的支持33 MHz 的时钟频率，数据宽度为32 位，可扩展到64 位总线标准。

由于PCI 在传统的总线结构上多加了一层，因此PCI总线通常又被称为夹层总线。PCI旁路了标准的I/O 总线，使用系统总线来提高总线时钟速率，获取CPU 数据通道的全部优势。PCI 规范确定了3 种板的配置，每一种都为一类特定的系统类型而设计，配有专门的电源。5V 规格适用于固定式计算机系统，3.3V 规格适用于便携式机器，通用规格适用于能在两种系统中工作的主板和板卡。

PCI总线的另一个重要特性，PCI 已经成为Intel 即插即用（PnP）规范的典范，意味着PCI 卡上不存在跳线和开关等硬件设置，而代之以软件配置。

PCI 总线的系统结构

如图 9-7 所示，PCI 总线的体系结构，CPU 总线与 PCI 总线是由 PCI 桥接器相连的，PCI 总线上可挂接高速设备，如图形加速器（显卡）、EIDE 硬盘等设备，PCI 总线和 ISA/EISA 总线之间也是通过 PCI-ISA/EISA 桥接器相连，ISA/EISA 总线上挂接传统的设备，兼容原有设备。此外，还可通过 PCI-PCI 桥接器可以连接下一级 PCI 总线，连接更多的设备。

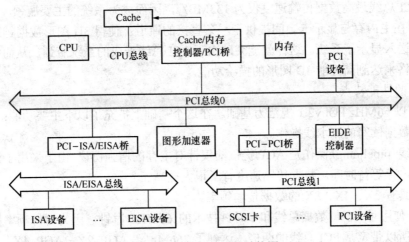

图 9-7 PCI 总线系统结构图

PCI 总线的主要特点和性能指标：

● 支持 10 台外设。
● 数据总线宽度 32bit（5V）/ 64bit（3.3V）。
● 总线时钟频率 33MHz/66MHz，最高数据传输率可达 528Mb/s。
● 时钟同步方式。
● 与 CPU 及时钟频率无关。
● 能自动识别外设（即插即用功能 PNP）。
● 总线操作与处理器和储器子系统操作并行。

- 具有隐含的中央仲裁系统。
- 采用多路复用方式（地址线和数据线）减少了引脚数。
- 支持 64 位寻址，完全的多总线主控能力。
- 提供地址和数据的奇偶校验。

5. AGP 总线

AGP（Accelerated Graphics Port）即加速图形端口。它是一种为了提高视频带宽而设计的总线规范。它支持的 AGP 插槽可以插入符合该规范的 AGP 显示插卡。其视频信号的传输速率可以从 PCI 的 132MB/s 提高到 266MB/s（×1 模式）。严格意义上讲，AGP 不能称为总线，因为它是点对点连接，即连接控制芯片和 AGP 显示卡。

PCI 总线在 3D 应用中的局限主要表现在 3D 图形描绘中。储存在 PCI 显示卡显示内存中的不仅有影像数据，还有纹理数据（Texture Data）、Z 轴的距离数据及 Alpha 变换数据等，特别是纹理数据的信息量非常大。如果要描绘细致的 3D 图形，就要求显存容量很大；再加上必须采用较快速的显存，最终造成显示卡价格高昂。所以，厂商们都期望既能增加纹理数据的储存能力，又能降低产品的成本。一个有效的办法就是将纹理数据从显示内存移到主内存，以便减少显示内存的容量，从而降低显示卡的成本。例如，显示 1024×768×16 位真彩色的 3D 图形时，纹理数据的传输速度需要 200MB/s 以上，但目前的 PCI 总线最高数据传输速度仅为 133MB/s，因而成为系统的主要瓶颈。

AGP 在主内存与显示卡之间提供了一条直接的通道。使得 3D 图形数据越过 PCI 总线，直接送入显示子系统。这样就能突破由于 PCI 总线形成的系统瓶颈，从而实现了以相对低价格来达到高性能 3D 图形的描绘功能。

AGP 的性能特点：

AGP 以 66MHz PCI v2.1 规范为基础。在这个基础上扩充了以下主要功能：

- 数据读写的流水线操作。

流水线（pipelining）操作是 AGP 提供的仅针对主存的增强协议。由于采用了流水线操作减少了内存等待时间，数据传输速度有了很大提高。

- 具有 2X、4X、8X 的数据传输频率。

AGP 使用了 32 位数据总线和多时钟技术的 66MHz 时钟。因为时钟频率提高到了 66MHz，所以带宽是 PCI 总线的两倍，达到了 266Mb/s。AGP 2X、AGP 4X、AGP 8X 允许在 AGP 在一个时钟周期内传输 2 次、4 次、8 次数据（多时钟技术），从而使总线带宽达到了 533MB/s、1066MB/s、2133MB/s。

- 直接内存执行 DIME。

AGP 允许 3D 纹理数据不存入拥挤的帧缓冲区（即图形控制器内存），而将其存入系统内存，从而让出帧缓冲区和带宽供其他功能使用。这种允许显示卡直接操作主存的技术称为 DIME（Direct Memory Excute）。应该说明的是，虽然 AGP 把纹理数据存入主存，但并没有完全取代显示卡的显示缓存，AGP 主存只是对缓存的扩大和补充。

- 地址信号与数据信号分离。

采用多路信号分离技术，并通过使用边带寻址总线来提高随机内存访问的速度。

- 并行操作。

允许在 CPU 访问系统 RAM 的同时 AGP 显示卡访问 AGP 内存，显示带宽也不与其他设备共享，进一步提高了系统性能。

6. MCA 总线

微通道体系结构(MCA)总线 MicroChannel Architecture(MCA)Bus，MCA 总线是 IBM 为帮助解决快速微处理器和相对慢的工业标准系统结构(ISA)总线之间的差异而开发的。虽然 MCA 总线不接收 ISA 型的主板，但它们提供的 32 位接口却比 ISA 更快，也可以更好地适应 80386 和 80486 微处理器的要求。

MCA 总线采用单总线设计，通过使用多路复用器来处理存储器和输入/输出（I/O）接口的传输。多路复用器将总线分成多个不同的通道，每个通道可以处理不同的处理需求。这种设计没有多总线设计快，但在大多数情况下，却可以满足中等大小网络的服务器要求。如果在服务器上运行微处理器集中式应用程序，选择一个超级服务器也许是明智的，因为它具有超级吞吐率和多处理器能力。

MAC 受专利和许可协议保护，这限制了它发展为一种标准。另外，IBM 还对 MCA 施加了一些限制，以防止和它的小型计算机系统竞争。因此，许多厂商使用了扩展工业标准体系结构(EISA)或开发专用的总线标。

7. IEEE-488 总线

IEEE 488 是一种并行的外部总线，它以机架层叠式智能仪器为主要器件，构成开放式的积木测试系统，是工业上应用最广泛的通信总线之一。

利用 IEEE 488 总线将微型计算机和其他若干设备连接在一起。可以采用串行连接，也可以采用星形连接。IEEE488 总线各引脚信号分为三类：数据线、联络信号线和控制线。

在 IEEE 488 系统中的每一个设备可按如下 3 种方式工作。

- "听者"方式：从数据总线上接收数据，一个系统在同一时刻，可以有两个以上的"听者"在工作。可以充当"听者"功能的设备有：微型计算机、打印机、绘图仪等。
- "讲者"方式：向数据总线发送数据，一个系统可以有两个以上的"讲者"，但任一时刻只能有一个讲者在工作。具有"讲者"功能的设备有：微型计算机、数字电压表、频谱分析仪等。
- "控制者"方式：是一种向其他设备发布命令的方式。

在 IEEE 488 总线上的各种设备可以具备不同的功能。有的设备如微型计算机可以同时具有"控制者"、"听者"、"讲者" 3 种功能。有的设备只具有收、发功能，而有的设备只具有接收功能，如打印机。在某一时刻系统只能有一个控制者，而在进行数据传送时，某一时刻只能有一个发送器发送数据，允许多个接收器接收数据，也就是可以进行一对多的数据传送。总线上最多可连接 15 台设备。设备间最大传输距离为 20 米，信号传输速度一般为 500KB/s，最大传输速度为 1Mb/s。

8. CAN 总线

CAN 总线（Controller Area Network）是一种现场总线技术，它是一种架构开放、广播式的新一代网络通信协议，称为控制器局域网现场总线。CAN 总线原本是德国 Bosch 公司为汽车市场所开发的，推出之初是用于汽车内部测量和执行部件之间的数据通信。例如汽车刹车防抱死系统、安全气囊等。由于汽车辆总线和对现场总线的需求有许多相似之处，即能够以较低的成本、较高的实时处理能力在强电磁干扰环境下可靠地工作。因此 CAN 总线可广泛应用于离散控制领域中的过程监测和控制，特别是工业自动化的底层监控，以解决控制与测试之间的可靠和实时数据交换。

（1）CAN 总线的工作原理

当 CAN 总线上的一个节点（站）发送数据时，它以报文形式广播给网络中所有节点。对每个节点来说，无论数据是否是发给自己的，都对其进行接收。每组报文开头的 11 位字符为标识符，定义了报文的优先级，这种报文格式称为面向内容的编址方案。在同一系统中标识符是唯一的，不可能有两个站发送具有相同标识符的报文。当几个站同时竞争总线读取时，这种配置非常重要。

当一个站要向其他站发送数据时，该站的 CPU 将要发送的数据和自己的标识符传送给本站的 CAN 芯片，并处于准备状态；当它收到总线分配时，转为发送报文状态。CAN 芯片将数据根据协议组织成一定的报文格式发出，这时网上的其他站处于接收状态。每个处于接收状态的站对接收到的报文进行检测，判断这些报文是否是发给自己的，以确定是否接收它。

由于 CAN 总线是一种面向内容的编址方案，因此很容易建立高水准的控制系统并灵活地进行配置。我们可以很容易地在 CAN 总线中加进一些新站而无需在硬件或软件上进行修改。当所提供的新站是纯数据接收设备时，数据传输协议不要求独立的部分有物理目的地址。它允许分布过程同步化，即总线上控制器需要测量数据时，可由网上获得，而无须每个控制器都有自己独立的传感器。

（2）CAN 总线的基本特点

- 废除了传统的站地址编码，代之以对数据通信数据块进行编码，可以多主方式工作；
- 采用非破坏性仲裁技术，当两个节点同时向网络上传送数据时，优先级低的节点主动停止数据发送，而优先级高的节点可不受影响地继续传输数据，有效避免了总线冲突；
- 采用短帧结构，每一帧的有效字节数为 8 个（CAN 技术规范 2.0A），数据传输时间短，受干扰的概率低，重新发送的时间短；
- 每帧数据都有 CRC 效验及其他检错措施，保证了数据传输的高可靠性，适于在高干扰环境中使用；
- 节点在错误严重的情况下，具有自动关闭总线的功能，切断它与总线的联系，以使总线上其他操作不受影响；
- 可以点对点、一点对多点（成组）及全局广播集中方式传送和接受数据；

● 直接通讯距离最远可达 10KM/5Kbps，通讯速率最高可达 1Mbps/40m；
● 采用不归零码（NRZ-Non-Return-to-Zero）编码 / 解码方式，并采用位填充（插入）技术。

总之，基于 CAN 总线的数据通信具有突出的可靠性、实时性和灵活性。CAN 作为现场设备级的通信总线，和其他总线相比，具有很高的可靠性和性能价格比，其总线规范已经成为国际标准（ISO），被公认为最有前途的总线之一。目前，CAN 接口芯片的生产厂家众多，协议开放，价格低廉，且使用简单，CAN 总线可广泛应用于工业测量和控制领域。

练 习 题

1．总线规范的基本内容是什么？
2．根据在微型计算机系统的不同层次上的总线分类，按总线功能分三大总线是什么？
3．采用标准总线结构优点是什么？
4．在总线上完成一次数据传输一般要经历哪几个阶段，都是什么？
5．总线数据传输的方式通常有哪几种？分别是如何实现总线控制的？各有什么特点？
6．集中式仲裁主要有几种方式？都是什么？
7．PCI 总线的主要特点和性能指标是什么？
8．CAN 总线基本特点是什么？

附录 A　8086/8088 指令表

助记符形式指令	功　能	操作数	时钟周期	字节数	标志位								
					O	D	I	R	S	Z	A	P	C
MOV dst , src	(dst) ← (src)	mem,ac	10	3									
		ac,mem	10	3									
		reg,reg	2	2									
		reg,mem	8+EA	2～4									
		mem,reg	9+EA	2～4									
		reg,data	4	2～3	－	－	－	－	－	－	－	－	－
		mem,data	10+EA	3～6									
		segreg,reg	2	2									
		reg,segreg	2	2									
		segreg,mem	8+EA	2～4									
		mem,segreg	9+EA	2～4									
PUSH src	SP←SP－2 (SP+1, SP) ← (src)	reg	11	1									
		segreg	10	1	－	－	－	－	－	－	－	－	－
		mem	16+EA	2～4									
POP dst	(dst) ← (SP+1, SP) SP←SP+2	reg	8	1									
		segreg	8	1	－	－	－	－	－	－	－	－	－
		mem	17+EA	2～4									
XCHG opr1,opr2	(opr1) ↔ (opr2)	reg ,ac	3	1									
		reg,mem	17+EA	2～4	－	－	－	－	－	－	－	－	－
		reg,reg	4	2									
IN ac,port	ac ← (port)		10	2	－	－	－	－	－	－	－	－	－
IN ac,DX	ac ← (DX)		8	1									
OUT port,ac	(port) ← ac		10	2									
OUT DX,ac	(DX) ← ac		8	1									
XLAT	AL ← (BX+AL)		11	1	－	－	－	－	－	－	－	－	－
LEA reg,src	(reg) ← src	reg,mem	2+EA	2～4	－	－	－	－	－	－	－	－	－
LDS reg,src	(reg) ← (src) (DS) ← (src+2)	reg,mem	16+EA	2～4	－	－	－	－	－	－	－	－	－

续表

助记符形式指令	功 能	操作数	时钟周期	字节数	标志位								
					O	D	I	R	S	Z	A	P	C
LES reg,src	(reg)←src (ES)←(src+2)	reg,mem	16+EA	2~4	−	−	−	−	−	−	−	−	−
LAHF	AH←PSW 低字节		4	1	−	−	−	−	−	−	−	−	−
SAHF	PSW 低字节←AH		4	1	−	−	−	−	r	r	r	r	r
PUSHF	SP←SP−2 (SP+1, SP)←PSW		10	1									
POPF	PSW←(SP+1,SP) SP←SP+2		8	1	r	r	r	r	r	r	r	r	r
ADD dst,src	(dst)←(src)+(dst)	reg,reg	3	2	x	−	−	−	x	x	x	x	x
		reg,mem	9+EA	2~4									
		mem,reg	16+EA	2~4									
		reg,data	4	3~4									
		mem,data	17+EA	3~6									
		ac,data	4	2~3									
ADC dst,src	(dst)←(src)+(dst)+CF	reg,reg	3	2	x	−	−	−	x	x	x	x	x
		reg,mem	9+EA	2~4									
		mem,reg	16+EA	2~4									
		reg,data	4	3~4									
		mem,data	17+EA	3~6									
		ac,data	4	2~3									
SUB dst,src	(dst)←(dst)−(src)	reg,reg	3	2	x	−	−	−	x	x	x	x	x
		reg,mem	9+EA	2~4									
		mem,reg	16+EA	2~4									
		ac,data	4	2~3									
		reg,data	4	3~4									
		mem,data	17+EA	3~6									
SBB dst,src	(dst)←(dst)−(src)−CF	reg,reg	3	2	x	−	−	−	x	x	x	x	x
		reg,mem	9+EA	2~4									
		mem,reg	16+EA	2~4									
		ac,data	4	2~3									
		reg,data	4	3~4									
		mem,data	17+EA	3~6									
NEG opr	(opr)←0−(opr)	reg	3	2	x	−	−	−	x	x	x	x	x
		mem	16+EA	2~4									

助记符形式指令	功　能	操作数	时钟周期	字节数	标志位								
					O	D	I	R	S	Z	A	P	C
CMP opr1,opr2	(opr1)－(opr2)	reg,reg	3	2	x	－	－	－	x	x	x	x	x
		reg,mem	9+EA	2～4									
		mem,reg	9+EA	2～4									
		reg,data	4	3～4									
		mem,data	10+EA	3～6									
		ac,data	4	2～3									
INC　opr	(opr)←(opr)+1	reg	2～3	1～2	x	－	－	－	x	x	x	x	－
		mem	15+EA	2～4									
DEC　opr	(opr)←(opr)－1	reg	2～3	1～2	x	－	－	－	x	x	x	x	－
		mem	15+EA	2～4									
MUL　src	AX←AL×(src)	8 位 reg	70～77	2	x	－	－	－	u	u	u	u	x
		8 位 mem	(76～83)+EA	2～4									
	DX,AX←AL×(src)	16 位 reg	118～133	2									
		16 位 mem	(124～139)+EA	2～4									
IMUL src	AX←AL×(src)	8 位 reg	80～98	2	x	－	－	－	u	u	u	u	x
		8 位 mem	(86～104)+EA	2～4									
	DX,AX←AL×(src)	16 位 reg	128～154	2									
		16 位 mem	(134～160)+EA	2～4									
DIV src	AL←AX/(src) 的商	8 位 reg	80～90	2	u	－	－	－	u	u	u	u	u
	AH←AX/(src) 余数	8 位 mem	(86～96)+EA	2～4									
	AX←DX,AX/(src) 的商	16 位 reg	144～162	2									
	DX←DX,AX/(src) 余数	16 位 mem	(150～168)+EA	2～4									
IDIV src	AL←AX/(src) 的商	8 位 reg	101～102	2	u	－	－	－	u	u	u	u	u
	AH←AX/(src) 余数	8 位 mem	(107～118)+EA	2～4									
	AX←DX,AX/(src) 的商	16 位 reg	165～184	2									
	DX←DX,AX/(src) 余数	16 位 mem	(171～190)+EA	2～4									
DAA	AL←将 AL 中的和调整为压缩的 BCD 码		4	1	u	－	－	－	x	x	x	x	x
DAS	AL←将 AL 中的差调整为压缩的 BCD 码		4	1	u	－	－	－	x	x	x	x	x
AAA	AL←将 AL 中的和调整为非压缩 BCD 码　AH←(AH)+调整产生的进位值		4	1	u	－	－	－	u	u	x	u	x

续表

助记符形式指令	功 能	操作数	时钟周期	字节数	标志位								
					O	D	I	R	S	Z	A	P	C
AAS	AL←将 AL 中的差调整为 非压缩 BCD 码 AH←AH-调整产生的借 位值		4	1	u	-	-	-	u	u	x	u	x
AAM	AX←将 AH 中的积调整为 非压缩 BCD 码		83	2	u	-	-	-	x	x	u	x	u
AAD	AL←10×AH+AL AH←0 除法非压缩 BCD 调整		60	2	u	-	-	-	x	x	u	x	u
AND dst,src	(dst)←(dst)∧(src)	reg,reg	3	2	0	-	-	-	x	x	u	x	0
		reg,mem	9+EA	2~4									
		mem,reg	16+EA	2~4									
		reg,data	4	3~4									
		mem,data	17+EA	3~6									
		ac,data	4	2~3									
OR dst,src	(dst)←(dst)∨(src)	reg,reg	3	2	0	-	-	-	x	x	u	x	0
		reg,mem	9+EA	2~4									
		mem,reg	16+EA	2~4									
		reg,data	4	3~4									
		mem,data	17+EA	3~6									
		ac,data	4	2~3									
NOT opr	(opr)←($\overline{opr}$)	reg	3	2	-	-	-	-	-	-	-	-	-
		mem	16+EA	2~4									
XOR dst.src	(dst)←(dst)⊕(src)	reg,reg	3	2	0	-	-	-	x	x	u	x	0
		reg,mem	9+EA	2~4									
		mem,reg	16+EA	2~4									
		ac,data	4	2~3									
		reg,data	4	3~4									
		mem,data	17+EA	3~6									
TEST opr1,opr2	(opr1)∧(opr2)	reg,reg	3	2	0	-	-	-	x	x	u	x	0
		reg,mem	9+EA	2~4									
		ac,data	4	2~3									
		reg,data	5	3~4									
		mem,data	11+EA	3~6									

续表

助记符形式指令	功　能	操作数	时钟周期	字节数	标志位								
					O	D	I	R	S	Z	A	P	C
SHL opr,1	逻辑左移	reg	2	2	x	–	–	–	x	x	u	x	x
		mem	15+EA	2～4									
SHL opr,CL		reg	8+4/位	2									
		mem	20+EA+4/位	2～4									
SAL opr,1	算术左移	reg	2	2	x	–	–	–	x	x	u	x	x
		mem	15+EA	2～4									
SAL opr,CL		reg	8+4/位	2									
		mem	20+EA+4/位	2～4									
SHR opr,1	逻辑右移	reg	2	2	x	–	–		x	x	u	x	x
		mem	15+EA	2～4									
SHR opr,CL		reg	8+4/位	2									
		mem	20+EA+4/位	2～4									
SAR opr,1	算术右移	reg	2	2	x	–	–		x	x	u	x	x
		mem	15+EA	2～4									
SAR pr,CL		reg	8+4/位	2									
		mem	20+EA+4/位	2～4									
ROL opr,1	循环左移	reg	2	2	x	–	–	–	–	–	–	–	x
		mem	15+EA	2～4									
ROL opr,CL		reg	8+4/位	2									
		mem	20+EA+4/位	2～4									
ROR opr,1	循环右移	reg	2	2	x	–	–	–	–	–	–	–	x
		mem	15+EA	2～4									
ROR opr,CL		reg	8+4/位	2									
		mem	20+EA+4/位	2～4									
RCL opr,1	带进位循环左移	reg	2	2	x	–	–	–	–	–	–	–	x
		mem	15+EA	2～4									
RCL opr,CL		reg	8+4/位	2									
		mem	20+EA+4/位	2～4									
RCR opr,1	带进位循环右移	reg	2	2	x	–	–	–	–	–	–	–	x
RCR opr,CL		mem	15+EA	2～4									
		reg	8+4/位	2									
		mem	20+EA+4/位	2～4									

续表

助记符形式指令	功 能	操作数	时钟周期	字节数	O	D	I	R	S	Z	A	P	C
MOVSB MOVSW	(DI)←(SI) SI←SI±1 或 2 DI←DI±1 或 2		不重复:18 重复:9+17/rep	1	−	−	−	−	−	−	−	−	−
STOSB STOSW	(DI)←AC DI←DI±1 或 2		不重复:11 重复:9+10/rep	1	−	−	−	−	−	−	−	−	−
LODSB LODSW	(AC)←(SI) SI←SI±1 或 2		不重复:12 重复:9+13/rep	1	−	−	−	−	−	−	−	−	−
REP 串指令	CX=0 退出重复 否则 CX←CX−1 且继续 执行串指令		2	1	−	−	−	−	−	−	−	−	−
CMPSB CMPSW	(SI)−(DI) SI←SI±1 或 2 DI←DI±1 或 2		不重复:22 重复:9+22/rep	1	x	−	−	−	x	x	x	x	x
SCASB SCASW	(AC)−(DI) DI←DI±1 或 2		不重复:15 重复:9+15/rep	1	x	−	−	−	x	x	x	x	x
REPE 串指令 REPZ 串指令	CX=0 或 ZF=0 退出重复; 否则 CX←CX−1 且继续 执行串指令		2	1	−	−	−	−	−	−	−	−	−
REPNE 串指令 REPNZ 串指令	CX=0 或 ZF=1 退出重复; 否则 CX←CX−1 且继续 执行串指令		2	1	−	−	−	−	−	−	−	−	−
JMP short opr JMP near ptr opr JMP far ptr opr JMP word ptr opr	无条件转移	reg mem	15 15 15 11 18+EA 24+EA	2 3 5 2 2~4 2~4	−	−	−	−	−	−	−	−	−
JZ/JE opr	ZF=1 时转移		16/4	2	−	−	−	−	−	−	−	−	−
JNZ/JNE opr	ZF=0 时转移		16/4	2	−	−	−	−	−	−	−	−	−
JS opr	SF=1 时转移		16/4	2	−	−	−	−	−	−	−	−	−
JNS opr	SF=0 时转移		16/4	2	−	−	−	−	−	−	−	−	−
JO opr	OF=1 时转移		16/4	2	−	−	−	−	−	−	−	−	−
JNO opr	OF=0 时转移		16/4	2	−	−	−	−	−	−	−	−	−
JP/JPE opr	PF=1 时转移		16/4	2	−	−	−	−	−	−	−	−	−

续表

助记符形式指令	功　能	操作数	时钟周期	字节数	标志位 O	D	I	R	S	Z	A	P	C
JNP/JPO　opr	PF=0 时转移		16/4	2	–	–	–	–	–	–	–	–	–
JC/JB/JNAE opr	CF=1 时转移		16/4	2	–	–	–	–	–	–	–	–	–
JNC/JNB/JAE opr	CF=0 时转移		16/4	2	–	–	–	–	–	–	–	–	–
JBE/JNA　opr	CF∨ZF=1 时转移		16/4	2	–	–	–	–	–	–	–	–	–
JNBE/JA　opr	CF∨ZF=0 时转移		16/4	2	–	–	–	–	–	–	–	–	–
JL/JNGE　opr	SF⊕OF=1 时转移		16/4	2	–	–	–	–	–	–	–	–	–
JNL/JGE　opr	SF⊕OF=0 时转移		16/4	2	–	–	–	–	–	–	–	–	–
JLE/JNC　opr	(SF⊕OF)∨ZF=1 转移		16/4	2	–	–	–	–	–	–	–	–	–
JNLE/JG　opr	(SF⊕OF)∨ZF=0 转移		16/4	2	–	–	–	–	–	–	–	–	–
JCXZ　opr	CX=0 时转移		18/6	2	–	–	–	–	–	–	–	–	–
LOOP　opr	CX≠0 时转移		17/5	2	–	–	–	–	–	–	–	–	–
CALL　dst	段内直接 SP←SP−2 (SP+1, SP)←IP IP←IP+D_{16} 段内间接 SP←SP−2 (SP+1, SP)←IP IP←EA 段间直接 SP←SP−2 (SP+1, SP)←CS SP←SP−2 (SP+1, SP)←IP IP←转向偏移地址 CS←转向段地址 段间间接 SP←SP−2 (SP+1, SP)←CS SP←SP−2 (SP+1, SP)←IP IP←(EA) CS←(EA+2)	 reg mem 	19 16 21+EA 28 37+EA	3 2 2～4 5 2～4	–	–	–	–	–	–	–	–	–

续表

助记符形式指令	功 能	操作数	时钟周期	字节数	标志位								
					O	D	I	R	S	Z	A	P	C
RET	段内 IP←(SP+1, SP) SP←SP+2		16	1									
	段间 IP←(SP+1, SP) SP←SP+2 CS←(SP+1, SP) SP←SP+2		24	1									
RET 表达式	段内 IP←(SP+1, SP) SP←SP+2 SP←SP+D$_{16}$		20	3									
	段间 IP←(SP+1, SP) SP←SP+2 CS←(SP+1, SP) SP←SP+2 SP←SP+D$_{16}$		23	3									
LOOPZ opr 或 LOOPE opr	ZF=1 且 CX≠0 时转移		18/6	2	–	–	–	–	–	–	–	–	–
LOOPNZ opr 或 LOOPNE opr	ZF=0 且 CX≠0 时转移		19/5	2	–	–	–	–	–	–	–	–	–
INT 类型号 INT（类型号 =3)	SP←SP－2 (SP+1, SP)←PSW SP←SP－2 (SP+1, SP)←CS SP←SP－2 (SP+1, SP)←IP IP←(类型号×4) CS←(类型号×4+2)	类型号≠3 类型号=3	52 51	1 2	–	–	0	0	–	–	–	–	–
INTO	OF=1 时,SP←SP－2 (SP+1, SP)←PSW SP←SP－2 (SP+1, SP)←CS SP←SP－2 (SP+1,SP)←IP IP←(10H) CS←(12H)		53(OF=1) 4(OF=0)	1	–	–	0	0	–	–	–	–	–

续表

助记符形式指令	功 能	操作数	时钟周期	字节数	O	D	I	R	S	Z	A	P	C
IRET	IP←(SP+1,SP) SP←SP+2 CS←(SP+1,SP) SP←SP+2 PSW←(SP+1,SP) SP←SP+2		24	1	r	r	r	r	r	r	r	r	r
CBW	AL 符号扩展到 AH		2	1	-	-	-	-	-	-	-	-	-
CWD	AX 符号扩展到 DX		5	1	-	-	-	-	-	-	-	-	-
CLC	进位位置 0		2	1	-	-	-	-	-	-	-	-	-
CMC	进位位求反		2	1	-	-	-	-	-	-	-	-	-
STC	进位位置 1		2	1	-	-	-	-	-	-	-	-	-
CLD	方向标志置 0		2	1	-	0	-	-	-	-	-	-	-
STD	方向标志置 1		2	1	-	1	-	-	-	-	-	-	-
CLI	中断标志置 0		2	1	-	-	0	-	-	-	-	-	-
STI	中断标志置 1		2	1	-	-	1	-	-	-	-	-	-
NOP	无操作		3	1	-	-	-	-	-	-	-	-	-
HLT	停机		2	1	-	-	-	-	-	-	-	-	-
WAIT	等待		3 或更多	1	-	-	-	-	-	-	-	-	-
ESC mem	换码		8+EA	2~4	-	-	-	-	-	-	-	-	-
LOCK	封锁		2	1	-	-	-	-	-	-	-	-	-
Sergreg	段前缀		2	1	-	-	-	-	-	-	-	-	-

说明：0：置 0；1：置 1；x：根据结果设置；-：不影响；u：无定义；r：恢复原先保存的值。

附录 B DOS 功能调用

AH	功　能	调 用 参 数	返 回 参 数
00	程序终止(同 INT 20H)	CS=程序段前缀	
01	键盘输入并回显		AL=输入字符
02	显示输出	DL=输出字符	
03	异步通信输入		AL=输入字符
04	异步通信输出	DL=输出数据	
05	打印机输出	DL=输出字符	
06	直接控制台 I/O	DL=FF（输入） DL=字符（输出）	AL=输入字符
07	键盘输入（无回显）		AL=输入字符
08	键盘输入（无回显） 检测 Ctrl-Break		AL=输入字符
09	显示字符串	DS：DX=串地址 '$'结束字符串	
0A	键盘输入到缓冲区	DS：DX=缓冲区首地址 （DS：DX）=缓冲区最大字符数	（DS：DX+1）=实际输入的字符数
0B	检验键盘状态		AL=00 有输入　AL=FF 无输入
0C	清除输入缓冲区并 请求指定的输入功能	AL=输入功能号 （1，6，7，8，A）	
0D	磁盘复位		清除文件缓冲区
0E	指定当前缺省 的磁盘驱动器	DL=驱动器号 0=A，1=B，…	AL=驱动器数
0F	打开文件	DS：DX=FCB 首地址	AL=00 文件找到 AL=FF 文件未找到
10	关闭文件	DS：DX=FCB 首地址	AL=00 目录修改成功 AL=FF 目录中未找到文件
11	查找第一个目录项	DS：DX=FCB 首地址	AL=00 找到 AL=FF 未找到
12	查找下一个目录项	DS：DX=FCB 首地址 （文件名中带 * 或？）	AL=00 找到 AL=FF 未找到

续表

AH	功　能	调　用　参　数	返　回　参　数
13	删除文件	DS：DX=FCB 首地址	AL=00 删除成功 AL=FF 未找到
14	顺序读	DS：DX=FCB 首地址	AL=00 读成功 AL=01 文件结束，记录中无数据 AL=02 DTA 空间不够 AL=03 文件结束，记录不完整
15	顺序写	DS：DX=FCB 首地址	AL=00 写成功 AL=01 盘满 AL=02 DTA 空间不够
16	建文件	DS：DX=FCB 首地址	AL=00 建立成功 AL=FF 无磁盘空间
17	文件改名	DS：DX=FCB 首地址 (DS：DX+1) =旧文件名 (DS：DX+17) =新文件名	AL=00 成功 AL=FF 未成功
19	取当前缺省磁盘驱动器		AL=缺省磁盘驱动器号 0=A，1=B，…
1A	置 DTA 地址	DS：DX=DTA 地址	
1B	取缺省驱动器 FAT 信息		AL=每簇的扇区数 DS：BX=FAT 标识字节 CX=物理扇区的大小 DX=缺省驱动器的簇数
1C	取任一驱动器 FAT 信息	DL=驱动器号	同上
21	随机读	DS：DX=FCB 首地址	AL=00 读成功 AL=01 文件结束 AL=02 缓冲区溢出 AL=03 缓冲区不满
22	随机写	DS：DX=FCB 首地址	AL=00 写成功 AL=01 盘满 AL=02 缓冲区溢出
23	测定文件大小	DS：DX=FCB 首地址	AL=00 成功，文件长度填入 FCB AL=FF 未找到
24	设置随机记录号	DS：DX=FCB 首地址	
25	设置中断向量	DS：DX=中断向量 AL=中断类型号	
26	建立程序段前缀	DX=新的程序段的段前缀	

续表

AH	功　能	调用参数	返回参数
27	随机分块读	DS：DX=FCB 首地址 CX=记录数	AL=00 读成功 AL=01 文件结束 AL=02 缓冲区太小，传输结束 AL=03 缓冲区不满 CX=读取的记录数
28	随机分块写	DS：DX=FCB 首地址 CX=记录数	AL=00 写成功 AL=01 盘满 AL=02 缓冲区溢出
29	分析文件名	ES：DI=FCB 首地址 DS：DI=ASCII 字符串 AL=控制分析标志	AL=标准文件 AL=01 多义文件 AL=FF 非法文件
2A	取日期		CX=年 DH：DL=月：日（二进制）
2B	设置日期	CX：DH：DL=年：月：日	AL=00 成功 AL=FF 无效
2C	取时间		CH：CL=时：分 DH：DL=秒：1/100 秒
2D	设置时间	CH：CL=时：分 DH：DL=秒：1/100 秒	AL=00 成功 AL=FF 无效
2E	置磁盘自动读写标志	AL=00 关闭标志 AL=01 打开标志	
2F	取磁盘缓冲区的首址		ES：BX=缓冲区首址
30	取 DOS 版本号		AH 发行号 AL=版号
31	结束并驻留	AL=返回码 DX=驻留区大小	
33	Ctrl-Break 检测	AL=00 取状态 AL=01 置状态（DL） DL=00 关闭检测 DL=01 打开检测	DL=00 关闭 Ctrl-Break 检测 DL=01 打开 Ctrl-Break 检测
35	取中断向量	AL-中断类型号	ES：BX=中断向量
36	取空闲磁盘空间	DL=驱动器号 0=缺省 1=A 2=B	成功：AX=每簇扇区号 　　　BX=有效扇区 　　　CX=每扇区字节数 　　　DX=总簇数 失败：AX=FFFF

续表

AH	功　能	调　用　参　数	返　回　参　数
38	置/取国家信息	DS：DX=信息区首地址	BX=国家码（国际电话前缀码） AX=错误码
39	建立子目录（MKDIR）	DS：DX=ASCII 字符串地址	AX=错误码
3A	删除子目录（RMDIR）	DS：DX=ASCII 字符串地址	AX=错误码
3B	改变当前目录（CHDIR）	DS：DX=ASCII 字符串地址	AX=错误码
3C	建立文件	DS：DX=ASCII 字符串地址 CX=文件属性	成功：AX=文件代号 失败：AX=错误码
3D	打开文件	DS：DX=ASCII 字符串地址 AL=00 读 AL=01 写 AL=02 读/写	失败：AX=错误码
3E	关闭文件	BX=文件号	失败：AX=错误码
3F	读文件或设备	DS：DX=数据缓冲区地址 BX=文件代号 CX=读取的字节数	读成功： 　AX=实际读入的字节数 　AX=0 已到文件尾 读出错：AX=错误码
41	删除文件	DS：DX=ASCII 字符串地址	成功：AX=00 出错：AX=错误码（2，5）
42	移动文件指针	BX=文件代号 CX：DX=位移量 AL=移动方式（0，1，2）	成功：DX：AX=新指针位置 出错：AX=错误码
43	置/取文件属性	DS：DX=ASCII 字符串地址 AL=0 取文件属性 AL=1 置文件属性 CX=文件属性	成功：CX=文件属性 失败：AX=错误码
44	设备文件 I/O 控制	BX=文件代号 AL=0 取状态 AL=1 置状态 AL=2 读数据 AL=3 写数据 AL=6 取输入状态 AL=7 取输出状态	DX=设备信息
45	复制文件代号	BX=文件代号 1	成功：AX=文件代号 2 失败：AX=错误码
46	人工复制文件代号	BX=文件代号 1 CX=文件代号 2	失败：AX=错误码

续表

AH	功　能	调　用　参　数	返　回　参　数
47	取当前目录路径名	DL=驱动器号 DS：DI=ASCII 字符串地址	(DS：DI)=ASCII 字符串
48	分配内存空间	BX=申请内存容量	成功：AX=分配内存首址 失败：AX=错误码
49	释放内存空间	ES=内存起始段地址	失败：AX=错误码
4A	调整已分配的存储块	ES=原内存起始地址	失败：BX=最大可用空间
4B	装配/执行程序	DS：DX=ASCII 字符地址 ES：BX=参数区处地址 AL=0 装入执行 AL=3 装入不执行	失败：AX=错误码
4C	带返回码结束	AL=返回码	
4D	取返回代码		AX=返回代码
4E	查找第一个匹配文件	DS：DX=ASCII 字符串地址 CX=属性	AX=出错代码（02，18）
4F	查找下一个匹配文件	DS：DX=ASCII 字符串地址 （文件名中带？或＊）	AX=出错代码（18）
54	取盘自动读写标志		AL=当前标志值
56	文件改名	DS：DX=ASCII 字符串（旧） ES：DI=ASCII 字符串（新）	AX=出错代码（03，05，17）
57	置/取文件日期和时间	BX=文件代号 AL=0 读取 AL=1 设置（DX：CX）	DX，CX=日期和时间 失败：AX=错误码
58	取/置分配策略码	AL=0 取码 AL=1 置码（BX） BX=策略码	成功：AX=策略码 失败：AX=错误码
59	取扩充错误码		AX=扩充错误码 BH=错误类型 BL=建议的操作 CH=错误场所
5A	建立临时文件	CX=文件属性 DS：DX=ASCII 字符串地址	成功：AX=文件代号 失败：AX=错误码
5B	建立新文件	CX=文件属性 DS：DX=ASCII 字符串地址	成功：AX=文件代号 失败：AX=错误码

续表

AH	功 能	调 用 参 数	返 回 参 数
5C	控制文件存取	AL=00 封锁 AL=01 开启 BX=文件代号 CX: DX=文件位移 SI: DI=文件长度	
62	取程序段前缀地址		BX=PSP 地址

附录 C IBM PC/XT 机中断矢量号配置

地址	矢量号	中断名称	地址	矢量号	中断名称
0~3	0	除以零	60~63	18	常驻 BASIC 入口
4~7	1	单步	64~67	19	引导程序入口
8~B	2	不可屏蔽	68~6B	1A	时间调用
C~F	3	断点	6C~6F	1B	键盘 Ctrl-Break 控制
10~13	4	溢出	70~73	1C	定时器报时
14~17	5	打印屏幕	74~77	1D	显示器参数表
18~1B	6	保留	78~7B	1E	软盘参数表
1D~1F	7	保留	7C~7F	1F	字符点阵结构参数表
20~23	8	定时器	80~83	20	程序结束，返回 DOS
24~27	9	键盘	84~87	21	系统功能调用
28~2B	A	保留	88~8B	22	结束地址
2C~2F	B	串行口 2	8C~8F	23	Ctrl-Break 退出地址
30~33	C	串行口 1	90~93	24	标准错误出口地址
34~37	D	硬盘	94~97	25	绝对磁盘读
38~3B	E	软盘	98~9B	26	绝对磁盘写
3C~3F	F	打印机	9C~9F	27	程序结束，驻留内存
40~43	10	视频显示 I/O 调用	A0~FF	28~3F	为 DOS 保留
44~47	11	设备配置检查调用	100~17F	40~5F	保留
48~4B	12	存储器容量检查调用	180~19F	60~67	为用户软中断保留
4C~4F	13	软盘/硬盘 I/O 调用	1A0~1FF	68~7F	不用
50~53	14	通信 I/O 调用	200~217	80~85	BASIC 使用
54~57	15	盒式磁带 I/O 调用	218~3C3	86~F0	BASIC 运行时，用于解释
58~5B	16	键盘 I/O 调用	3C4~3FF	F1~FF	不用
5C~5F	17	打印机 I/O 调用			

参 考 文 献

陈红卫. 2008. 微型计算机基本原理与接口技术. 北京：科学出版社.

冯博琴，吴宁. 2007. 微型计算机原理与接口技术. 第 2 版. 北京：清华大学出版社.

何桥. 2006. 计算机硬件技术基础. 北京：电子工业出版社.

侯晓霞. 2007. 微型计算机原理及应用. 北京：化学工业出版社.

陆志才. 2003. 微型计算机组成原理. 北京：高等教育出版社.

唐朔飞. 2000. 计算机组成原理. 北京：高等教育出版社.

B B. Brey. 2004. The Intel Microprocessors 8086/8088, 80186/80188, 80286, 80386, 80486, Pentium, Pentium Pro Processor,Pentium Ⅱ,Pentium Ⅲ,and Pentium 4 Architecture, Programming, and Interfacing. 第 6 版. 北京：电子工业出版社.